Constantin Schreiber

# KLEOPATRAS GRAB

Ägypten-Krimi

Hoffmann und Campe

MIX
Papier | Fördert gute Waldnutzung
FSC® C014496

3. Auflage 2024

*www.hoffmann-und-campe.de*
Umschlaggestaltung: © zero media, München
Umschlagabbildung: © FinePic®, München
Satz: Pinkuin Satz und Datentechnik, Berlin
Gesetzt aus der Minion
Druck und Bindung: GGP Media GmbH, Pößneck
Printed in Germany
ISBN 978-3-455-01763-2



HOFFMANN UND CAMPE

*Ein Unternehmen der*
GANSKE VERLAGSGRUPPE

Wissenschaftler gehen davon aus, dass uns nur ein Prozent des Wissens der Antike überliefert ist – vielleicht, nein, sehr wahrscheinlich ist unsere Vorstellung von Geschichte somit falsch. Was, wenn wir einen Schlüssel erhielten, die wahre Vergangenheit zu erkennen und unsere Herkunft zu verstehen? Was, wenn wir dann erkannten: Es war alles anders!

Wir müssen alles neu begreifen!

# KAPITEL 1

## FREITAG

Zuerst war er untergegangen in dem Lärm des Verkehrs, der unablässig über die Brücke geführt wird, aber dann hören sie ihn doch – den schrillen, hektischen Aufschrei. Die Menschen in den Cafés verstummen, die spielenden Kinder am Strand halten inne, Passanten auf der Promenade bleiben stehen und recken die Köpfe. Auf der Terrasse des San-Giovanni-Hotels lehnt eine junge Frau an der Brüstung. Die Augen schreckgeweitet zeigt sie in Richtung Brücke, die die kleine Bucht von Stanley Beach überspannt. In sanften Wellen schwappt das Wasser unten gegen die Brückenpfeiler, zwischen denen sich ein lebloser Körper im Takt hebt und senkt – er ist bekleidet, männlich, die Arme ausgebreitet, den Kopf unter Wasser.

Schon laufen die Menschen am Ufer zusammen, Einheimische wie Touristen. Heute, an einem Freitagnachmittag, ist der Strand voll. Es sind vielleicht die letzten Tage in diesem Jahr, an denen es noch warm genug ist, die Sonnenstrahlen am Meer zu genießen. Die Wintermonate stehen bevor, in denen es hier an der Nordküste Ägyptens mild, aber regnerisch ist. Jedenfalls zu ungemütlich für einen Tag am Meer. Jetzt aber, Ende Oktober, ist der Strand noch mal so voll wie sonst nur im Sommer. Stanley Beach an Alexandrias Uferstraße, der Corniche, ist für gewöhnlich ein einziger großer Laufsteg, auf dem sich stolz die Vielfalt dieser Stadt präsentiert. Sehen und gesehen werden ist das Motto. Doch jetzt schauen alle nur auf die leblose Gestalt, keine fünfzig Meter vom Ufer entfernt.

Ein Mann läuft zum Strand hinunter, ist mit wenigen Sprüngen im Wasser, krault in Richtung Brückenpfeiler, zieht den Körper zu sich und schleppt ihn an Land.

Der Tote muss schon geraume Zeit im Wasser getrieben haben. Die Haut ist bläulich weiß, das Gesicht aufgedunsen. Einige Badegäste halten ihren Kindern die Augen zu, andere haben Smartphones gezückt und machen Fotos.

Jetzt ertönen Polizeisirenen. Mehrere Polizeiwagen nähern sich dem Platz, wo die Corniche zur Brücke abzweigt. Sie halten an. Dann kommen die Polizisten. Sie fordern die Schaulustigen auf, beiseitezutreten und sie durchzulassen. In den nächsten Minuten sind sie und die Einsatzhelfer damit beschäftigt, den Ort abzusperren und Sichtschutze aufzustellen.

Ein Arzt trifft ein, kniet sich neben die Leiche. Er betrachtet das schlammverschmierte Hemd des Mannes, reißt es auf. Auf dem hellen Torso hebt sich deutlich eine blutrote Stichwunde nahe dem Herzen ab. Zwei der Polizisten beobachten das Geschehen mit ernsten Gesichtern. Das ist kein Fall für sie. Sie sind einfache Streifenpolizisten aus dem Viertel.

Einer der beiden holt sein Handy aus der Tasche, nimmt einen Anruf entgegen, nickt, legt wieder auf. Er wendet sich an seinen Kollegen. »Jemand von der Mordkommission ist schon unterwegs. Ein Theo.«

»Eine Theo«, sagt wie aufs Stichwort die Frau, die sich den beiden von hinten genähert hat. »Theodora Costanda, *tasharrafna* – sehr erfreut«, sagt sie im besten alexandrinischen Arabisch, damit klar ist: Sie ist von hier.

Sie kennt das – die Irritation wegen ihres griechischen Namens. Und natürlich wegen ihres Geschlechts. Eine Frau bei der Polizei, noch dazu in der Mordkommission – das ist ungewöhnlich in Ägypten, selbst in Alexandria.

Alexandria mit seinem hohen Anteil an Christen und den vielen modernen, säkularen Musliminnen ist anders als andere Städte des Landes. Hier tragen weniger Frauen einen Hijab. Viele arbeiten inzwischen in Berufen, die traditionell von Männern dominiert wurden und noch immer dominiert werden. Aber mit ihrer hellen Haut, ihren blauen Augen und den halblangen, gewellten braunen Haaren wirkt Theo auf die meisten Ägypter wie eine agnabija, eine Ausländerin. Doch Alexandria ist ihre Heimat – wenn sie auch nicht hier geboren ist. Aber das ist eine lange Geschichte.

Zwei Männer mit schweren Taschen nähern sich der Absperrung, werden von den Polizisten aufgehalten. Die Kollegen sehen unsicher zu Theodora herüber.

»Die Spurensicherung. Lasst sie durch«, sagt Theodora in bestimmendem Ton.

»Sind Sie die ermittelnde Kommissarin?«, fragt einer der Männer, der sich ihr als Polizeimeister Basil vorstellt.

Theodora nickt.

Als der Polizist an ihr vorbei zu dem Toten schaut, wird sein Blick starr. Dann sieht er Theodora verwundert an. »Wissen Sie, wer das ist?«

Theodora schüttelt den Kopf.

»Ich dachte … weil Sie Christin sind …«

Theo betrachtet erneut das zur Seite gedrehte, aufgequollene blasse Gesicht. Sie ist sich sicher, dass sie den Mann noch nie gesehen hat.

Basil hilft ihr auf die Sprünge. »Abuna Gabriel. Der Priester der Sankt-Nicholas-Kirche.«

Theo runzelt die Stirn. »Sankt Nicholas? Die ist nicht gerade in der Nähe, oder?«, murmelt sie.

Der Polizist schüttelt den Kopf.

Theodora sieht auf die Leiche. Ein ermordeter Geistlicher in einem Land, in dem orthodoxe Christen immer wieder Opfer islamistischer Anschläge werden. Das verheißt nichts Gutes.

Das Zentrum Alexandrias ist noch immer geprägt von den Prachtbauten, die im europäischen Stil errichtet wurden, als die Stadt Ende des 19. Jahrhunderts wieder zu Reichtum und Bedeutung gelangte, nachdem die antike Metropole im Mittelalter zu einer ärmlichen Hafenstadt verkommen war. Baumwolle machte Ägypten damals wohlhabend. Über Alexandria wurde der Rohstoff nach Europa und Amerika verschifft. Unweit der Hafenpromenade, auf dem Tahrir-Platz, findet sich die Reiterstatue von Mohammad

Ali. Er hat Ägypten in die Moderne geführt. Die »Place des Consuls«, wie der Platz damals hieß, war nicht nur die Adresse vieler Konsulate, sondern mit ihren zahlreichen Cafés und Restaurants und vornehmen Geschäften bevorzugte Flaniermeile für reiche Europäer und die wohlhabende Oberschicht des Landes. Heute ist der Platz gesäumt von zwei parallel verlaufenden Hauptverkehrsadern, die wenige hundert Meter weiter im Osten in die Fuad-Straße münden. Dort, unweit des in weißer Pracht erstrahlenden Kulturpalasts, der »Bourse Toussoun«, sowie umgeben von weiteren Bauten im neoklassizistischen und Art-déco-Stil, steht ein Gebäude, das mit seiner futuristischen blau-weißen Kunststoff-Fassade sonderbar deplatziert wirkt – die Polizeistation al-Attarin.

Hier im ersten Stock befindet sich Theos kleines Büro. Die Klimaanlage, die über dem Fenster angebracht ist, brummt. Im Zimmer herrschen fast schon zu kühle achtzehn Grad. Theo sitzt an diesem Abend am Schreibtisch und starrt auf ihren Laptop. Es ist ungewöhnlich heiß für Ende Oktober, denkt sie. Ob das etwas mit dem Klimawandel zu tu hat? Seit sie vom Strand zurückkehrt ist, hat das mulmige Gefühl nicht nachgelassen. Wenn sich herausstellen sollte, dass die Tat islamistisch motiviert war, dann würden ihre Ermittlungen zwangsläufig sofort politisch ausgeschlachtet werden.

In Alexandria ist das Zusammenleben von Christen und Muslimen lange Zeit friedlich gewesen, anders als im Süden, in Oberägypten. Doch vor allem seit der sogenannten »islamischen Wiedergeburt« ist es auch hier immer wieder zu Gewaltausbrüchen gekommen. Damals, in den achtziger

Jahren, zerstörten islamistische Fundamentalisten Kirchen, Wohnhäuser und Geschäfte von Christen. Klöster wurden überfallen, Mönche misshandelt und getötet. Nur allzu oft stand die Polizei tatenlos daneben – oder schloss sich dem Mob sogar an. Und dann kam es zu dem Anschlag vom 1. Januar 2011, der alles verändern sollte. Vor der Allerheiligenkirche explodierte eine Bombe, als die Kopten gerade ihren Neujahresgottesdienst feierten. Einundzwanzig Menschen starben, siebenundneunzig wurden verletzt. Ein Blutbad. Theo kann sich nur allzu gut daran erinnern. Sie war mit Freundinnen tagsüber auf der Corniche spazieren gegangen, wo zwischen kurzen winterlichen Regenschauern immer wieder eine wärmende Sonne durchkam. Nesrin war auch dabei, ihre beste Freundin. Als sie sich an dem Tag verabschiedeten, sagte Nesrin noch, wie sehr sie sich darauf freute, den Abend mit ihrer Familie zu verbringen. Mit ihrer Großmutter wollte sie später in die Allerheiligenkirche. Es war das letzte Mal, dass Theo Nesrin gesehen hat. Und jetzt der ermordete griechisch-orthodoxe Priester …

Theo schließt das Dokument, in dem sie stichwortartig die Ereignisse des heutigen Tages notiert hat. Für einen Moment sieht sie ins Leere. Sie ist ratlos. Ist sie wirklich die Richtige für diese Ermittlung? Als Frau? Als Christin? Als relativer Neuling bei der Kripo?

Noch dazu wird sie von den Kollegen auch wie eine Außenseiterin behandelt. *Al-junanija* ist hier so was wie ihr Spitzname – »die Griechin«.

In der Schule nannten viele Lehrer sie »Hibatullah«, was die arabische Übersetzung ihres Namens ist: »Theodora«,

»Geschenk Gottes«. Daraus wurde für gewöhnlich kurz »Hiba«. Sie hätte »Theo« vorgezogen.

Theodora fühlt, dass sie mit ihren griechischen Wurzeln inzwischen einer aussterbenden Art angehört – wenngleich diese Wurzeln sehr tief reichen. Alexandria ist im Altertum schließlich von Griechen gegründet worden. Noch bis Anfang des 20. Jahrhunderts zählte die griechische Gemeinde über hunderttausend Mitglieder, heute sind es nur noch vierhundert. Doch was spielen diese alten Geschichten in der modernen Welt noch für eine Rolle?

Theo klappt den Laptop zu. Schluss jetzt mit der Grübelei. Sie beschließt, morgen mit ihrem Chef über die Sache zu reden. Vielleicht ist er froh, wenn sie den Fall von sich aus abgibt. Vielleicht hat er ihn ihr nur nicht entzogen, weil er fürchtet, das könnte ein schlechtes Licht auf ihn werfen, wenn die griechisch-orthodoxe Gemeinde davon Wind bekam.

Sie sieht auf ihr Handy – 21.19 Uhr. Draußen ist es längst dunkel. Sie verspürt Hunger. Sie hat ihrer Mutter versprochen, bei ihr vorbeizuschauen. Bestimmt hat sie etwas gekocht. Gefüllte Paprika vielleicht, die Theo so gerne isst. Ja, sie muss wirklich los. Sie hat es sich abgewöhnt, ihr vorher Kurznachrichten zu schicken, sie liest sie ohnehin nicht oder zu spät. Sie geht besser einfach los und schnappt sich ein Taxi, dann ist sie in fünf, sechs Minuten bei dem Apartmenthochhaus, in dem ihre Mutter lebt. Es ist eine schöne Wohnung, allein schon wegen des großen Panoramafensters gen Osten, durch das morgens sofort die Sonne hereinscheint in das Zimmer mit dem beigen Sofa und den Ikonen an den Wänden.

Theo eilt durch das Foyer dem Ausgang entgegen. »*Ma'a as-salama*«, verabschiedet sie sich von Muhammad, dem Wachmann, der die Zufahrt zur Polizeistation bewacht. »*Ma'a as-salama*«, grüßt Muhammad freundlich zurück.

Seit knapp drei Jahren arbeitet sie nun in der Polizeistation von al-Attarin, und wann immer sie kommt, morgens, mittags, abends, Muhammad ist zur Stelle. Vermutlich schläft er in seiner kleinen Pförtnerloge.

Auf der Straße winkt sie ein Taxi heran. Der Fahrer lehnt sich zum offenen Fenster der Beifahrertür herüber.

Theo tritt näher. »*Masa al-chair*, guten Abend. Zum Bustan Tower. *Bikam* – wie viel?«

»Zehn Pfund!«

»Acht!«

»Neun!«

»Einverstanden.«

Als sie ins Taxi steigen will, hält sie inne. Zehn Meter weiter stehen zwei Männer rauchend an der Hauswand. Bildet sie sich das nur ein, oder starren sie zu ihr herüber? Theo kneift die Augen zusammen, versucht im Zwielicht Gesichter zu erkennen. Als die zwei Gestalten bemerken, dass sie ihrerseits beobachtet werden, lassen sie ihre Zigarette fallen, treten sie aus und schlendern davon.

# KAPITEL 2

## SAMSTAG

Als Theo am nächsten Morgen das Polizeigebäude betritt, ist sie tief in Gedanken versunken. Ihre Schritte hallen im Korridor wider, als sie in Richtung ihres Büros geht. Ihre Laptop-Tasche hält sie vor der Brust wie einen Schutzschild. Sie nimmt die zwei Kollegen gar nicht wahr, die im Vorbeigehen grüßen und ihr irritiert nachschauen, weil sie keine Antwort erhalten.

Sie war spät nach Hause gekommen und hat schlecht geschlafen. Die ganze Zeit hat sie überlegt, ob sie die Ermittlungen wirklich übernehmen soll oder nicht. Gewiss, es wäre ihr Fall. Aber sie ist sich nicht sicher, ob sie ihn sich schon zutraut. Ein toter Priester! Das birgt viel Zündstoff. Mit ihrer Mutter hat sie darüber nicht sprechen wollen. Die macht sich ohnehin immer schon genug Sorgen um ihre Tochter. Und jemand anderen hat sie nicht, dem sie sich in dieser Sache anvertrauen kann.

Die Gefahr zu scheitern ist groß, verdammt groß, denkt Theo zum gefühlt hundertsten Mal. Doch wenn es ihr gelänge, den Fall zu lösen, hätte sie ein für alle Mal bewiesen, dass man ihr heikle Fälle durchaus anvertrauen kann.

Als sie die Tür zu ihrem Büro erreicht hat und sie öffnet, bleibt sie wie angewurzelt stehen. Ein zweiter Schreibtisch steht dem ihren gegenüber. Und an ihm sitzt ein junger Mann und lächelt sie an.

Er erhebt sich. »Theodora Costanda?«, sagt er und macht einen zögerlichen Schritt auf sie zu.

»Ja.«

»Sie sind die erste Frau, mit der ich zusammenarbeiten darf. Fadi al-Sawi. Ich bin Ihr neuer Kollege.«

Theodora sieht ihn mit großen Augen an. »Mein neuer was?« Einen Moment glaubt sie, sich verhört zu haben. Was um alles in der Welt hat das zu bedeuten?

Der junge Mann lächelt sie noch immer an. Theo holt tief Luft. Was erwartet er? Dass sie ihn mit Handschlag begrüßt? Ihn im Namen der Polizeibehörde al-Attarin willkommen heißt?

Theo löst sich aus ihrer Erstarrung. Sie wirft die Laptop-Tasche auf ihren Schreibtisch und macht auf dem Absatz kehrt.

Sie stürmt den Gang hinunter zum Büro ihres Chefs, Faruk Hani. Sie hält sich nicht damit auf, an der Tür zum Vorzimmer anzuklopfen.

Zu Berenice, der Sekretärin, die gerade telefoniert, sagt sie: »Ich muss mit ihm sprechen. Sofort!«

Berenice sieht verwundert auf, bedeckt den Hörer mit der Hand. »Ich … ich weiß nicht. Theo!«

Doch zu spät. Sie geht bereits durch den Raum, an ihr vorbei und ins Zimmer ihres Vorgesetzten, der an seinem

Schreibtisch sitzt und Zeitung liest. Die Hände in die Hüften gestemmt, baut sie sich vor ihm auf. »Was soll das?« Theos linke Augenbraue hebt sich, wird zu einem insistierenden Fragezeichen.

Faruk Hani legt die Zeitung beiseite. »Was soll was?«

»Sie wissen, was ich meine. Fadi al-Sawi. Und plötzlich habe ich kein Einzelbüro mehr?«

Hani räuspert sich. Er nickt, nimmt die Lesebrille ab.

»Theodora. Bitte setzen Sie sich.« Er weist auf einen der Besucherstühle vor dem Schreibtisch. »Das kam auch für mich sehr plötzlich. Es war nicht meine Entscheidung. Eine Anweisung von oben.«

Theo lässt sich auf den Stuhl fallen. »Anweisung von oben? Was soll das heißen? Seit wann interessieren die sich für einfache Ermittler und mischen sich in Personalentscheidungen ein?«

»Ich war ja auch verwundert. Ich wurde erst gestern Abend informiert.«

»Gestern Abend?« Theo stutzt. »Nachdem wir den toten Priester gefunden haben?«

Hani lehnt sich auf seinem Bürostuhl zurück. Er ist Ende fünfzig, untersetzt, ein schwarzer Haarkranz ziert einen ansonsten kahlen, glänzenden Schädel. Jetzt nickt er stumm.

»Das heißt, Sie kennen ihn gar nicht?« Als Hani noch immer nichts sagt, spricht sie aus, was zweifellos in einem Fall wie diesem naheliegt. »Hat man uns etwa einen Aufpasser geschickt?«

Hani richtet sich abrupt auf. »Um ehrlich zu sein, ich weiß es nicht. Vielleicht ist es nur ein Zufall. Al-Sawi tritt hier ganz offiziell seine erste Stelle an. Er ist angeblich einer der Besten von der Polizeiakademie in Kairo.«

Theo schaut nachdenklich vor sich hin. »Und wie gehen wir jetzt vor?«

Hani zuckt mit den Schultern. »Wir machen unsere Arbeit, wie immer. Al-Sawi wird Ihnen zur Hand gehen. Binden Sie ihn in Ihre Ermittlungen ein. Dann werden Sie schnell merken, ob er nur ein Handlanger vom Innenministerium ist oder ein fähiger Polizist.«

Theo nickt. Sie war noch immer wie benommen. »Wahrscheinlich haben Sie recht.« Sie erhebt sich.

Hani lächelt sie an. Offenbar ist er froh, dass die Sache damit erledigt ist.

Bei der Tür wendet Theo sich noch einmal um. »Aber das nächste Mal, wenn ich einen neuen Kollegen bekomme, schicken Sie mir vorher wenigstens eine WhatsApp. In Ordnung?«

Zwei Minuten später betritt Theo erneut ihr eigenes Büro und bleibt mit verschränkten Armen mitten im Raum stehen. Ihr neuer Kollege schaut sie unsicher an, als erwarte er direkt einen Rausschmiss. Doch Theo bemüht sich um ein Lächeln – was ihr jedoch eher schlecht als recht gelingt.

»Das war gerade kein guter Start«, sagt sie, macht ein paar Schritte auf den jungen Mann zu und streckt ihm die Hand entgegen. »Ich bin Theo. Willkommen! Auf gute Zusammenarbeit!«

Fadi ist erneut aufgestanden und schüttelt ihre Hand. »Auf gute Zusammenarbeit.« Er setzt sich. »Nun, ich habe mich in den Fall natürlich schon etwas eingelesen«, beginnt er ohne Umschweife. »Das heißt, was man in den Zeitungen und im Internet darüber findet. Für unsere Online-Akten fehlt mir leider noch der Zugang. Vielleicht gibst du mir ein kurzes Update?«

Theo setzt sich ihm gegenüber. Von draußen dringt der morgendliche Verkehrslärm herein. Es wird erneut ein heißer Tag. Zu heiß für Oktober. Sie seufzt. »Ja. Ja, natürlich.«

Das Apartment befindet sich im zehnten Stock. Als sie ins Wohnzimmer geführt werden, fällt ihnen als Erstes die große Fensterfront auf, durch die man einen weiten Blick über das Mittelmeer hat, das an diesem Tag jedoch wolkenverhangen ist. Mehrere wuchtige Sessel und ein Sofa stehen um einen niedrigen Sofatisch gruppiert auf dem Marmorboden. Drei kleine Kronleuchter hängen an der Decke. Schwere goldene Vorhänge zieren die Wände neben den Fenstern. Die Klimaanlage ist auf die höchste Stufe gedreht. Theo fröstelt und bedauert, keine Strickjacke mitgenommen zu haben.

Sajida Lina, die Witwe des Priesters Abuna Gabriel, eine kleine, rundliche Frau Ende vierzig, sitzt in dem Sessel an der Kopfseite des Tisches. Ihre Augen sind rot verweint, doch sie wirkt gefasst, ihre Miene verrät den resoluten Charakter, mit dem sie ihre fünf Kinder aufzieht.

»Theodora Costanda von der Kriminalpolizei«, stellt Theo sich vor. »Und das ist mein Kollege Fadi al-Sawi. Ich danke Ihnen, dass Sie uns empfangen. Mein aufrichtiges Beileid.«

Lina lächelt gequält.

Theo macht eine entschuldigende Geste. »Wenn es nicht passt, können wir auch zu einem späteren Zeitpunkt …«

»Nein, nein, Kommissarin. Es ist gut, dass Sie gekommen sind. Ich will, dass derjenige, der das getan hat, so schnell wie möglich gefunden wird. Es geht dabei nicht nur um mich und um meine Familie. Es geht um uns alle – Christen wie Muslime.«

Sie weist zum Sofa, und Theo und Fadi setzten sich.

Wie viel Kraft es wohl kostet, denkt Theo, in solch einer Situation auch an andere zu denken, an den Frieden zwischen Christen und Muslimen. Sie betrachtet erneut den Raum. Er zeugt von großem Wohlstand. Draußen waren ihr die drei Autos auf dem Stellplatz der Familie aufgefallen, darunter ein Porsche Cayenne.

»Sajida Lina, wir müssen Ihnen einige Fragen stellen.« Als Lina nickt, fährt sie fort. »Wann haben Sie Ihren Mann das letzte Mal gesehen?«

Lina muss nicht lange überlegen. »Vorgestern. Wir wollten zum Essen ausgehen, in den Engineers Club an der Corniche. Aber mein Mann hatte es sich anders überlegt. Also sind wir allein mit den Kindern gefahren.«

»Wir?«

»Ich und Amal«, sagt Lina. »Amal ist unsere Haushaltshilfe. Sie hat Sie hereingeführt.«

Fadi räuspert sich. Er hat ein Notizbuch und einen Bleistiftstummel hervorgeholt. »Ist sie schon lange bei Ihnen?«

Theo sieht sich überrascht zu ihrem Kollegen um. Für einen Moment hat sie vergessen, dass sie zu zweit sind.

»Sie ist seit drei Monaten bei uns. Aber inzwischen gehört sie fast zur Familie.« Ein mühsames, angestrengtes Lächeln erscheint auf ihren Lippen. »Es war so ein schöner Abend. Sie haben Lieder von Amr Diab gespielt, und Amal hat mit den Kindern getanzt, hat sie alle mit auf die Tanzfläche genommen. Sie hatten so einen Spaß. Ich war ganz verwundert. So kannte ich Amal gar nicht so. So gelöst, so unternehmungslustig. Sie und die Kinder waren die Attraktion des Abends. Und sie fanden wahrlich kein Ende! Wir sind erst kurz vor Mitternacht zurückgekommen.«

»Und Ihr Mann war da wo?«, fragt Fadi.

»Ich dachte, er sei schon zu Bett gegangen … Wir schlafen in getrennten Schlafzimmern, müssen Sie wissen …« Sie macht eine Pause und schaut gedankenversunken aus dem Fenster.

»Aber dem war nicht so?«, hakt Fadi nach einem Moment der Stille nach.

Lina schüttelt den Kopf. »Offenbar nicht. Ich habe das erst am nächsten Tag bemerkt, und auch nicht sofort. Ich hatte an dem Tag so viel zu tun, war den ganzen Vormittag unterwegs … Erst zu Mittag habe ich in sein Zimmer geschaut. Das Bett war noch genauso, wie Amal es am Donnerstagmorgen gemacht hatte.« Sie senkt den Kopf, und für einen Moment scheint es, als würde sie in Tränen ausbrechen. Doch sie hat sich rasch wieder unter Kontrolle und sieht Theo mit festem Blick an.

Die wiegt den Kopf, als sei ihr gerade ein Gedanke gekommen. »Hatte es einen Grund, dass Ihr Mann nicht mit zu dem Abendessen wollte?«

»Er hatte noch zu tun. Bürodinge. Die erledigt er meistens am Abend. Und er geht auch nicht so gern aus.«

Theo nickte. »Sajida Lina, Ihr Mann trug, als man seinen Leichnam fand, keine Wertsachen bei sich. Vermissen Sie etwas? Seine Brieftasche, andere Wertgegenstände, eine Uhr …?«

Lina schüttelt den Kopf. »Nein, seine Brieftasche ist hier, sie liegt in seinem Arbeitszimmer.«

»Fehlt sonst etwas, Kleidungsstücke? Er trug nur Hose und Oberhemd, keine Jacke …«

»Das Jackett muss er an dem Tag wohl hiergelassen haben, ist ebenfalls in seinem Arbeitszimmer.«

»Sein Handy?«, wirft Fadi ein.

Lina stutzt. »Ich weiß nicht. Ich habe gestern von unterwegs versucht, ihn anzurufen, vergeblich … Hier ist es jedenfalls nicht. Die Ladestation ist ja leer.«

»Sajida Lina, wir müssen den Computer Ihres Mannes mitnehmen, um die Daten auszuwerten. Sind Sie damit einverstanden?«

Als Lina schicksalsergeben nickt, wirft Theo ihrem Kollegen einen Blick zu, der besagt, dass er sich darum kümmern soll.

»Hatte Ihr Mann Feinde?«, fährt sie fort.

Die Frau schüttelt den Kopf. »Nein. Er hatte natürlich nicht nur Freunde. Aber Feinde, die ihm nach dem Leben trachten würden. Nein, das kann ich mir nicht vorstellen.«

»Ist Ihnen vielleicht irgendetwas Ungewöhnliches aufgefallen in letzter Zeit?«, fragt Fadi. »War Ihr Mann anders als sonst? Wirkte er beunruhigt?«

Lina überlegt einen Moment, dann schüttelt sie den Kopf. »Nein. Nein, ich habe wirklich nichts bemerkt. Er war wie immer, fürsorglich, liebevoll.«

»Könnten wir einmal mit Amal sprechen?«, fragt Theo.

Für einen Moment wirkt Lina überrascht. »Aber natürlich«, sagt sie schließlich und ruft Richtung Flur: »Amal!«

Schüchtern betritt die junge Frau das Zimmer und blickt unsicher in die Runde.

»Amal, die Kommissare haben ein paar Fragen an dich«, sagt Lina.

Theo betrachtet die junge Frau genauer, als sie näher tritt. Obwohl Hijab und Brille sie älter machen, dürfte sie erst etwa Anfang zwanzig sein. Sie wirkt bedrückt, verängstigt beinahe.

»Woher kommen Sie, Amal, sind Sie von hier?«, fragt Theo.

Die junge Frau schüttelt den Kopf. »Nein, ich komme aus einem kleinen Ort nilaufwärts. Meine Eltern haben dort ein Feld und bauen Obst und Gemüse an.«

»Sajida Lina sagte, Sie sind am Donnerstagabend mit ihr und den Kindern ausgegangen?«

»Ja, es war so ein schöner Abend.« Unwillkürlich erhellt sich ihre traurige Miene. »Wir waren richtig in Partylaune. Wir haben Zuckerwatte gegessen und getanzt …« Sie bricht ab. »Wir konnten ja nicht ahnen, dass zur selben Zeit …« Sie seufzt tief. »Es ist so schrecklich. Wer tut denn so etwas?« Ihre Stimme ist nur noch ein Flüstern.

»Um das herauszufinden, sind wir hier«, sagt Theo. »Ist Ihnen in letzter Zeit vielleicht irgendetwas aufgefallen. War Abuna Gabriel anders als sonst?«

Amal schüttelt den Kopf. Sie sieht von Theo zu Sajida Lina und wieder zurück. »Nein, er war wie immer. Ich verstehe das alles nicht …«

Theo nickt Fadi zu, beide erheben sich.

»Danke, Sajida Lina. Das war vorerst alles. Sollte Ihnen noch irgendetwas einfallen, melden Sie sich bitte. Sie haben ja unsere Telefonnummer. Wir finden hinaus.«

Theo und Faid gehen in Richtung Ausgangstür, während Sajida Lina auf ihre Hände blickt und Amal den beiden plötzlich sehr streng, mit zusammengekniffenen Augen, hinterherschaut.

In der Mitte der mit Fackeln schwach ausgeleuchteten Grotte kniet eine Frau mit gesenktem Kopf, hinter ihr eine Gestalt in einem langen Umhang, das Gesicht von einer großen Kapuze verdeckt. Es ist kühl und klamm, der Boden von grobem Sand bedeckt. Mit einem Tuch verbindet die Gestalt der Frau die Augen, dann fesselt er ihre Hände hinter dem Rücken. Sie lässt alles ruhig über sich ergehen. Sie ist hier, um die ersten Prüfungen zu absolvieren.

»Bist du bereit?«, fragt die Gestalt im Umhang. »Ja, Thesmophoros, Meister.«

Die Frau steht auf. Die Gestalt führt sie in einen von Fackeln erhellten Gang. Nach etwa zwanzig Schritten endet er vor einer steinernen Tür, an die er dreimal schlägt.

»Das Tor der Menschen öffne sich!«

Wie von Geisterhand geht die schwere Tür tatsächlich langsam auf. Die Gestalt führt die Gefesselte in einen weitläufigen Saal. Auch dieser Raum ist nur von Fackeln erhellt. In einem Halbkreis stehen dort weitere Ordensbrüder in langen Umhängen, die Gesichter unter Kapuzen verborgen.

Einer von ihnen tritt vor. Er hat ein altes Pergament in der Hand. »Höre und billige die Verfassung von Crata Repoa!«

Die Frau nickt.

Von der Seite nähert sich ein anderer Mann. Er trägt keinen Umhang, sondern sein muskulöser Oberkörper ist nackt, sein Schädel kahl und glänzend. Er hält mit beiden Händen ein Schwert vor der Brust. Jetzt legt er die Spitze an die Kehle der Frau.

»Ich gelobe, meinen Brüdern und Schwestern in Lebensgefahr beizustehen. Ich gelobe, das göttliche Geheimnis zu wahren. Ich gelobe, mit meinem Leben zu bürgen … Unterwirfst du dich dieser Verfassung?«

»Ja, das tue ich!«

»Gelobst du Treue und Verschwiegenheit?«

»Ich gelobe es! Bei der Sonne, beim Mond und den Sternen am Firmament.«

Zwei der Priester kommen rasch auf sie zu, während der Mann mit dem Schwert zur Seite tritt. Sie lösen ihre Fessel, nehmen ihr die Augenbinde ab. Dann fassen sie sie grob an den Armen, sodass sie sich kaum mehr bewegen kann. Die Gestalt mit dem Pergament tritt nah an sie heran. Einer der Anwesenden ruft:

»O Hierophant, hoher Priester, sprich zu uns.«

Der so Angesprochene lässt seinen Blick schweifen. »Ich wende mich zu euch, die ihr das Recht habt, mich anzuhören! Schließet alle Türen fest zu, damit die Profanen und die Spötter nicht hineinkommen mögen! Ihr aber, Mene Musae, Kinder der himmlischen Beobachtungen, höret meine Rede! Ich trage euch große Wahrheiten vor. Hütet euch vor Vorurteilen und Leidenschaften, welche euch von dem rechte Wege der Glückseligkeit entfernen werden! Richtet eure Gedanken auf das göttliche Wesen, und lasset dasselbe stets vor euren Augen sein, um dadurch euer Herz und Sinne zu leiten. Wenn ihr den sicheren Pfad der Glückseligkeit betreten wollt, so bedenkt, dass ihr stets vor den Augen der Allmächtigen einhergehet, die die Welt erschaffen. Es ist das einzige Wesen, welches alle Dinge erhält und hervorgebracht hat,und das von sich bestehet. Sie siehet alles, aber kein Sterblicher kann sie sehen und kein Mene wird sich ihren Blicken entziehen.«

Der Priester blickt auf und spricht die Bewerberin nun direkt an: Diese Prüfung ist der Naturlehre und der Schrift gewidmet. Hast du die Geheimnisse der Hieroglyphen studiert?«

»Ja, das habe ich!«

»So lies uns diesen altehrwürdigen Text vor.«

Der Hierophant reicht ihr das Pergament.

Die Bewerberin kneift die Augen zusammen, um in dem schummrigen Licht besser sehen zu können. Ihr ernster Blick hellt sich nach wenigen Sekunden auf. Sie erkennt die Zeilen. Sie fährt mit den Fingern sanft über die Hieroglyphen und liest:

»Ich bin die Mutter der Natur, Herrin aller Elemente, erster Spross aller Geschlechter, erstgeborenes Kind der Zeit, Höchste aller Gottwesen, Königin der Unterirdischen, Erste der Himmlischen, all-einzige Erscheinung aller Götter und Göttinnen. Mit einem Wink gebiete ich über des Himmels lichtes Firmament, des Meeres heilsam wehende Winde und die vielbeklagten stillen Reiche der Unterwelt. Ich, die eine und einzige Gottheit, werde in vielfältiger Gestalt, mit unterschiedlichen Bräuchen und unter mannigfachen Namen auf dem ganzen Erdkreis verehrt. Doch die weisen Ägypter verehren mich mit den mir angemessenen Zeremonien und nennen mich mit meinem wahren Namen: Königin Isis!«

Die Bewerberin richtet den Blick stolz zum Oberpriester und reicht ihm das Pergament zurück.

Der nickt mit ernster Miene und spricht: »Du bist in die Gesellschaft aufgenommen.

Ein anderer Priester tritt hinzu und setzt der Bewerberin eine Mütze auf, die wie eine Pyramide gefaltet ist. »Trage dieses Xylon!«, spricht er. Dann legt er ihr ein goldenes Tuch um, das er vor der Brust verknotet.

Der Priester greift nach der rechten Hand der Frau, als wolle er sie schütteln. Dabei drückt er in besonderer Weise mit seinem Daumen auf den Ballen der Bewerberin.

»Das ist unser Erkennungsgruß.«

Die Frau nickt.

»Höre nun das Losungswort, woran sich alle Eingeweihten erkennen. Es lautet – Amoun.«

# KAPITEL 3

## SAMSTAG

Als es klopft, stopft Doktor Nabil hastig den restlichen Schokoriegel in den Mund. Seit drei Monaten versucht er, möglichst keine Kohlenhydrate zu sich zu nehmen – kein Weiß- oder Fladenbrot, keine Schokolade. Denn sein Arzt hat ihm dringend geraten, mindestens zehn Kilo abzunehmen. Das Herz. Seither isst er nichts als Joghurt und rohes Gemüse. Und tatsächlich sind die Pfunde schon bald nur so gepurzelt. Doch seit ein, zwei Wochen scheint der Abwärtstrend zum Stillstand gekommen zu sein. Und als eben der Magen besonders laut geknurrt hat, hat er es nicht länger ausgehalten. Er hat gewusst, dass seit drei Monaten ganz unten in seiner Schreibtischschublade noch dieser Schokoriegel liegt …

»Herein!«, ruft er mit vollem Mund.

Die Tür geht auf und Theodora Costanda betritt sein Büro.

»Kommissarin Junanija, wie schön, Sie zu sehen.« Das ist durchaus aufrichtig gemeint, wenngleich er sich gewünscht hätte, sie wäre ein paar Minuten später aufgekreuzt. Möglichst unauffällig lässt er die Verpackungsfolie im Mülleimer verschwinden. »Setzen Sie sich doch!«

Die Kommissarin setzt sich und schlägt die Beine übereinander. »Wie sieht's aus?«, fragt sie und sieht sich auf seinem Schreibtisch um, auf dem sich Mappen, Akten und Zeitschriften aller Art stapeln – die Tastatur des Computers ist halb unter Papieren begraben. »Wie weit sind Sie mit dem Priester?«

»Ich habe meinen Bericht noch nicht geschrieben, aber die Obduktion ist abgeschlossen.«

»Ich bin ganz Ohr.«

Nabil nickt. »Nun, Todesursache war, wie Sie schon vermutet haben, eine Stichverletzung. Ein Stich mit einer langen, schlanken Klinge in die Brust leicht links des Sternums, also ins Herz, ausgeführt mit mittlerer Kraft. Die Verletzung hat sofort zum Tod geführt.«

»Haben Sie den genauen Todeszeitpunkt?«

»Als die Leiche gefunden wurde, war sie bereits etwa zwanzig Stunden tot. Das heißt, der Mord wurde irgendwann am Donnerstag zwischen 20 und 22 Uhr verübt. Der Leichnam wurde unmittelbar danach ins Meer geworfen. Demnach war das Ufer auch der Tatort. Das ist daran zu erkennen, dass …«

»Kampfspuren?«

Nabil seufzt. »Keine. Es hat offenbar keinerlei Gegenwehr stattgefunden.«

»Keine Abwehr, ein Stich von vorn. Er hat mit dem Angriff ganz offensichtlich nicht gerechnet«, sinnierte Theodora.

Nabil nickt.

»Gibt es irgendwelche Spuren, die auf den Täter hinweisen?«

Nabil zuckte mit den Schultern. »Leider nein. Und wenn es welche gegeben hat, hat das Meerwasser sie weggewaschen. Ich habe Sand und pflanzliche Rückstände, die sich an der Haut und der Kleidung befanden, zur Analyse gegeben. Die Auswertung dauert noch. Eventuell kann ich Ihnen danach den genauen Ort nennen, wo die Leiche ins Wasser geworfen wurde.«

Theodora nickt. »Immerhin etwas.« Sie erhebt sich, wendet sich zum Gehen. »Das heißt, wir können die Leiche freigeben?«, fragt sie, die Hand schon auf der Klinke.

Nabil ist ebenfalls aufgestanden. »So eilig?«, fragt er verwundert.

Theodora zuckt mit den Schultern. »Die griechisch-orthodoxe Gemeinde wird es uns zu danken wissen.«

Theo fährt zurück zum Kommissariat, wo sie Fadi mit seinen Recherchen zurückgelassen hat. Er muss ihr wahrlich nicht auf Schritt und Tritt folgen. Außerdem hat sie ihn gebeten, die Online-Medien im Blick zu behalten. Im Netz kursieren bereits die wildesten Gerüchte über die Hintergründe des Attentats. Auch das Fernsehen hat schon berichtet. Ein angebliches Bekennerschreiben einer muslimischen Gruppe ist aufgetaucht. Auf einem Account des Nachrichtendienstes »X«, der sich »Märtyrer des Herrn« nennt, haben sich bereits Nutzer gemeldet, die schreiben:

»Er hat den Propheten beleidigt in seinen Predigten«, oder aber: »Deswegen musste er sterben. Wir haben ihn seiner gerechten Strafe zugeführt.« Die Quellen scheinen nicht glaubwürdig, die üblichen Trittbrettfahrer, aber sie werden dem trotzdem nachgehen müssen.

Vor allem müssen sie schnell sein. Theo weiß genau, wie so etwas läuft. Es gibt genügend Verbrechen in dieser Stadt, ach was, in diesem Land, deren Täter nie ermittelt werden können. Das gibt es natürlich überall auf der Welt, aber hier in Ägypten sind die Aufklärungsquoten besonders schlecht. Ihr ist klar, woran das häufig liegt. Es ist die allgegenwärtige Korruption und Vetternwirtschaft. Ein Anruf hier, ein Bakschisch dort, und viele Akten landen zum Verstauben in irgendeinem Archiv. Und die vielen Verbrechen in den Armenvierteln. Wer hat denn überhaupt ein Interesse daran, hier wirklich zu ermitteln? Überlasst das den Leuten dort selbst – hat sie häufig genug gehört, als sie auf der Polizeiakademie in Kairo eine Fortbildung gemacht hat und sie mit Kollegen in Ezbet Khairallah war, dem berüchtigten Armenviertel, in dem es vor Drogen nur so wimmelt und bewaffnete Gangs Frauen und Mädchen kidnappen, um sie zu verkaufen. Ja, immer wieder kommt es zu einem öffentlichen Aufschrei, wenn prominente Fälle bekannt werden, in denen Mädchen verschwanden oder getötet wurden. Aber die allermeisten dieser Fälle bleiben ungesehen und unbemerkt von der Öffentlichkeit. Wenn in Ezbet Khairallah junge Frauen auf offener Straße in ein Auto gestoßen werden und nie wieder auftauchen. Vielleicht, weil ein reicher kranker Ausländer viel Geld für eines ihrer Organe bezahlt hat. Oder sie werden der Familie wieder angeboten gegen ein Lösegeld, das die arme Familie noch viel tiefer in die Armut treibt. Und manch eine Familie entscheidet sich dann für das Geld und gegen die Tochter. Denn es ist ja nur eine Tochter.

Aber dieser Fall ist anders!

Wenn sie nicht zügig den Täter finden, wird ihr Chef, Faruk Hani, einen Anruf bekommen, in dem ihm klargemacht wird, dass man sofort einen Namen brauche. Das entscheidende Argument lautet in solch einem Fall: Es sei in seinem eigenen Interesse. Das reicht. Der Polizeipräsident weiß, was das heißt. Im besten Fall hängt sein Job davon ab, im schlechtesten sein Leben. Und irgendein armer Kerl, dem man eine Tat in die Schuhe schieben kann, findet sich schließlich immer.

Als Theo wenig später die Tür zu ihrem Büro aufmacht, zuckt Fadi zusammen. Offenbar muss auch er sich erst daran gewöhnen, dass er jetzt im Team arbeitet.

»Und? Schon was herausgefunden?«, fragt Theo etwas streng, während sie ihre Tasche auf den Tisch wirft und den Stuhl zu sich heranzieht.

Fadi kramt in seinen Unterlagen. »Ähm, also, der Laptop des Toten ist noch bei den Technikern. Aber ich habe ein bisschen im Internet recherchiert. Abuna Gabriel stammt aus Kairo, ausgebildet an der St.-Athanasius-Hochschule hier in der Stadt. War später ein paar Jahre in Großbritannien. Verheiratet, fünf Kinder, das wussten wir ja bereits. Ich habe mit dem Gemeindebüro der St.-Nikolaus-Kirche und auch mit einigen Priesterkollegen telefoniert. Alle beschreiben ihn als freundlich, zurückhaltend, integer. Ein treusorgender Hirte und liebender Familienvater.«

»Okay. Das muss nicht viel heißen. Jeder Mensch hat seine Schattenseiten. Man muss nur gründlich genug nachforschen.«

Theo setzt sich und startet den Computer. Während sie darauf wartet, dass der Rechner hochfährt, schaut sie hinaus aus dem Fenster auf die gegenüberliegende Häuserwand, die in der Nachmittagssonne rot zu glühen scheint.

Sie will gerade das Schreibprogramm öffnen, als es klopft. Berenice, die Sekretärin, steckt den Kopf zum Zimmer herein.

»Da sind zwei Damen, die euch sprechen möchten.« Berenice macht einen Schritt zur Seite, und Sajida Lina betritt den Raum, gefolgt von Amal, der Haushaltshilfe.

Theo erhebt sich. »Kommen Sie herein«, sagt sie und reicht ihnen die Hand zum Gruß. Fadi hält die Rechte zum Gruß auf Höhe seines Herzens. »Bitte setzen Sie sich. Was führt Sie zu uns?«

Lina schaut sie gefasst an, nickt. »Ich wollte Ihnen zunächst danken, dass der Leichnam meines Mannes so schnell freigegeben wurde. Die Beerdigung kann schon morgen stattfinden. Ich würde mich freuen, wenn Sie zur Trauerfeier kämen.«

Theo nickt. Sie weiß, wie wichtig es für die orthodoxen Christen ist, die Toten binnen drei Tagen zu bestatten. Sie will etwas sagen, doch Lina fährt bereits fort.

»Aber weswegen wir eigentlich hier sind – Sie haben gefragt, ob in letzter Zeit irgendetwas Ungewöhnliches geschehen wäre.«

»Ja. Ist Ihnen dazu noch etwas eingefallen?«

Lina nickt. »Es war vor einigen Tagen, spätabends. Ich

bin am Arbeitszimmer meines Mannes vorbeigegangen. Ich dachte, er sei längst schlafen gegangen. Aber an seinem Schreibtisch brannte noch Licht. Er hat telefoniert, ganz offenbar mit Yannis. Yannis Stephanopoulos.«

Theo wird hellhörig. Sie kennt Stephanopoulos. Er wohnte in der Nachbarschaft, als sie noch bei ihrer Mutter lebte. Die Erinnerungen an ihn sind alles andere als angenehm.

»Wie gesagt, ich habe mich gewundert, dass er noch nicht schlief, und bin deswegen stehen geblieben. Viel konnte ich nicht verstehen, er sprach sehr leise, schien aufgeregt. Und er sagte so etwas wie: ›Der Archäologe kommt uns gefährlich nah.‹ Nun, an dem Abend habe ich mir nichts dabei gedacht. Es gibt natürlich immer wieder Probleme und Ärger in der Gemeinde, Schwierigkeiten, die gelöst werden müssen. Aber da Sie gefragt haben, dachte ich, ich sollte es Ihnen vielleicht lieber sagen.«

»Ja, vielen Dank, Sajida Lina. Wir werden dem auf jeden Fall nachgehen.«

»Der Archäologe?«, meldet sich Fadi zu Wort. »Wen könnte er gemeint haben?«

Lina zuckt mit den Schultern. »Ich bin mir nicht sicher. Vielleicht dieser französische Multimillionär – wie heißt er noch gleich? – der mit seiner Jacht hier in Alexandria vor Anker liegt«, antwortet die Witwe, und ihr Tonfall verrät, dass sie offenbar beides verachtet – Franzosen und Multimillionäre.

Theo sieht sie fragend an. »Wie kommen Sie darauf? Es gibt viele Archäologen in der Stadt.«

»Nun, wir sprachen noch kurz vorher von ihm. Ich hatte

einen Artikel über ihn gelesen … Wenn ich nur auf den Namen käme!«

»Jacques Bernheim«, ruft Fadi, den Blick auf seinen Bildschirm gerichtet. Er hat ihn offenbar im Internet gefunden.

»Ja, richtig. Nun, wir sprachen über den Artikel. Offenbar ist dieser Bernheim hier, um in der Hafenbucht versunkene Straßenzüge zu finden. Die Sache schien meinem Mann gar nicht zu gefallen. Er reagierte regelrecht erbost, und ich wusste gar nicht warum.« Sie seufzte. »Und am Ende, an dem Abend in seinem Arbeitszimmer, sagte er dann noch so etwas wie: Ja, ich kümmere mich darum.«

»Sind Sie da sicher?«

»Nun ja, ich weiß nicht … Aber Amal, du warst doch auch da. Was hast du denn davon mitbekommen?«

Amal schaut erschrocken auf. »Ich?«

»Ja, ich habe doch gesehen, wie du auf der anderen Seite im Flur gestanden hast. Hast du noch etwas mitbekommen von dem, was mein Mann gesagt hat?«

»Ich … Ich kann mich überhaupt nicht daran erinnern«, sagt Amal leise und schaut auf ihre Hände, die sie in ihrem Schoß gefaltet hat.

Lina sieht Amal verwundert an, wendet sich dann aber rasch wieder Theo zu.

Der war der Gesichtsausdruck der Frau nicht entgangen. »Und dafür sind Sie extra hergekommen, Sajida Lina? Das wäre doch nicht nötig gewesen. Sie können uns auch jederzeit telefonisch erreichen.«

Lina schüttelt leicht den Kopf. »Es ist nicht nur das. Ich habe bereits heute Vormittag gemerkt, dass Sie aufrichtig sind, dass Sie es ernst meinen. Finden Sie die Wahrheit heraus. Wir beide wissen, wie schnell in diesem Land die Dinge aus dem Ruder laufen. Lassen sie es nicht dazu kommen. Ich vertraue Ihnen. Das wollte ich Ihnen persönlich sagen.«

# KAPITEL 4

## SONNTAG

Normalerweise ist der Sonntag in der arabischen Welt ein gewöhnlicher Arbeitstag. Entsprechend lärmend geht es bereits am Morgen am zentralen Tahrir-Platz zu. Doch trotz all dem Gehupe in den wie immer völlig verstopften Straßen ist das Läuten der Glocken der Evangelismos-Kathedrale trotzdem bereits zu hören. Theo hat sich entschlossen, an diesem Tag den Gottesdienst zu besuchen. Sie möchte hören, ob Patriarch Petros in seiner Predigt womöglich auf den Mord an Abuna Gabriel zu sprechen kommt und wie ganz allgemein die Stimmung in der Gemeinde ist.

Schon von weitem sieht sie die Schlange am Eingangsportal. Alle Gottesdienstbesucher werden abgetastet, müssen ihre Taschen öffnen und vorzeigen. Schwer bewaffnete Polizisten stehen daneben. Das ist immer so, aber seit dem Mord und dem ominösen Bekennerschreiben im Internet sind die Kontrollen verschärft worden. Entsprechend angespannt ist die Stimmung.

Theo ist schon lange nicht mehr in der Kathedrale gewesen. Als sie jetzt das Innere betritt, ist sie erneut überwältigt von der Pracht des Gotteshauses, das aus der Mitte des 19. Jahrhunderts stammt, aber erst vor wenigen Jahren von der milliardenschweren Onassis-Stiftung aufwendig restauriert worden ist. Überall glänzt rosenfarbener Marmor und Gold. Wenn man den Blick nach oben richtet, glaubt man in den blauen Sternenhimmel zu sehen.

Auf dem Weg nach vorn küsst Theo die aufgestellten Ikonen. Sie sind nach orthodoxem Glauben ein Fenster zur himmlischen Wirklichkeit, durch das die Besucher die Gegenwart Gottes erfahren. Links, in der dritten Reihe, findet Theo noch einen freien Platz. Sie hat sich ein kleines Kissen mitgebracht. Zwei Stunden auf einer harten Holzbank stellen keine geringe Herausforderung dar.

Mit dem Einzug des Priesters und der Messdiener beginnt die Messe. Die Gemeinde singt das Eingangslied. Die meisten Menschen in der Kirche haben an diesem Morgen noch nichts zu sich genommen. Wer wahrhaft glaubt, fastet vor der Kommunion. Theo folgt dem Ritus, der ihr von Kindesbeinen an vertraut ist. Sie hört den Eröffnungslobpreis, antwortet auf die Gebetsrufe des Diakons, wendet den Kopf zum Einzug mit dem Evangeliar, hört die Epistel und die Worte aus dem Evangelium, und wann immer die Dreifaltigkeit Gottes erwähnt wird, bekreuzigt sie sich.

Schließlich betritt der Patriarch, Petros der Zweite, die Kanzel. Er trägt das Koukoulion, die rundliche Kopfbedeckung orthodoxer Patriarchen, um seinen Hals hängt die Panagia, eine Ikone der Gottesgebärerin Maria. Oben angekommen, schlägt er die Mappe auf, die er mitgebracht hat, und beginnt seine Predigt.

»Liebe Gemeinde! Wir sind die Kirche Christi, die an der Seite der Unterdrückten, Gequälten und Ausgebeuteten steht und den Friedensstiftern und Friedfertigen hilft. Wir sind die Kirche der Armen, der Entrechteten, der Witwen und Waisen, die Kirche des Friedens, die für die Errettung aller Menschen betet. Wir beten auch für gerechte Herrschaft, wie schon der heilige Basilius sagte: ›Gedenke, o Herr, jeder Herrschaft und Gewalt, unserer Brüder im Palaste und des ganzen Heeres. Erhalte die Guten in Deiner Güte und mache die Bösen durch Deine Güte gut.‹

Heute wollen wir in unseren Gedanken und Gebeten ganz besonders an die Jungfrau Maria denken. An Maria und an die Rolle der Frau, wie sie in der Bibel erscheint. Frauen in der Bibel sind selbstbewusste Dienerinnen, klug, umsichtig, mutig, dabei stets demütig und bescheiden. Sie kümmern sich um die Kinder, um Arme und Kranke. Sie sind gute Zuhörerinnen und gute Ratgeberinnen, und als solche sind sie ihren Männern treu ergebene Gefährtinnen. Wie weit aber sind wir heute davon entfernt! Frauen sind Präsidentinnen, Ingenieurinnen, Managerinnen. Sie wollen gleichberechtigt sein. Das ist modern, das ist zeitgemäß. Nun, das Bestreben der Frauen ist durchaus verständlich. Aber was in unserer heutigen Welt zunehmend fehlt, ist die Bereitschaft, zu dienen, zu helfen, füreinander da zu sein. Was fehlt, sind die weibliche Tugenden, die wir uns im Miteinander wünschen, die wir brauchen, um uns geborgen zu fühlen. Dienen als Dienst am Mitmenschen, selbstlos, ohne auf Lohn zu hoffen. Das bedeutet nicht, schwach zu sein, das bedeutet, wahrhafte Stärke zu zeigen. Es ist ein Dasein im Sinne der Jungfrau Maria. Denkt darüber nach in euren Gebeten …«

Theo ist verärgert. Sie hat das Gefühl, als habe Petros seine Worte speziell auf sie gemünzt – die Frau, die in eine Männerdomäne eingebrochen ist. Sie ist aber auch überrascht – dass Petros den Mord an Abuna Gabriel mit keinem Wort erwähnt hat. Offenbar will die Kirche den Fall nicht aufbauschen und möglichst schnell wieder zur Tagesordnung übergehen. Deswegen wohl auch die rasche Beerdigung am heutigen Nachmittag.

Dem Fortgang der Messe folgt Theo nur halbherzig. Ihre Gedanken sind bei dem Fall, bei Abuna Gabriel. Als schließlich die Pforten der Ikonenwand verschlossen werden, erhebt sie sich und strebt mit den anderen Gottesdienstbesuchern dem Ausgang zu. Als sie gerade die hinterste Bank erreicht hat, hört sie eine Stimme hinter sich.

»Theodora?«

Theo dreht sich um. Vor ihr steht ein Mann im Priestergewand. Erst auf den zweiten Blick erkennt sie in ihm Yannis Stephanopoulos. Als sie mit ihrer Mutter zurück nach Alexandria gekommen ist, wohnte er in ihrer Nachbarschaft. Theo war vierzehn, Stephanopoulos Ende zwanzig. Er war Theo von Anfang an unsympathisch. Ein arroganter Kerl, der gern mal seine Muskeln spielen ließ. Als sie hörte, dass er als Spätberufener Priester geworden war, konnte sie es nicht glauben.

»Guten Tag, Hochwürden«, sagt sie jetzt mit leichtem Spott in der Stimme.

Stephanopoulos lächelt süßlich. »Würden Sie bitte kurz

mit mir kommen? Der Patriarch möchte mit Ihnen sprechen.«

»Natürlich«, sagt sie verwundert. Sie will noch fragen, worum es geht, doch Stephanopoulos hat sich bereits umgedreht und ist losmarschiert. Theo folgt ihm hinaus.

Draußen schlägt ihnen die Mittagshitze entgegen. Der Weihrauchduft wird abgelöst von Autoabgasen. Sie überqueren den hellgepflasterten Platz vor der Kathedrale und gehen zu dem Nebengebäude, in dem sich die Büros der Gemeinde befinden.

Stephanopoulos führt sie in den ersten Stock, ins Büro des Patriarchen – ein großer Raum mit Bleiglasfenstern, die das Sonnenlicht von draußen nur gedämpft hereinlassen. Petros hat ihnen den Rücken zugekehrt. Er legt soeben das Sticharion, das liturgische Gewand, ab.

Als Stephanopoulos sich räuspert, hält Petros inne und sieht zurück über die Schulter.

»Ah, Theodora, mein Kind, wie schön, dass Sie sich die Zeit genommen haben. Setzen Sie sich!«

Er hängt das Gewand an einen Kleiderständer, dann deutet er auf einen der Besucherstühle, die vor seinem breiten Schreibtisch stehen.

Stephanopoulos zieht sich zurück und Theo setzt sich.

»Danke. Das war eine interessante Predigt heute«, sagt sie. Sie ist noch immer verärgert und muss sich einfach Luft verschaffen.

Der Patriarch schaut sie einen Moment verwundert an, dann faltet er die Hände vor sich auf dem Schreibtisch, wiegt den Kopf. »Nun, meine Worte sind natürlich immer cum grano salis zu verstehen. Wir erleben schwere Zeiten, und in solchen ist es wichtig, sich auf grundlegende Werte zu besinnen, deswegen sehe ich es als geboten an …«

»Mit den schweren Zeiten meinen Sie den Mord an Abuna Gabriel?«

Der Blick, den der Patriarch ihr zuwirft, macht deutlich, dass er es nicht gewohnt ist, unterbrochen zu werden.

»Ja, gewiss«, sagt er schließlich. »Ich muss Ihnen ja nicht erzählen, wie groß die Gefahr einer Eskalation ist. Für viele steht bereits fest, dass Abuna Gabriel Opfer eines muslimischen Anschlags geworden ist.«

Theo nickt. »Deswegen müssen wir so schnell wie möglich die Wahrheit herausfinden.«

Der Patriarch schaut sie eindringlich an. »Sie sind Ägypterin, ich Grieche. Sie wissen besser als ich, was Wahrheit in diesem Land wert ist.«

»Ich fürchte, ich verstehe nicht ganz.«

Der Patriarch greift zu einem alten, schweren Telefon auf seinem Schreibtisch und drückt eine Direktruftaste. »Schicken Sie Angelos herein.«

Kurz darauf öffnet sich die Tür, und herein kommt ein schmächtiger, kleiner Mann, vielleicht Anfang fünfzig, mit schütterem Haar und scheuem Blick.

»Angelos wird alles gestehen. Sie haben Ihren Mörder gefunden.«

Theo schaut den kleinen Mann an. Sie braucht einige Sekunden, bis sie begreift. Energisch wendet sie sich zum Patriarchen um. Ihre Miene verfinstert sich. »Was soll das werden?«

Der Patriarch hebt nur die Hände. »Fragen Sie Angelos.«

Theo ist sprachlos. Einen Moment ist sie wie gelähmt.

Dann reißt sie sich zusammen. Sie steht auf, geht auf den kleinen Mann zu.

»Sie haben den Priester ermordet?«

Der Mann senkt den Blick, nickt.

»Wie?«

»Mit einem Messer.«

»Mit wie vielen Stichen?«

»Mit zwei Stichen. Oder waren es drei? Ich erinnere mich nicht so genau.«

»Und dann, was haben Sie dann getan?«

»Dann habe ich ihn ins Wasser geworfen.«

»Aha. Und warum haben Sie ihn ermordet?«

»Es ist eine alte Fehde. Wir sind wieder einmal in Streit geraten. Ein Wort gab das andere, und dann habe ich mich vergessen …«

Theo schnappt nach Luft. Sie hat schon viel erlebt in diesem Land. Überall stößt man auf Korruption – bei Behörden, bei Unternehmen, nicht zuletzt bei der Polizei, aber dass die Kirche sie verleiten will, eine Ermittlung mittels einer Lüge zu beenden, das hätte sie sich nie vorstellen können!

Wütend wendet sie sich an Patriarch Petros. »Wenn Angelos der Mörder ist, bin ich die auferstandene Mutter Teresa!«

Sie spürt, wie ihre Wangen glühen, ihr Puls rast. »Wie haben Sie diesen armen Mann dazu gekriegt, sich opfern zu wollen? Sie wissen, was es hieße, würde ich dieses Schauspiel mitmachen! Vielleicht würde er nicht einmal mehr den Prozessauftakt erleben! Und wenn, sein Gesicht wäre in allen Medien, das Bild eines kranken Extremisten. Ihm droht die Todesstrafe! Und das wäre vielleicht sogar noch besser, als in einem unserer Gefängnisse zu verrotten.«

Der Patriarch sieht nur auf seine gefalteten Hände und schweigt.

»Wieso tun Sie das?« Sie hat die Hände in die Hüften gestemmt.

Der Patriarch erhebt sich. Die Audienz ist offensichtlich beendet. »Überlegen Sie es sich«, sagt er. Dann, mit fast flehender Stimme: »Bitte!«

Theo betrachtet den Patriarchen mit seinem ehrfurchtgebietenden Bart, und ihr wird klar, was den Geistlichen antreibt – es ist Angst, nackte Angst.

»Tut mir leid, da muss ich nicht überlegen«, sagt Theo. »Wir tun unsere Arbeit, und wir werden den Mörder finden. Und jetzt entschuldigen Sie mich bitte. Ich habe noch zu tun.« Damit wendet sie sich ab und geht zur Tür, vorbei an dem völlig verdutzten Angelo. »*Sto epanithin!* – Auf Wiedersehen!«, sagt sie, ohne sich noch einmal umzusehen, und verlässt den Raum.

Zur Polizeistation ist es nicht weit, fünf Minuten zu Fuß, wenn sie zügig geht. Der Spaziergang würde ihr guttun, um nachzudenken über das, was sie da gerade erlebt hat. Was hat der Patriarch mit solch einer Inszenierung bewirken wollen? Ja, man hätte einen Schuldigen, und mit etwas Glück würde sich die Lage zwischen Muslimen und Christen tatsächlich beruhigen, bevor Schlimmeres passiert. Oder glaubt er, dass die Polizei nicht energisch genug ermittelt, dass die Ermittlungen früher oder später im Sande verlaufen werden? Nun, die Befürchtung ist leider nicht ganz unbegründet. Es gab in der Vergangenheit Fälle, in denen die Polizei gemeinsame Sache mit muslimischen Extremisten gemacht und sich auf deren Seite geschlagen hat. Aber warum sollte dieser arme Angelos dabei mitmachen? Wie hat der Patriarch ihn dazu gebracht, sein Leben zu opfern für ein solches Unterfangen?

Plötzlich quietschen Reifen. Ein Wagen kommt wenige Zentimeter neben ihr im letzten Moment zum Stehen. »He, pass doch auf!«

Theo sieht erst den Wagen, dann den Fahrer entgeistert an. Sie war in Gedanken einfach auf die Straße gelaufen. Das Herz schlägt ihr bis zum Hals. Hinter dem Auto staut sich bereits der Verkehr, ein heftiges Hupkonzert setzt ein. Theo löst sich aus ihrer Erstarrung und tritt mit Gesten der Entschuldigung zurück auf den Bürgersteig. Wie konnte sie das denn nicht gemerkt haben?

Als Theo fünf Minuten später die Tür zu ihrem Büro öffnet, ist sie entschlossen, Fadi vorerst nichts von der versuchten Vertuschung durch den Geistlichen zu erzählen. Dafür kennt sie ihn noch nicht gut genug. Es wäre fatal, wenn er mit der Information hausieren ginge.

»*Marhaba*«, grüßt sie.

Fadi sieht von seinem Schreibtisch auf. »*Salam*«, sagt er. »Und? Irgendwas Neues von der griechischen Gemeinde?

Theo hat sich gesetzt. Sie wagt keinen Blickkontakt, als sie antwortet: »Nein, nichts. Der Patriarch hat den Mord in seiner Predigt mit keinem Wort erwähnt. Offenbar will er die Gemeinde nicht unnötig beunruhigen. Ich werde zu der Beerdigung gehen. Vielleicht kann ich da noch mit einigen Gemeindemitgliedern sprechen.«

Fadi nickt. Er sieht auf die Uhr. »Hast du schon was gegessen?«, fragt er unvermittelt. »Ich könnte einen Bissen vertragen. Komm mit, ich lade dich ein. Du bestimmst, wohin.«

Theo sieht ihn überrascht an. Warum eigentlich nicht, denkt sie und kann sich ein Lächeln nicht verkneifen. »Na gut. Wie wäre es mit dem Griechischen Club an der Zitadelle?«

»Na, dann los! Sollen wir ein Taxi nehmen?«

»Nein, ich bin heute Morgen mit dem Wagen hergefahren und habe den hier abgestellt, bevor ich zum Gottesdienst wollte. Ich fahre!«

Fadi folgt Theo hinaus ins Freie, auf den rappelvollen Parkplatz im Innenhof der Polizeistation. Sein Blick fällt auf einen riesigen alten, dunkelroten SUV, der ziemlich genau in der Mitte des Parkplatzes steht und auf den seine neue Kollegin nun zielstrebig zugeht. Theo bemerkt seinen fragenden Blick.

»Das ist ein Dodge Durango. Amerikanische Marke!« Theo öffnet die Tür zu dem hohen Wagen und schwingt sich hinauf in die Fahrerkabine, während sie sich am Innengriff der Tür festhält. Fadi tritt an die Beifahrertür und blickt sie an, noch immer mit großen, überraschten Augen. »Was? Hast du gedacht, ich fahre so ein kleines Mädchenauto? Einen Fiat 500 oder einen 2-CV? Ich hab den in einer Gebrauchtwagenanzeige gesehen und dachte, das ist genau das Richtige für eine durchsetzungsstarke Frau.« Sie lächelt verschmitzt und bedeutet Fadi mit einer Kopfbewegung, endlich einzusteigen. Der Motor des Dodge brummt laut auf, als Theo den Zündschlüssel umdreht, und mit erfahrener Geschicklichkeit steuert sie das riesige Gefährt vorbei an den anderen Wagen um sie herum, über deren Dächer sie locker blicken kann.

Bis zur Qaitbaj-Zitadelle am Hafen ist es nur gut eine Viertelstunde Fahrt. Über die Salah-Salam-Straße, vorbei am Tahrir-Platz, gelangen sie zur Corniche, die sich hier in Richtung Westen an der weitgeschwungenen Hafenbucht entlangschmiegt, der »Mina al-Scharqija«. Theo lässt das Fenster hinunter, lässt sich den Fahrtwind um die Nase wehen und betrachtet das strahlende Blau des Wassers, auf dem unzählige Fischerboote und kleine Jachten dümpeln. Auf Arabisch trägt die Stadt den Beinamen »Arus al-Bahr«, Meeresbraut. Es ist diese Nähe zum Meer, die Alexandria einzigartig macht unter allen Städten Ägyptens.

Am Ende der Bucht, am Qaitbaj-Kreisverkehr, nimmt sie die erste Ausfahrt und steuert ihr großes Gefährt in eine gerade so passende Parklücke. Von hier ist es noch ein kleiner Fußmarsch bis zur äußersten Spitze des Hafenbogens, wo sich der Griechische Club befindet, direkt daneben die mächtige Zitadelle. Theo blickt auf diese gewaltige Festungsanlage. Hier stand einst der legendäre Pharos, der Leuchtturm, eines der sieben Weltwunder der Antike. Etwa hundertfünfzig Meter soll er hoch gewesen sein. Ein Metallhohlspiegel reflektierte tagsüber das Sonnenlicht, nachts wurden Pechfeuer entzündet, deren Licht von der Spitze des Leuchtturms mehr als fünfzig Kilometer weit zu sehen war. Der Pharos fiel im 9. Jahrhundert einem Erdbeben zum Opfer. Der Mameluken-Sultan al-Aschraf verwendete die Trümmer rund siebenhundert Jahre später, um die Zitadelle zu erbauen. Als würde das Licht des Leuchtturms so im Innern der Zitadelle weiter erstrahlen und den Einwohnern der Stadt den rechten Weg weisen, dachte Theo manchmal.

Im Restaurant setzen Theo und Fadi sich an einen der einfachen Holztische auf der Terrasse, die sich über einem kleinen Sandstrand erhebt.

»Kalimera, was kann ich Ihnen bringen?«

»Was ist denn der Fang des Tages?«

»Wir haben frische Dorade.«

»Dann einmal Dorade bitte, mit Reis.«

Der Kellner sieht Fadi an.

»Für mich das Gleiche.«

Als der Kellner gegangen ist, wendet Theo sich Fadi zu, stützt die Ellenbogen auf den Tisch und faltet die Finger ineinander, so wie sie es auch gern bei ihren Befragungen im Büro macht.

»Nun, es ist wohl an der Zeit, dass wir uns mal einander vorstellen, oder?«

Fadi lächelt. »Klar. Besser spät als gar nicht.«

»Ich arbeite in der Regel alleine. Ich bin es nicht gewohnt, mit jemandem gemeinsam zu ermitteln.«

»Da sind wir schon zwei. Ich arbeite zum ersten Mal mit einer Kollegin zusammen.«

»Schweres Schicksal, wenn man als ägyptischer Mann mit einer Frau ein Team bildet, was?«, scherzt Theo.

»Dann bin ich wohl kein typischer ägyptischer Mann. Team ist Team, würde ich sagen.«

Theo lächelt. »Du stammst aus Kairo?«

»Ja.«

»Welcher Stadtteil?«

»Heliopolis.«

»Oh, noble Gegend. Und warum bist du dann nach Alexandria gekommen? Von der glitzernden Metropole in die Provinz?«

»Ich wurde kurzfristig hierherbeordert.«

Theo wird hellhörig. »Was heißt kurzfristig?«, fragt sie scheinbar beiläufig.

»Ich weiß nicht mehr genau, wann mich mein Chef informiert hat. Vor einer Woche vielleicht, oder zwei.«

Theo nickt. Entweder er sagt die Wahrheit, dann hatte seine Versetzung nichts mit dem aktuellen Fall zu tun, oder er ist ein sehr guter Lügner. Noch hält sie beides für möglich.

Die Ermittler schweigen, während der Kellner den Fisch serviert.

»Und, Fadi, hast du Familie?«

»Nein, noch nicht. Und du?«

Sie schüttelt den Kopf, und ihr wird klar, dass allein das schon Antwort genug ist. Theo wurde Ende des Jahres dreißig. Wer da noch keine Familie hat, mit dem stimmt etwas nicht. Bislang hat ihr niemand Vorwürfe deswegen gemacht. Aber Theo hat schon gemerkt, wie ihre Mutter langsam nervös zu werden beginnt. »Keine Familie – und bislang wird es geduldet.«

Fadi nickt. »Meine Eltern bemühen sich auch, mir nicht zu sehr reinzureden. Aber die Blicke sind eindeutig … Und manchmal taucht meine Mutter wie zufällig mit einer entfernten Cousine auf, die gerade auf der Suche nach einem Mann ist … Na, so was in der Art. Da unterscheiden sich Muslime und Christen in diesem Land kein bisschen. Das hat nichts mit Religion zu tun, das ist einfach unsere Kultur.

Theo nickt. »Und sonst?«, fragt sie.

»Wie sonst?«

»Na, Hobbys zum Beispiel? Machst du Sport, gehst du gern ins Kino?«

Fadi zuckt mit den Schultern. »In Kairo war ich im Gezira Sporting Club. Da bin ich dreimal die Woche morgens vor der Arbeit schwimmen gegangen. Hier habe ich es jetzt ein paarmal geschafft, morgens joggen zu gehen. An der Corniche. Hat was. So was ist in Kairo nicht möglich. Und du?«

»Ich …«

Sie bricht ab, als sie eine gigantische weiße Motorjacht bemerkt, die sich gemächlich einen Weg zwischen den Fischerbooten hindurch bahnt, die im Vergleich zu der Jacht jetzt wirken wie die sprichwörtlichen Nussschalen. Die Crew ist im grellen Glitzern des Meeres nur schemenhaft zu erkennen. Als sie nahe genug am Hafenrand angelangt ist, stoppt die Jacht die Motoren, und am Bug wird der Anker zu Wasser gelassen.

Auch Fadi hat das Manöver bemerkt. »He, ist das nicht die Jacht von diesem Franzosen? Jacques Bernheim? Ich habe die im Internet gesehen.«

»Ja«, sagt Theo und beginnt, ihre Dorade zu zerlegen. Ihre Miene hat sich verfinstert. »Da drüben in der Stadt kann die Hälfte der Bevölkerung sich kaum genug zu essen kaufen. Wie müssen die Menschen sich fühlen, wenn sie diesen Luxus sehen.«

»Arm und Reich wird es immer geben«, bemerkt Fadi nüchtern.

Theo geht über die Bemerkung hinweg. »Bernheim war in den letzten Tagen häufiger im Fernsehen«, fährt sie fort. »Er macht in der Stadt auf eigene Kosten Ausgrabungen. Dabei ist er offenbar gar kein richtiger Archäologe, sondern bloß ein Abenteurer, der gern seinen Reichtum präsentiert, um sich wichtigzumachen.«

Fadi zuckt mit den Schultern. »Das sehe ich anders. Waren nicht viele der Archäologen, die unsere Altertümer wiederentdeckt haben, solche Abenteurer aus Europa oder Amerika? Unsere Tourismusindustrie ist ihnen jedenfalls zu großem Dank verpflichtet.«

Theo sieht erneut zu der Jacht. »Das mag für die Zeit zu Anfang des zwanzigsten Jahrhunderts stimmen. Aber was will denn so einer wie dieser Bernheim jetzt noch finden? Es gibt doch kaum noch ein Haus, kaum noch einen Stein, von dem nicht bekannt ist, ob einst Alexander der Große oder Cäsar daran vorbeigegangen ist.«

# KAPITEL 5

## MONTAG

Theo war klar, dass die Beerdigung von Abuna Gabriel ein Großereignis werden würde. Aber dass es praktisch das ganze Schatby-Viertel vereinnahmt und der Verkehr dort praktisch zum Erliegen kommt, hätte sie nicht gedacht. Der Himmel hat sich früh am Morgen zugezogen. Durch das Grau der dichten Wolkendecke fällt ein ungewöhnlich gedimmtes Licht auf die Häuserschluchten der »Meeresbraut«. An diesem Tag ist es schon deutlich kühler, und so trägt der ein oder andere eine leichte schwarze Jacke. Auf der Straße drängen sich Menschen jeden Alters. Sie sind gekommen, um den Sarg zu begleiten, um ihre Trauer zu bekunden und der Familie beizustehen. Einige wenige sind jedoch nur hier, um ihren Unmut zu bekunden, Rache zu fordern. Für sie steht fest, dass Muslime hinter der Ermordung stecken. Gegen 15 Uhr soll der Priester auf dem Friedhof zur letzten Ruhe gebettet werden, aber es zeichnet sich schon jetzt ab, dass es später werden wird, so langsam, wie der Trauerzug voranschreitet.

Die Witwe, ihre Söhne und Töchter gehen am Kopf des Zuges, gestützt von Angehörigen und Freunden. Frauen weinen laut um den Verstorbenen und halten sich Taschentücher vor das Gesicht. Einige heben Bilder mit seinem Porträt in die Höhe. Als der Trauerzug endlich auf dem Friedhof ankommt, ist es halb fünf. Die Männer stellen den Sarg ab. Ein Priester spricht ein Gebet. Dann wird der Sarg ins Grab hinabgelassen.

Theo ist außerhalb des Friedhofs auf dem Bürgersteig stehen geblieben und beobachtet die Trauergemeinde aus der Entfernung. Sie erschrickt, als ein Ball vor ihre Füße fällt. Ein kleiner Junge kommt von der anderen Straßenseite herübergelaufen. Er hebt ihn auf, entschuldigt sich und läuft davon.

Als Theo sich wieder dem Geschehen auf dem Friedhof zuwendet, bemerkt sie eine Frau, die so wie sie die Beerdigung aus der Ferne beobachtet. Sie trägt einen schwarzen Schleier und eine schwarze Sonnenbrille. Sie fällt Theo auf, weil sie sich immer wieder umblickt, als fühle sie sich verfolgt.

Theo beschließt, sich ihr zu nähern. Mit verschränkten Armen macht sie ein paar vorsichtige Schritte auf die Frau zu. Als die Frau sich erneut umsieht, treffen sich ihre Blicke – das heißt, Theo vermutet es, denn wegen der Sonnenbrille kann sie es nicht sicher sagen. Aber im nächsten Moment wendet die Frau sich abrupt um und geht davon.

Theo geht ihr nach. Als die Frau sich umsieht und feststellt, dass Theo noch immer da ist, beginnt sie zu laufen. Theo flucht. Sie kann die Frau zwischen den Passanten auf der Straße an dem schwarzen Schleier ausmachen. Sie beginnt ebenfalls zu laufen, schubst immer wieder Menschen zur Seite, die ihr im Weg stehen. Immer schneller läuft die Frau, und Theo hat Mühe, Schritt zu halten. Weshalb flieht sie? Theo läuft auf der belebten Straße so schnell sie kann. Die andere ist flink, weicht den Passanten geschickt aus. Doch Theo kommt ihr näher. In diesem Moment hält weiter vorn ein Taxi am Straßenrand, und ein Fahrgast steigt aus. Die Frau sieht das Auto. Mit einem Sprung ist sie auf der Straße. Sie reißt die Tür auf und steigt ein. Im nächsten Moment fädelt sich das Taxi in den Verkehr ein und braust davon.

Theo bleibt im Gewühl auf dem Bürgersteig stehen, sie keucht, stemmt ihre Hände in die Hüften, versucht wieder zu Atem zu kommen. Wer könnte die Frau gewesen sein? Weswegen ist sie davongelaufen?

Nachdenklich geht Theo zurück zum Friedhof. Die Trauergesellschaft ist dabei, sich aufzulösen.

Es ist 16 Uhr, als Jacques Bernheim sich an diesem Montag für seinen Tauchgang bereit macht. Neben ihm sein Mitarbeiter Toni, der ihn begleiten wird. Sie streifen die Neoprenanzüge über, führen die Arme durch die Schlaufen des Tauchrucksacks mit den Sauerstoffflaschen. Schwimmflossen, Taucherbrille, Schnorchel. Die Handgriffe sind Routine geworden, denn seit Tagen gehen sie regelmäßig hinunter auf den Grund der Hafenbucht.

»Viel Glück!«, rufen sich Jacques und Toni gegenseitig zu, dann klettern sie die Leiter hinunter und steigen in das kleine Schlauchboot, das an der Seite der 34-Meter-Jacht festgemacht hat. Von dort aus lassen sie sich mit einer Rolle rückwärts ins Wasser fallen.

Glück – das brauchen sie. Obwohl Jacques sonst nichts gern dem Zufall überlässt, nicht bei seinen Großprojekten und nicht in seinem Leben insgesamt.

So wie damals, als er seine Doktorarbeit schrieb, oder besser schreiben ließ, von einem jungen, aufstrebenden Archäologen, dem er über zwei Jahre viel Geld dafür zahlte. Wie er die mündliche Verteidigung der Arbeit absolvieren sollte, darüber machte er sich damals keine Gedanken, denn allen Personen in der Prüfungskommission war klar, welche großzügigen Gelder aus der Stiftung seiner Familie, der er inzwischen vorsitzt, in die Universität flossen.

Oder wie vor drei Jahren, als er sich anschickte, den großen Obelisken von Umm Durman zu finden. Längst kannte er den Ort, an dem er im Wüstensand vergraben lag, denn er hatte über Jahre heimlich hinter den Kulissen viel Zeit und Geld in die Suche und dann auch in die Prüfung der Echtheit des steinernen Kolosses gesteckt. Erst dann kündigte er offiziell an, nach dem Monument suchen zu wollen, um schon nach kurzer Zeit – nach zehn Tagen! – die Weltöffentlichkeit mit dem Sensationsfund zu überraschen, nicht ohne den Medien ausführliches Bild- und Textmaterial zur Verfügung zu stellen.

Niemals würde er sich öffentlich zu einem Projekt äußern, bevor nicht garantiert war, dass er am Ende als großer Entdecker und erfolgreicher Archäologe dastehen würde. Und so hält er es auch in diesem Fall, seinem neusten und bislang größten Projekt. Kein Wort darf nach außen dringen, bevor er nicht hundertprozentig lokalisiert hat, wonach er sucht. Offiziell hat er verkündet, es gehe bei seinen Tauchgängen um eine Kartografierung des antiken Alexandria, was nicht einmal gelogen ist, aber auch nur die halbe Wahrheit erzählt.

Woher stammt dieser Ehrgeiz? Woher dieses Verlangen, der Erste, der Beste zu sein? Jacques weiß es sehr gut. Im Grunde will er nicht der Welt etwas beweisen, sondern immer noch seinem alten Herrn. Sein Vater hat eine der größten Privatsammlungen altägyptischer Kunst in Frankreich zusammengestellt. Er hat sich als Hobbyarchäologe betätigt, ist geachtet im ganzen Land, ein Berater wichtiger Politiker. Auf seinen Sohn hat er immer mit einer gewissen Verachtung herabgeblickt. Er hält ihn, Jacques, für einen Blender, einen Schwächling.

Doch das hat Jacques nicht verdient! Er wird ihm und aller Welt schon noch zeigen, was in ihm steckt. Er wird allen beweisen, dass er seinem Vater gleichkommt. Ach was, er wird ihn übertreffen an Ruhm und Ehre. Indem er etwas vollbringt, das ihn unsterblich macht, seinen Namen für immer an die Seite anderer großer Entdecker und Archäologen stellt, neben Howard Carter und Heinrich Schliemann. Jacques Bernheim – als Entdecker von Kleopatras Grab!

Jacques blickt auf die Taucheruhr an seinem Handgelenk. Seit zwanzig Minuten sind sie nun schon unten. Leider war die Suche mal wieder ergebnislos. Obwohl ihr sündhaft teurer Kernspinresonanz-Magnetometer ihnen Signale gegeben hatte, die ihn hoffen ließen, gab es hier außer sandigem und teils steinigem Meeresboden nichts zu entdecken. Es ist an der Zeit aufzusteigen. Er gibt Toni ein Signal, und wenig später gleitet er in dem nachtblauen Wasser nach oben, der Naht zwischen Wasser und Luft entgegen, die von unten aus gesehen wirkt wie eine wallende, wogende Decke aus Licht.

Als sie wieder an Bord klettern, steht die Abendsonne schon tief und taucht die Stadt im Hintergrund in ein oranges Licht.

»Etwas gefunden?«, fragt eine Frauenstimme, während Jacques sich aus dem Neoprenanzug pellt.

Er sieht über die Schulter zu Amira, seiner engsten Mitarbeiterin. »Ich bin mir nicht sicher. Wir müssen noch mal alles mit den bisherigen Karten abgleichen.«

Amira nickt. Sie ist eine Koryphäe auf dem Gebiet der Spätzeit des alten Ägypten. Ihre Artikel, die in den vergangenen Jahren in den einschlägigen Fachzeitschriften erschienen sind, haben große Beachtung gefunden. National Geographic hat erst unlängst darüber berichtet, wie sie im römischen Amphitheater von Alexandria eine verborgene Kammer entdeckt hat, in der einzigartige Skulpturen zum Vorschein kamen. Dabei galt dieser Ort bereits als komplett erschlossen.

Amira – genauer Dr. Amira al-Fotouh – ist Anfang dreißig. Untypisch für eine Archäologin, liebt sie elegante Kleidung und hochhackige Schuhe und trägt ihr langes schwarzes Haar meist offen. Sie ist in Kairo geboren, Kind christlich-arabischer Eltern, die nach Frankreich auswanderten, als sie sechs Jahre alt war. Ihr Vater ist Historiker, hat zunächst an der American University in Cairo gelehrt und dann an der Sorbonne eine Professur für Middle East Studies erhalten.

Doch während ihr Vater sich mit der Gegenwart beschäftigt, der Gesellschaft und Politik des Nahen Ostens, ist Amira von jeher fasziniert von der Vergangenheit, von der Geschichte und Kultur des alten Ägyptens. Der Louvre mit seinen Schätzen und Zeugnissen aus der Zeit der Pharaonen war ihr der liebste Ort in Paris. Sie las über das Mysterium der Pyramiden, die in der unwirtlichen Wüste ohne all den technischen Schnickschnack von heute mit unvorstellbarer mathematischer Präzision entstanden.

Es war vor allem eine Figur, die sie von Anfang an mehr als jede andere faszinierte: Kleopatra. Aus dem Louvre kannte sie das Gemälde des italienischen Malers Alessandro Turchi, der den Doppel-Selbstmord von Antonius und der Pharaonin als gemeinsamen Liebestod inszeniert: im Vordergrund der bleiche tote Antonius, hingestreckt wie eine Christusgestalt nach der Kreuzabnahme, dahinter Kleopatra, dem Tode nahe, gestützt von zwei Dienerinnen, der weiße Busen entblößt, in den soeben die Schlange ihr tödliches Gift gesenkt hat.

Amira ist sich schon damals bewusst gewesen, dass dies eine idealisierte Darstellung nach der Mode des 17. Jahrhunderts war. Ein paar Räume weiter im Louvre fand sich hingegen eine sehr viel realistischere Darstellung auf einer Stele aus dem 1. Jahrhundert vor Christus. Hier sieht man Kleopatra gekleidet als altägyptische Königin, die der Göttin Isis Opfergaben darbietet. Darunter in griechischer Schrift: »Für die göttliche Königin Kleopatra Philopator wurde dieses Heiligtum der Isis erbaut.« Wer war sie also, diese Kleopatra, eine Frau, die mit ihren Reizen den Männern Tod und Verderben bringen konnte, die sich inszenierte als von den Göttern erwählte Königin?

Schon früh hat Amira sich der Forschung gewidmet, die sich auf die Suche nach dem Grab der Königin konzentriert. Deshalb hat Jacques sie vor ein paar Jahren kontaktiert, als er ebendiese Suche zu seinem Lebensziel erklärte.

Jetzt tritt sie neben ihn, betrachtet die wenigen Fundstücke, die er dieses Mal mit nach oben gebracht hat.

Jacques, der sich ein Handtuch um die Hüfte geschlungen hat, bemerkt ihren Blick. »Nichts Besonderes. Ein paar Scherben und eine kleine metallene Statue. Das Übliche«, stellt sie fest. »Und was machen deine Recherchen?«, erwidert Jacques.

Amira setzt sich in einen der Sessel, die hier mittschiffs stehen. Sie lächelt. »Ich war heute in der Sankt-Markus-Kathedrale. In einem unbeobachteten Moment habe ich die Wände neben der Krypta abgeklopft. Ich habe mehrere Hohlräume ausmachen können. Aber wir müssen das mit Röntgen untersuchen. Mit den Sonar- und Kernspingeräten kommen wir da nicht weit.«

Jacques nickt. »Ja, wir müssen überlegen, wie wir es am besten anstellen.« Er setzt sich ebenfalls, sieht sie fragend an. »Und? Hat dich jemand beobachtet? Ist dir jemand verdächtig vorgekommen? Nach dem Vorfall in der Sankt-Nicholas-Kirche werde ich den Verdacht nicht los, dass wir beobachtet werden. Dass uns jemand verfolgt.«

»Nein, nichts«, sagt sie und lächelt. »Vielleicht war das in der Sankt-Nicholas-Kirche nur ein Missverständnis. Eine Verwechslung.«

»Ich weiß nicht recht«, sagt er und lehnt sich in seinem Sessel zurück.

Bisher haben sie noch keinen Treffer erzielt. Aber die Suche geht weiter. Morgen wieder an Land. Warum nur haben ihn in der Sankt-Nicholas-Kirche die Priester aufgehalten? Haben sie gewusst, dass er kommen würde? Sie haben so getan, als ginge es um allgemeine Sicherheitsbestimmung, aber er hat sehr genau gesehen, dass schon wenig später andere Besucher anstandslos hineingelassen wurden.

Ernst blickt er auf die Stadt, auf den Betondschungel jenseits der Corniche, der das moderne Alexandria ist. Er ist fest entschlossen, ihr das größte aller Geheimnisse zu entlocken. Und nichts und niemand wird sich ihm in den Weg stellen.

Claire Stephanopoulos sitzt auf der Holzbank im Flur des Gemeindehauses und fühlt sich klein und unsicher. Die Knie, wie es sich gehört, von dem langen Kleid verdeckt und zusammengedrückt. Sie knetet vor Anspannung die Hände. Ihre außergewöhnlich hellblauen Augen blicken nervös nach links und rechts. Lange hat sie überlegt, ob sie diesen Schritt machen soll. Als sie am Telefon mit der Sekretärin sprach, die ihren Vater Yannis natürlich gut kannte, wusste sie auch nicht, was sie sagen sollte. »Es ist wegen einer privaten Sache. Ich, ich …«, druckste sie herum. »Ich möchte das lieber nur mit dem Patriarchen besprechen«, hat sie schließlich gesagt. Die Sekretärin hat ihr einen Termin angeboten.

Und nun sitzt Claire hier, starr mit gerade durchgedrücktem Rücken. Ihre Gedanken rasen. War es richtig, herzukommen? Soll sie sich schnell eine Geschichte ausdenken, die sie Patriarch Petros auftischen kann, um den eigentlichen Grund nicht offenbaren zu müssen, der sie zu dem Schritt veranlasst hat? Oder sollte sie lieber auf der Stelle gehen? Vielleicht wäre es das Beste! Sie könnte sagen, ihr sei schlecht, oder sie habe etwas vergessen. Irgendeine Ausrede, und der Patriarch wäre wahrscheinlich auch froh, wenn er früher Feierabend machen kann. Einfach alles lassen, wie es ist! Schweigen, nichts sagen, keinen Ärger machen! Ja, sie würde jetzt einfach aufstehen und …

»Frau Stephanopoulos, bitte.«

Claire zuckt zusammen. Die Sekretärin hat die Tür geöffnet und sieht sie streng an. An Fortlaufen ist nicht mehr zu denken. Willenlos steht sie auf, geht an der Sekretärin vorbei ins Vorzimmer. Im nächsten Moment steht sie in der Tür zum Büro von Petros dem Zweiten, der an seinem Schreibtisch sitzt, einen Füllfederhalter in der Hand, vor sich eine Mappe mit Dokumenten. Die Sekretärin schließt die Tür.

»Ja?«, fragt Petros der Zweite und sieht auf. »Claire Stephanopoulos?«

Sie nickt.

Der Patriarch legt seinen Federhalter beiseite und weist auf den Besucherstuhl. »Komm näher, mein Kind, und nimm Platz.«

Sie tritt vor, setzt sich. Der Schreibtisch des Patriarchen ist riesig, aus dunklem Holz, darauf mehrere Mappen. Claire schaut nach links, wo an der Wand ein großes Kreuz mit einer Jesusfigur hängt. Gegenüber auf der anderen Seite des Raumes auf einer Art Anrichte befindet sich eine Statue der Madonna mit dem Kind.

Der Patriarch mustert sie derweil, wie sie in ihrem Kleid mit den geschlossenen Schuhen und dem gebügelten Oberteil vor ihm sitzt, er bemerkt, wie sie die Umgebung, den Raum um sie herum genau betrachtet. Nach einer Weile des Schweigens fragt er schließlich: »Was führt dich zu mir?«

Claire hat den Blick auf die Hände in ihrem Schoß gerichtet, wagt nicht, aufzuschauen. Sie räuspert sich. »Ich … Nun, es ist …« Sie schafft es nicht, es will ihr nicht über die Lippen.

Petros lächelt freundlich. »Na, ich sehe doch, dass dir etwas auf der Seele brennt«, sagt er mit freundlicher Stimme. »Mir kannst du vertrauen.«

Da platzt es aus ihr heraus. »Es geht um meinen Vater.«

»Yannis.«

»Ja.«

»Ich kenne ihn gut. Ein vorbildlicher Seelsorger, eine Stütze der Gemeinde. Was ist mit ihm?«

Nun gibt es kein Zurück mehr. »Er schlägt und misshandelt uns. Meine Mutter und mich.« Wie ein saurer Drops sind die Worte in ihrem Mund explodiert. Einfach so. Das, was sie noch nie jemandem gesagt hat – nun ist der Raum erfüllt von dieser Wahrheit.

Es folgt eine lange Stille.

»Warum erzählst du mir das?«, fragt der Patriarch schließlich.

»Es … es wird immer schlimmer. Er wird immer gewalttätiger. Und ich weiß nicht, mit wem ich sonst sprechen soll.«

»Nun, du solltest das innerhalb der Familie besprechen.«

»Besprechen? Aber wie bitte soll ich es besprechen, wenn es doch mein Vater ist, der dieses Leid verursacht. Und wer würde mir glauben? Solche unschönen Dinge möchte die Verwandtschaft nicht hören. Darüber wird auch heute noch geschwiegen.«

»Was ist mit deiner Mutter?«

»Meine Mutter ist ja selbst Opfer seiner Misshandlungen. Sie leidet genauso wie ich – oder sogar noch mehr!«

»Nun, das ist bedauerlich, aber dennoch bleibt es nun mal eine private Angelegenheit. Abuna Yannis ist ein Priester unserer Gemeinde, und ich habe darauf zu achten, dass er sich als Priester keine Fehltritte erlaubt. Aber was er in seinem Privatleben tut, geht mich nichts an. Das musst du verstehen.«

»Verstehen? Ich komme zu Ihnen und bitte um Hilfe, und Sie, Sie …« Claire umklammert die Lehnen ihres Stuhls. »Sie schicken mich einfach weg? Ich sage ihnen, er schlägt uns, und Sie sagen, das ist privat? Soll ich Ihnen sagen, wie er es macht? Mit Gürteln, mit Besen, mit der Hand, mit Schuhen. Wollen Sie meine blauen Flecken sehen?« Sie krempelt einen Ärmel ihrer Bluse hoch. Der Arm ist voll mit Blutergüssen. »Und wollen Sie wissen, was er noch mit mir tut?«

Patriarch Petros verzieht keine Miene, schaut sie nur schweigend an.

Claire springt auf. »Was sind Sie nur für ein Mensch? Und Sie wollen unser Patriarch sein? Sie sollen sich um die

Menschen in Ihrer Gemeinde kümmern, sie beschützen! Was für eine Kirche ist das, wenn Sie Hilfesuchende einfach wegschicken und Ihre Augen verschließen, wenn Sie …«

»Mein Kind!« Der Patriarch hat sich ebenfalls erhoben. »Mein Kind«, wiederholt er leiser und hebt begütigend die Hände. »Beruhige dich. Die Kirche ist mit den Friedfertigen und Frommen. Finde Schutz beim Herrn, im Gebet. Er wird dir die Kraft und die Weisheit geben, mit den Prüfungen, die das Leben uns allen auferlegt, fertigzuwerden. Wer auf den Herrn vertraut …«

In Claires Ohren beginnt es zu rauschen. Sie sieht, wie der Patriarch seinen Mund bewegt, doch sie hört seine Worte nicht mehr. Ihr ist schwindelig. Sie muss hier weg. Sofort. Es kostet sie große Anstrengung, sich umzudrehen. Dann ist sie bei der Tür, draußen auf dem Korridor. Sie beschleunigt ihre Schritte, eilt dem Ausgang zu. Sie fühlt sich bestärkt in der Erkenntnis, dass ihr niemand helfen wird. Dass sie sich selbst helfen muss.

# KAPITEL 6

## NOCH MONTAG

Spätestens als der Schuss fällt, reißt es auch noch den Letzten in der al-Naby-Daniyal-Straße aus dem Schlaf. Die Tumulte und Auseinandersetzungen waren schon vorher so laut, dass in einigen Wohnungen die Lichter angegangen sind. Nun treten Menschen auf Balkone und lugen an Fenstern vorsichtig in Richtung der Sankt-Markus-Kathedrale.

Von dort sind die Schüsse gekommen.

Wie ein dunkler Berg liegt die Kirche am Ende der Straße. Aus dem Innern ertönen Rufe, weitere Schüsse fallen. Dann fliegt die Hauptpforte der Kathedrale auf, und zwei vermummte Personen rennen auf die Straße, eine von ihnen dreht sich um, schießt im Laufen, scheint aber ihr Ziel zu verfehlen. Einer der Verfolger muss sich bis aufs Dach der Kathedrale hochgearbeitet haben, um von dort eine ganze Salve auf die Flüchtenden abzufeuern. Die Schüsse zischen durch die Luft, schlagen in Stein und Fensterscheiben ein, die scheppernd zu Bruch gehen. Doch die Männer laufen weiter, reißen die Türen eines wartenden

Wagens auf, springen hinein, und der Mercedes Jeep rast mit quietschenden Reifen davon in Richtung Corniche, in Richtung Hafenbucht, die nur ein paar hundert Meter entfernt liegt. Mindestens drei Verfolger sind inzwischen aus der Kirche herausgerannt, versuchen, die Flüchtenden noch zu erwischen, kommen zu spät, wollen fliehen, als sie die Sirenen der sich nähernden Polizeiwagen hören, deren flackernde Lichter sich bereits auf den Häuserwänden spiegeln. Zwei Autos nähern sich fast zeitgleich dem Gotteshaus, formieren sich in der Straße, bremsen scharf und spucken schwerbewaffnete Polizisten aus, die die Flüchtenden ins Visier nehmen. Laute Rufe ertönen: »Hände auf den Rücken!« »Keine Bewegung!«, während andere Kollegen in geübter Formation die Straßenecken sichern und mindestens drei weitere Polizisten die Kirche stürmen. Aus dem Innern hört man Schreie und einen Warnruf. Nach nur wenigen Minuten hat die Polizei die vier Männer gefasst, die wild gestikulierend angeben, lediglich zur Gemeinde zu gehören und das Gebäude gegen Einbrecher verteidigt zu haben. Als ob sie gewusst hätten, dass diese kommen würden. Und die Eindringlinge? Sie waren vermummt, teils zierlich und klein, teils von normaler Statur. Die Gemeindemitarbeiter geben an, so genau hätten sie sie nicht erkannt. Die Eindringlinge seien hinausgelaufen und Richtung Hafen entkommen. Angeblich sei auch dieser französische Forscher dabei gewesen, der seit Tagen schon in den Kirchen der Stadt herumschleiche. Der Mann, der das zu berichten weiß, liegt mit Kabelbinder gefesselt am Boden.

»Du lügst doch, da steckt doch mehr dahinter! Ihr wusstet doch, dass die kommen! Raus mit der Sprache!«, schreit einer der Polizisten das angebliche Gemeindemitglied an.

»Nein! Hören Sie! Sie irren sich! Wir sind immer hier, um die Kirche zu bewachen! Sie wissen doch, wie gefährlich die Lage in diesem Land sein kann!«

»Du lügst!«, brüllt nun der Polizist, drückt dem am Boden Liegenden sein Knie in den Rücken, worauf der Mann vor Schmerz aufschreit. Der Polizist holt zum Schlag aus, als Theo sich ihm von hinten nähert. »Halt!«, ruft sie laut. »Es reicht! Siehst du nicht, dass der arme Mann kaum Luft bekommt?« Mit geübten Schritten umkreist sie einmal den Festgenommenen. »Was sind das für Spiele hier?«, sagt sie mehr zu sich als zu dem Mann am Boden, zu dem sie sich nun hinunterbeugt und ihm fast in die Augen schaut. »Sie sagen, Sie hätten hier den französischen Forscher gesehen? Jacques Bernheim? Was sollte der denn nachts in eurer Kirche zu suchen haben?«

Der Ägypter schüttelt nur den Kopf. »Woher soll ich das denn wissen? Omar, mein Freund, der neben mir in der Kirche war, hat das gesagt. Er meinte, er habe den Mann aus der Zeitung erkannt. Lassen Sie mich endlich los!«

Theo richtet sich wieder auf und bedeutet dem Kollegen, den Mann loszulassen. »Das reicht für den Moment«, sagt sie an den jungen Polizisten gewandt. »Kenne ich Sie nicht?«

»Ich bin Basil«, erwidert der Polizist«, »wir haben uns an der Stanley Bay getroffen. Der tote Priester! Sie erinnern sich?« Theo nickt. »Was genau ist denn vorgefallen? Konnten Sie etwas sicherstellen?«

»Bislang lediglich eine Metallstange vor dem Altar, die

eigentlich von Bauarbeiten aus der Kirche zu stammen scheint, und eine Pistole. Wir haben ein paar Einschlusslöcher in der Kirche entdeckt. Anwohner berichten von zahlreichen Schüssen. Eine Salve muss auch vom Dach gekommen sein. Vielleicht ist der Schütze über die Dächer oder einen Hinterausgang geflohen. Wir haben eine leicht verletzte Person hier. Was mit den anderen Flüchtigen ist, können wir nicht sagen. Angeblich sind sie mit einem Mercedes Jeep abgehauen.

Durchdringend sieht er Theo an. »Wie hat es die Mordkommission eigentlich so schnell hierhergeschafft?«

Theo hält seinem Blick stand: »Polizeifunk. Schon mal gehört?« Sie sieht sich um, als gerade der letzte Verdächtige aus der Kirche hinausgeführt wird. »Dann werden wir uns mal mit diesem Franzosen unterhalten müssen. Vielleicht haben wir Glück und finden bei ihm noch ein bisschen was. Schon erstaunlich, warum sich ein französischer Archäologe Schlachten mit ägyptischen Geistlichen liefern möchte.«

»Na gut«, erwidert Basil, »eine Schlacht war es nicht, und es müssen ja keine Geistlichen gewesen sein.«

Theo zuckt nur mit den Achseln. »Da haben Sie natürlich recht!«

Aus dem Augenwinkel sieht sie, dass Fadi sich mit ihrem Wagen einen Weg an den Streifenpolizisten vorbeigeschlängelt hat und nun Anstalten macht, auszusteigen. Sie gibt ihm ein Handzeichen, dass er warten kann. Theo geht auf ihn zu und verlangt den Schlüssel. »Einsteigen! Ich fahre!«

»Echt jetzt? Wohin denn? Weißt du, wie spät es ist?«,

fragt er, um ihr doch sofort den Schlüssel zu überreichen. »Was war da überhaupt los?«

»Das erzähle ich dir unterwegs«, sagt sie und freut sich insgeheim erneut darüber, dass Fadi ihre Anweisungen so anstandslos akzeptiert.

Die meisten anderen ägyptischen Männer hätten zumindest einen Spruch gebracht, viele gar eine größere Diskussion angefangen. Sie drückt das Gaspedal durch, und das Auto schnurrt davon in Richtung Hafen.

Als sie dort ankommen, fehlt jedoch das Polizeiboot, mit dem sie zum Schiff des Franzosen übersetzen müssen. Genervt schüttelt Theo den Kopf. Sie kann es nicht leiden, zu warten. Und fragt sich, auf welchem Einsatz das einzige Polizeischlauchboot von ganz Alexandria eigentlich gerade unterwegs ist.

Mehr als dreißig Minuten später schippert das Boot endlich heran, Ahmed, der demonstrativ schlechtgelaunte Kapitän, schaut Theo aus müde-gelangweilten Augen an. »Meine Schicht ist in zehn Minuten vorbei, ab dann berechne ich Überstunden«, sagt er, als Theo und Fadi sich anschicken, auf das wackelige Schlauchboot zu steigen. Sie überlegt, ihm zu sagen, dass es ihr auch lieber gewesen wäre, schon eine halbe Stunde früher auf das Boot gebracht zu werden, entscheidet sich dann aber dagegen. Er kann ja auch nichts dafür, dass allein der Antrag für ein zweites Schlauchboot vermutlich Monate in der ägyptischen Bürokratie Patina ansetzen würde, bevor sich ein unterbezahlter Beamter erbarmte, ihn mal zu bearbeiten.

Als sie sich der mächtigen Jacht nähern, schaltet Ahmed die Scheinwerfer ein, Theo schaut auf den Namen des Bootes, kann ihn jedoch nicht lesen. Es sind Hieroglyphen, und die hat sie nie gelernt. Theo greift zum Megafon, das hinten bereitliegt. Sie schaut kurz auf die Uhr, es ist inzwischen zwei Uhr dreißig. Nachtruhe ist in Ägypten ohnehin relativ. »Achtung, hier ist die Polizei von Alexandria. An die Besatzung der französischen Jacht. Wir erbitten Zustieg!«, spricht Theo in das Megafon.

Es dauert nicht lange, da gehen einzelne Lichter an Bord an und zwei Crewmitglieder erscheinen über ihnen an der Reling. Sie bedeuten ihnen, zum hinteren Ende der Jacht zu fahren, wo sie das Schiff vertäuen können und über die Treppe an Bord kommen. Schwungvoll zieht Theo sich an der Leiter hoch und streicht sich die Haare aus dem Gesicht.

»Guten Abend. Wir möchten mit Jacques Bernheim sprechen!«, sagt Theo, als auch Fadi an Bord ist, und hält ihren Dienstausweis vor das Gesicht des Crewmitglieds, das ganz offensichtlich aus dem Tiefschlaf gerissen wurde. »Wir haben ihn schon geweckt, er wird gleich hier …«

»Guten Abend«, unterbricht ihn eine Stimme, und hinter dem Stewart erscheint ein elegant gekleideter Mann Anfang fünfzig, den Theo sofort als den Eigentümer der Jacht erkennt. Anders als seine Crew sieht er so aus, als sei er noch gar nicht im Bett gewesen. Perfekt zurechtgemacht, frisiert, hellwach begrüßt er die Kommissarin mit einem Handkuss.

Unangenehm berührt zieht Theo nach zwei Sekunden ihre Hand weg. Ihr ist die Geste zu intim. Sie mag es nicht, von fremden Männern so begrüßt zu werden – auch nicht von Franzosen. Sie schaut sich um und betrachtet das Außendeck, das von ein paar seitlichen Spots erleuchtet wird. Die Glasschiebetür zur Lounge steht halb offen, drinnen ist es komplett dunkel. Jacques Bernheim macht keine Anstalten, sie hineinzubitten. Warum auch. Obwohl es mitten in der Nacht ist, ist es angenehm mild und windstill. Das Meer wärmt auch im Oktober nachts noch die Luft, sodass man es gut im Freien aushalten kann. Na gut, denkt sich Theo, dann reden wir gleich hier und jetzt.

»In der Sankt-Markus-Kathedrale hat es heute Nacht einen Einbruch gegeben. Es kam zu einem Schusswechsel.«

»Das ist bedauerlich«, sagt Jacques Bernheim mit einem freundlichen Lächeln. »Und was habe ich damit zu tun?«

»Das genau wüssten wir gern von Ihnen«, erwidert Theo ebenso süß. »Es gibt Hinweise, dass die Angreifer in Richtung Hafen und von dort aus mit einem Boot möglicherweise hierher geflüchtet sind.« Sie schaut ihn lange und durchdringend an. »Hätten Sie etwas dagegen, wenn wir uns hier mal etwas umsehen?«

Jacques schaut kurz nach unten, macht einen Schritt auf Theo zu und lächelt dann amüsiert. »Ich habe nichts dagegen, aber ich hätte es doch lieber, Sie machen das, wenn Sie einen Durchsuchungsbeschluss dabeihaben. Ich war nämlich gerade auf dem Weg ins Bett, wissen Sie …«

Theo kocht innerlich. Aber was hat sie erwartet? Sie würde erst ihre Hausaufgaben machen müssen, bevor sie hier erneut auftaucht. »Verstehe. Dann sehen wir uns …« Theo überlegt einen Moment. Morgen hat sie noch etwas Besonderes vor, von dem niemand etwas wissen muss. »Wir sehen uns Mittwoch! Kommen Sie bitte um elf Uhr in die Polizeibehörde. Und dies ist eine offizielle Vorladung! Sollte sich darüber hinaus anhand der Überwachungskameras herausstellen, dass Sie oder Ihre Männer an dem Überfall beteiligt waren, werde ich nicht lockerlassen, bis ich eine Antwort auf die Frage bekomme: Warum? Was haben Sie dort gesucht?« Sie war schon fast wieder auf dem Weg zum Boot, als ihr offenbar noch etwas einfiel. »Ach so, sagen Sie, gehören auch Kraftfahrzeuge zu Ihrer Ausstattung?«

Irritiert sah Bernheim sie an.

»Sie wissen schon, Autos!«, klärt sie ihn auf.

»Ja, natürlich«, erwidert er verwirrt.

»Bestens«, sagt Theo nicht ohne eine gewisse Schadenfreude. »Dann bringen Sie die Unterlagen morgen bitte gern mit ins Präsidium. Ich interessiere mich vor allem für einen Mercedes G-Klasse, anthrazit.« Sie zeigt ihm einen Zettel mit dem Kennzeichen.

Ohne ein weiteres Wort lässt sie Bernheim stehen. Sie hofft einfach, dass sie mit ihrem Verdacht richtigliegt.

Der Blick, mit dem Jacques sie ansieht, spricht Bände: Er ist irgendwie süffisant, provokativ, aber auch verächtlich. Der Mann wiegt sich in Sicherheit. Nun denn. Wenn er mit dem Überfall auf die Kirche oder womöglich mit dem Mord an dem Priester etwas zu tun hat, wird sie das schon herausfinden.

Jacques beendet die strenge Stille zwischen ihnen. »Dann wünsche ich ihnen viel Glück bei Ihren Ermittlungen. Wenn Sie sonst keine weiteren Fragen haben …« Er streckt ihr die Hand zum Abschied entgegen. Jetzt also kein Handkuss mehr. Sie ignoriert die Geste und dreht sich wortlos um.

»Können Sie mir garantieren, dass mir diese Überstunde bezahlt wird?«, empfängt sie Ahmed, der Bootsführer, meckernd. Theo quittiert dies bloß mit einem »Nein!« und lässt sich auf die hintere Bank in dem Schlauchboot plumpsen.

Sie schaut auf die gelb erleuchtete Kulisse des nächtlichen Alexandria. Es wirkt so still und fast beschaulich um diese Zeit, wenn nicht mehr alle acht Spuren der Autobahnen vollgestopft mit Fahrzeugen sind. Sie hat eine Idee, wo sie morgen früh, nachdem sie wenigstens ein paar Stunden geschlafen hat, als Erstes hinfahren wird.

# KAPITEL 7

## DIENSTAG

Theo schlägt die Tür des Polizeiwagens energisch zu. Ihr Kollege Fadi hatte sie von der Polizeistation den kurzen Weg zur Corniche mitgenommen, zunächst die Al-Naby Danyal Straße, durch die alte Innenstadt, dann auf die El-Gaish-Road und weiter ein kurzes Stück gen Osten. Der Verkehr ist erneut so dicht, dass sich sofort ein Stau bildet und ein Hupkonzert ertönt, als Fadi anhält, um Theo aussteigen zu lassen.

Theo kneift ein wenig die Augen zusammen und betrachtet einen Moment das monumentale, futuristisch anmutende Gebäude vor ihr. Die Bibliotheca Alexandrina.

Ihr historisches Vorbild, die große Bibliothek von Alexandria, hieß in der Antike nur Museion. Ihr Ruf hat die Jahrtausende überdauert und steht bis heute für Wissen und Weisheit. Dabei ist bis heute gar nicht klar, was davon Mythos, was Realität ist, denn niemand weiß genau, wo dieses sagenhafte Gebäude eigentlich gestanden hat. Dort, wo sich heute der Schildkrötenpanzer der Bibliotheca Alexandrina erhebt, war sie jedenfalls ganz bestimmt nicht.

Theo schreitet in den Eingangsbereich. Wenn man es nicht besser wüsste, könnte diese tortenartige Rotunde auch die Empfangshalle eines Flughafens sein. Die Architektur ist klar und licht, ein wenig kathedralenartig auch. Trotz der Größe des Raums herrscht hier für ägyptische Verhältnisse eine auffällige Stille. Die Hülle mag eine andere sein, aber die Aura, die Idee, das Ideal der Bibliothek damals und heute scheint sich doch zu gleichen.

Was mag sich Ptolemaios der Erste gedacht haben, fragt sich Theo. Der erste König der Ptolemäer-Dynastie kam dereinst als Weggefährte Alexanders des Großen hierher, an diese Küste, wo nur ein paar versprengte Dörfer sich befanden. Quasi aus dem Nichts heraus schufen sie eine Stadt, die schnell zum Zentrum der hellenistischen sowie römischen und ägyptischen Welt werden sollte. 295 vor Christus, vor nunmehr 2319 Jahren – so viel ist sicher –, entschied der greise König, in dieser Stadt ein Wissenszentrum zu errichten, um das Wissen dreier Zivilisationen miteinander in Austausch zu bringen – das Griechenlands, das Ägyptens und das Asiens. Wissen, Erkenntnis, Fortschritt und Entwicklung. Damals wie heute.

Und dann all die Mythen, die sich um diese Institution rankten und ranken! Wenn im antiken Alexandria im Hafen Schiffe anlegten, so sollen sie dazu verpflichtet gewesen sein, alle Papyri, die sie mitführten, abzugeben. Die Schreiber der damaligen Bibliothek kopierten diese sodann, und anschließend wurden die Kopien den rechtmäßigen Eigentümern zurückgegeben. Die Originale verblieben im Museion.

Auf welchem Meeresgrund diese Schriftrollen nun schlummern mochten? Oder es stimmte, und das Gebäude ging während einer einzigen verheerenden Feuersbrunst samt allen Zeugnissen in Rauch und Asche auf.

Theo blickt in den Lesesaal, in den hell das Sonnenlicht fällt. Forscher sagen, dass uns nur ein Prozent des Wissens der Antike tatsächlich überliefert sei. 99 Prozent des Wissens der alten Griechen, Römer, Ägypter sei unwiederbringlich verloren. Was für ein Gedanke. Wenn wir heute Aristoteles lesen und ihn nach wie vor für einen der klügsten Köpfe der Philosophie halten, wen kennen wir dann nicht, wenn es noch knapp hundert andere Denker seines Kalibers gegeben hat?

Das Schicksal, oder besser der Zufall, wählte aus, was die Jahrtausende überdauern würde und was nicht. Waren es wirklich die Klügsten, Berühmtesten, Besten, deren Namen und Wissen wir heute noch kennen? Oder gab es andere, die noch mehr wussten und schrieben? Theodora seufzt. Zu oft hängt sie solchen unlösbaren Gedankenspielen nach. Dabei wird das wahre Wissen der Antike stets ein Mysterium bleiben, verloren gegangen im Strudel der Zeit.

Theodora durchschreitet den großen Lesesaal, der, in mehreren versetzten Emporen nach oben getrieben, unter einer kassettenförmigen Glas-Stahl-Kuppel endet. Sie hat sich mit dem Direktor der Bibliotheka, Professor Hamdy Abouleish, verabredet, denn sie hat Fragen, auf die ihr keine Antwort einfällt. Aber ihr Gefühl sagt Theo, dass es mit der Geschichte der Stadt zusammenhängt und dass er, Hamdy, ihr dabei helfen könnte.

Professor Hamdy ist ein älterer Herr von Mitte sechzig und damit kurz vor dem Ruhestand. Sein dichtes Haar, das er streng nach hinten kämmt, glänzt schlohweiß. Auf seiner Nasenspitze balanciert eine Lesebrille mit schwarzem Rand. Immer wenn er etwas lesen oder sich genau ansehen will, kippt er den Kopf ein wenig in den Nacken und hebt das Buch in die Höhe, damit er durch die schmale Brille sehen kann. Professor Hamdy ist ein Mann alter Schule. Stets trägt er einen Anzug mit Hemd und Krawatte, wenn er aus dem Haus geht. Tradition und Routinen sind ihm heilig. Ebenso heilig wie sein geminzter Shai-Tee am Morgen. Stil, Respekt und Achtung sind für Herrn Hamdy Werte, die er beschlossen hat so lange zu pflegen, wie sie der Menschheit weiter abhandenkommen. Das ist seine eigenwillige Art, dem Fortschritt und der Verrohung die Stirn zu bieten und Moral und Anstand zu pflegen.

»Professor Hamdy Abouleish?«

»Frau Kommissarin Costanda! Sehr erfreut!«, erwidert der Professor und deutet mit seinem Kopf eine leichte Verbeugung an. »Nennen Sie mich einfach Professor Hamdy. Das tun alle.«

»Vielen Dank, dass Sie so kurzfristig für mich Zeit haben!«

»Selbstverständlich. Wissen Sie, der Alltag eines Museumsdirektors ist in der Regel von einer, sagen wir, zeitlichen Flexibilität gekennzeichnet, die vielleicht auch an den Jahrtausenden liegt, die hier nebeneinander Bestand haben, wenn Sie so wollen. Selbstverständlich tragen wir hier eine große Verantwortung, für dieses wunderbare Haus, für meine Mitarbeiter und die Pflege unseres Erbes. Davon abgesehen dürfte es aber weniger unvorhersehbar zugehen, als es wahrscheinlich in Ihrem Beruf der Fall ist. Und Ihre Anfrage klang durchaus dringend.« Theodora nickt leicht und lächelt. Was für ein erstaunlicher, kultivierter Herr.

»Lassen Sie mich raten. Kommen Sie unter Umständen wegen des ermordeten Priesters, dessen Fall gerade so großes Aufsehen erregt? Ich habe Ihren Namen in einem Artikel zu dieser Angelegenheit gesehen, da stand, dass Sie ermitteln.«

»Nun, *ustad*, Professor, ich darf zu den laufenden Ermittlungen leider nichts sagen, aber vielleicht so viel: Ja, es gibt einen indirekten Zusammenhang.«

»Ich tue, was ich kann. Was möchten Sie wissen?«

»Es geht darum, dass eine der Personen, die wir uns im Zusammenhang mit dem Fall genauer anschauen, ein französischer Archäologe, der mit seiner Jacht draußen im Hafen liegt, offenbar besonderes Interesse an gewissen Kirchen hat. Er scheint dort etwas zu suchen und ist bisweilen mit modernster Technik ausgestattet. Ich frage mich, was es ist, das er in diesen Gebäuden zu finden hofft.«

»Wo genau befinden sich diese Kirchen? Sind sie über die Stadt verstreut, oder liegen sie dicht beieinander?«

»Sie befinden sich in unmittelbarer Nachbarschaft zueinander. Ganz nah an der Polizeistation übrigens, in der ich arbeite, im al-Attarine-Viertel.«

»Al-Attarine?« Professor Hamdy zieht überrascht die Augenbrauen hoch. Er dreht sich langsam um und geht ein paar Schritte in Richtung der zur Kuppel hin geöffneten

Empore, hält seine Hände locker hinter dem Rücken verschränkt. »Ach, ob das wohl nie aufhört«, murmelt der Direktor und verfällt darauf in ein tiefes Schweigen.

»Was meinen Sie? Was hat das zu bedeuten?«, getraut sich Theo schließlich zu fragen.

»Nun, wie Sie sicherlich wissen, steht unser heutiges Alexandria auf den Ruinen der antiken Metropole.«

»Das ist mir bekannt. Der Gedanke, dass es damit zu tun haben könnte, ist recht naheliegend.«

»Natürlich. Wir wissen eigentlich nicht, wie das antike Alexandria genau aussah, und die heutigen Umrisse der Stadt haben mit denen der alten Metropole nichts gemein. Aber wie so oft in der Geschichte gibt es Hinweise, dass manche Stätten sozusagen in einem Kontinuum weiterbestehen und nur den Gott gewechselt haben, der darin angebetet wird.«

»Sie meinen damit die Kirchen, die dieser Archäologe aufsucht?«, hakt Theo nach.

»Genau. In al-Attarine befinden sich einige der ältesten Gotteshäuser der Stadt, die in einigen Fällen einst keine Kirchen waren, aber dennoch Stätten, die in vorchristlicher Zeit zu religiösen Zwecken genutzt wurden. So erfüllen sie heute einen anderen, christlichen Zweck. Aber in ihnen, oder unten ihnen, liegt das Erbe unserer antiken Welt.«

»Und was, *ustad*, könnte dann ein Forscher heute in diesen Kirchen suchen?«

»Es gibt natürlich verschiedene Schätze der Antike, nach denen zu graben es sich lohnt. Aber ich habe eine Vermutung, wonach dieser Franzose sucht. Haben Sie auf den Namen der Jacht geachtet?«

»Ja und nein. Es befanden sich dort, wo der Name steht, nur Hieroglyphen. Keine Ahnung, was sie bedeuten. Dieses Schriftsystem habe ich leider nie gelernt.«

»Dafür haben Sie jetzt mich! Ich zeige Ihnen, was auf dem Boot steht.« Professor Hamdy zeichnet flink eine Abfolge von Hieroglyphen: Trapeze, ein Löwe, zwei Adler und weitere Zeichen.

Erstaunt blickt Theo vom Papier zum Gelehrten und zurück. »Ja, so ungefähr sah das aus.«

»Das ist der Name der altägpytischen Königin Kleopatra. Es ist nur eine Vermutung, aber ich denke, dass Ihr Mann unter den ältesten Gotteshäusern der Stadt nach dem Grab der Kleopatra sucht. Er wäre nun wirklich nicht der Erste.«

Theodora schaut Professor Hamdy lange fragend an.

»Es ist vielleicht das größte Geheimnis Ägyptens. Und keiner weiß, ob wir es je werden lüften können. Viele glauben, das Grab ist für immer verloren. Dass es sich irgendwo in dem Teil der Stadt befand, der im Meer versunken ist. Die Zerstörung durch Erdbeben und das Meerwasser hätten die Überreste der Königin und des mit ihr begrabenen Antonius für immer vernichtet. Aber noch wissen wir es nicht.« Der Professor zuckte beinahe schelmisch mit den Schultern. Diese Art von Rätseln scheint ihm Spaß zu machen.

Theo überlegt einen Moment. Kleopatras Grab? Es erscheint ihr nicht abwegig, was der Professor da sagt. Ganz und gar nicht. »Das ist eine Möglichkeit. Sie sagen also, einige nehmen an, das Grab sei im Meer versunken?«

»Ja. Und dann gibt es diejenigen, die glauben, das Grab

liegt noch irgendwo unter der heutigen Stadt verborgen. Nach alter Überlieferung sollen Kleopatra und Antonius in einem Tempel der Isis bestattet worden sein. Viele dieser Tempel wurden im Laufe der Jahrtausende, in Kriegen und Naturkatastrophen, zerstört. Aber manche bestehen bis heute weiter, nur quasi in anderer Funktion.«

»Als Kirchen.«

»Genau. Nach den Göttern der Antike war es zunächst der christliche Gott, der in die umfunktionierten Tempel quasi einzog.«

»Später aber haben auch die Muslime ihre Gotteshäuser darin errichtet. Wieso scheint er hier nicht zu suchen?«, wundert sich Theo.

»Nun, es ist richtig, dass auch ein paar der Moscheen der Stadt in Gebäuden untergebracht sind, die zunächst antike Tempel und dann Kirchen waren. Interessanterweise war es möglich, in oder unter diesen Moscheen nach Überresten der frühen Besiedlungszeit Alexandrias zu suchen. Die Kirchen aber haben sich bis heute dem verweigert. Keiner weiß, warum.«

Theo schaut Professor Hamdy nachdenklich an. Selbst wenn Jacques Bernheim nach dem alten Grab der Kleopatra forscht, warum sollte er dann den Priester der Sankt-Nicholas-Kirche töten? Die Obduktion hat ja keine Kampfspuren ergeben, sondern deutete darauf hin, dass das Opfer seinen Mörder kannte. Stand er ihm im Weg? Oder steckt doch etwas vollkommen anderes dahinter? Theodora kann sich des Gefühls nicht erwehren, dass, kaum dass sie einen Teil des Puzzles zusammengesetzt hat, andere, neue Puzzleteile auftauchen, die nicht zum Rest passen wollen. »Für wie wahrscheinlich halten Sie es, dass dieses Grab noch jemals gefunden wird?«

»Mein Kind«, meint Hamdy und reibt sich mit Daumen und Zeigefinger über die Nasenwurzel, »mehr als zweitausend Jahre sind vergangen, in denen es nicht aufgetaucht ist. Viele Naturkatastrophen sind über die Stadt hinweggefegt und haben ihre Architektur verändert. Im Jahr 365 überrollte ein Tsunami das alte Alexandria und die Küstenlinie ist seither eine völlig andere. Gut möglich, dass das Grab zusammen mit vielen anderen Überbleibseln der Antike zerstört wurde, fortgerissen vom Meerwasser und für immer verloren.«

»Und wenn nicht?«

»Wenn nicht, dann liegt es in der Tat irgendwo hier, entweder auf dem Grund des Meeres in der Bucht oder irgendwo unter der modernen Stadt.«

Nachdenklich geht Theo vor dem Bücherregal auf und ab. »Warum sollte eine Kirche oder ihre Vertreter etwas dagegen haben, dass man in oder unter ihr nach alten Zeugnissen der Geschichte sucht?«, hakt Theo nach.

»Ach, Sie vermuten, dass der Archäologe den Priester ermordet hat, weil der Gottesmann nicht damit einverstanden war, die heiligen Gemäuer zu schänden, wenn Sie so wollen?«

Theo schweigt.

»Da muss ich überlegen. Ich bin Historiker, aber mir scheint, da geht es um etwas anderes. Vielleicht die Sorge um die religiöse Stätte. Sie sehen ja, wie sich Orte verändern, an denen archäologisch bedeutsame Funde gemacht wurden. Sie verwandeln sich in Sehenswürdigkeiten, Menschen aus aller Welt fallen plötzlich ein, bewaffnet mit ihren kleinen Telefonen, um alles zu fotografieren. Sollte man dort das Grab finden, wäre das sicherlich das Aus für die Kirche, unter der es gefunden wurde.«

»Das hieße ja aber, dass der Priester tatsächlich möglicherweise auch davon ausging oder sogar wusste, dass sich das Grab in seiner Kirche befindet«, schließt Theodora.

Der Professor dreht sich zu den großen Fenstern und sieht hinaus in den erneut wolkenlosen ägyptischen Himmel, an dem nicht einmal ein Schleierwölkchen vorbeiziehen möchte.

»Vielen Dank, Professor Hamdy.«

Fast sieht es aus, als wolle sich der Gelehrte verbeugen. »Es war mir eine Ehre.«

»Darf ich sie erneut kontaktieren, wenn ich noch Fragen habe?«

»Jederzeit. Auch wenn ich bezweifle, dass ich Ihnen von großem Wert sein kann.« Er zog eine Visitenkarte aus seiner Jacketttasche und reichte sie ihr. »Viel Erfolg, Frau Costanda! Sie stellen die richtigen Fragen!«

Nicht weit von Theodora und Professor Hamdy entfernt, aber irgendwo tief unter dem Getümmel der Vier-Millionen-Stadt, geben sich zur gleichen Zeit Patriarch Petros und Cerubiel Sakalis, der Polizeipräsident der Stadt, die Hand, während ein Diener in einer langen Kutte hinter ihnen die schwere hölzerne Tür schließt. Jetzt stehen sie sich gegenüber in diesem fensterlosen, schlichten Raum. Es ist kühl und klamm in diesem Kellergewölbe unter der Millionenstadt. Petros ist noch etwas außer Atem. Er hatte einige Mühe, über die schmale Holzstiege tiefer hinabzusteigen, den engen, steilen Schacht hinunter, während er sich an dem Seil festhielt, das an der Wand von einem Haken zum nächsten gespannt ist. Ihm graust es schon vor dem Rückweg, denn hinauf ist der Weg noch einmal anstrengender. Wie tief mag der Schacht sie wohl hinuntergeführt haben? Fünfzehn Meter sind es bestimmt. Er wird einfach langsam zu alt dafür. Aber heute musste es noch mal sein, denn was sie zu besprechen haben, ist für sonst niemandes Ohren bestimmt. Und da können sie nur hier unten wirklich sicher sein.

Petros holt noch einmal tief Luft und sagt dann: »*Marhaba*, Cerubiel, bitte setz dich!«, und deutet auf einen der beiden schlichten schwarzen Stühle, die sich in der Mitte des Raumes gegenüberstehen. Der Gesichtsausdruck von Cerubiel Sakalis verrät seinen Ärger, aber auch seine Sorge, die er sogleich dem Priester mitteilt. »Die Richter sind verärgert. Und ehrlich gesagt, ich bin es auch. Wie konnte es zu dieser Eskalation kommen? Das bringt uns alle in Gefahr.«

»Ich war nicht dabei«, erwidert der Patriarch. »Ich bin mir aber sicher, Abuna Gabriel hat so vorsichtig gehandelt, wie er konnte, wie er es ja auch stets getan hat. Er hatte mir berichtet, dass der Archäologe schon mehrmals an und in der Kirche war. Dass er ihn im Auge behalten wollte. Was dann geschehen ist? Nur Gott weiß es, aber es war mit Sicherheit nicht Abuna Gabriel, der Schuld an der Eskalation trägt. Das muss der Archäologe gewesen sein. Er hat unseren Bruder getötet.«

»Das können wir doch nicht mit Gewissheit sagen«, begehrt der Polizeipräsident auf.

»Nichts lässt sich mit Gewissheit sagen, aber wer sonst sollte es gewesen sein? So wie er später mit seinen Leuten in die Kathedrale eingedrungen ist und auch dort die Lage eskalierte. Die Stimmung ist angespannt. Und sollte das Geheimnis entdeckt werden, werden die Richter sich an euch rächen.«

»Also, was schlägst du vor?« Der Ärger steht Cerubiel Sakalis noch immer ins Gesicht geschrieben.

»Der Archäologe muss von seinem Vorhaben ablassen!«

»Wie soll das geschehen? Er scheint wild entschlossen, er hat die Presse hinter sich und eine Forschungsgenehmigung!«

»Dann muss er auf andere Weise dazu gebracht werden, nicht mehr bei uns zu suchen!«

»Und du weißt auch schon, wie?«

»Ich habe in der Tat eine Idee«, sagt der Priester und umfasst mit Daumen und Zeigefinger sein spitzes Kinn.

# KAPITEL 8

▲

## DIENSTAG

Ein Lächeln huscht über Theodoras Gesicht, während sie beobachtet, wie ihre Mutter vorsichtig die Schleife öffnet und das Geschenkpapier abstreift, beiseitelegt und das Buch, das darin eingewickelt war, glücklich betrachtet. Dabei wusste sie vorher schon, was sich in ihrem Geburtstagsgeschenk befindet. Theo hat es sich zur Tradition gemacht, jedes Jahr zum Geburtstag ihrer Mutter aus den unzähligen digitalen Fotos aus dem abgelaufenen Jahr, die sie mit ihren Smartphones gemacht haben, die besten, schönsten, emotionalsten auszusuchen, ausdrucken zu lassen und ihr in einem kleinen Bildband zusammenzustellen. Für das Cover hat sie sich ein ganz besonderes ausgesucht. Darunter steht noch die Jahreszahl, mehr aber nicht. Wenn Theo in das Bücherregal ihrer Mutter im Flur schaut, reichen die Bände inzwischen zehn Jahre in die Vergangenheit zurück. Zehn Jahre!

Und davor?

Es gibt keine Fotobücher aus der Zeit davor, wahrscheinlich noch nicht mal Fotos, denn die Jahre waren für sie beide nicht leicht gewesen. Theo steht vor dem Regal und überlegt, wie es wäre, stünden dort Alben aus ihrem früheren Leben. Wie würden die Bilder aussehen? Ein paar Aufnahmen gibt es natürlich. Weihnachten und Geburtstage mit ihren Eltern. Urlaubsschnappschüsse. Aber irgendwann hörten sie auf. Theo erinnert sich. Damals war sie vierzehn gewesen.

Heimat. Für sie ist es das hier, Alexandria. Dabei wurde sie in Brüssel, in Belgien geboren. Ihre Eltern waren als junge Studenten von Ägypten in die belgische Hauptstadt gezogen, ihr Vater wurde Arzt, sie bekamen ein Kind, sie, Theodora.

Theo ist zweisprachig aufgewachsen. Heute ist ihr Französisch brüchig, sie braucht es nie, ist aus der Übung. Und auch früher hat sie es mit Akzent gesprochen, denn sie wohnten damals nicht in den noblen Vierteln im Süden oder Osten der Hauptstadt, sondern am nördlichen Rand der Innenstadt, in einer der Gemeinden mit einem Ausländeranteil von über siebzig Prozent, in Saint-Josse. Dort waren fast alle um sie herum Migranten, Zugereiste, die ihre Sprachen mitgebracht hatten aus Algerien, dem Kongo, Vietnam oder dem Iran und für die Französisch eine Brücke zueinander war, um sich auszutauschen, zu verständigen. Mit dem feinen, lupenreinen Französisch der Oberschicht hatte das jedoch wenig gemein gehabt.

Sicher, als Arzt hätte ihr Vater gute Chancen gehabt, woanders arbeiten zu können, in einem besseren Viertel der Hauptstadt oder vielleicht auch ganz woanders, in Frankreich oder der Schweiz. Aber er wollte dort bleiben, wo sie waren. Hatte das immer als eine Haltung der Solidarität gegenüber den vielen Migranten in ihrem Viertel dargestellt. In den reichen Viertel gebe es ja schon so viele Ärzte, aber dort, in dem Schmelztiegel der Nationen, da brauchten sie ihn. Einen, der so war wie sie. So seine Erzählung, die ihn so gut dastehen ließ. Heute zweifelt Theo an der Aufrichtigkeit seiner Saga vom edlen Arzt für die Armen, denn selbstlos, an andere denkend – so hat sie ihn nicht erlebt. Aber vielleicht war er ja auch nur zu ihr und ihrer Mutter so rücksichtslos und hob sich die fürsorgliche Liebe für andere auf?

Für Theo hat sich ihr Leben schon seit jeher zwischen zwei Welten abgespielt. Zu keiner von ihnen gehörte sie wirklich. Sie war keine »echte« Belgierin, aber auch nicht so »ägyptisch« wie die Mädchen, die sie im Urlaub in Alexandria oder Kairo traf. Und so ist es bis heute. Das, was Theo kennengelernt hat, bevor ihr Vater ging und als er dann weg war, passt nicht in die tradierte patriarchale Struktur des heutigen Ägyptens. Es ist der europäische Anteil in ihr, der von der Selbstbestimmung der Frau redet, und von Emanzipation und Autonomie. Notgedrungen. Weder sie noch ihre Mutter hatten eine Wahl gehabt.

Obwohl sie schon vierzehn war, kann sich Theo an die Tage damals nur dunkel erinnern. Wahrscheinlich hat ihr Gehirn Teile der Erinnerung gut weggeschlossen, weil der Schmerz zu groß war. Dass ihr Vater eine neue Frau hatte, sich scheiden ließ, auszog. Dass ihre Mutter, die keine Arbeit in Belgien hatte, keine Ausbildung, nur schlecht Französisch sprach, keine andere Wahl hatte, als in ihr

Heimatland zurückzugehen. Und sie mitnahm. Sicher, Theo kannte Ägypten aus den Sommerferien, wenn sie bei Freunden und Cousinen in Alexandria waren, für die sie immer die reichen Verwandten aus dem Westen waren. Im Urlaub war das alles aufregend! Diese Gemeinschaft, diese weniger regelbeladene Welt, die vielen jungen Menschen. Die Sonne und das Licht! Belgien kam ihr nach solchen Urlauben immer besonders dunkel, alt und schrecklich geordnet vor. So steif! Aber als sie dann endgültig herzog, nach Alexandria, in die kleine neue Wohnung ihrer Mutter, an der Corniche, sie zur Schule ging, ihren Alltag in dieser für sie doch fremden Welt leben musste, da fühlte sie sich auch hier wie eine Außenseiterin. Die Straßen waren staubiger als in Brüssel, die Sonne heißer, die Menschen lauter, die Blicke von Fremden fordernder, ja. Aber eins blieb gleich: das Gefühl, nicht angekommen zu sein.

Sicher, sie bekamen Hilfe von der Familie ihrer Mutter. Sie kam unter in einem Geschäft, das ihrem Onkel gehört. Die Familie organisierte auch das Schulgeld. Sie waren schnell, sehr schnell Teil der Gemeinde, ihrer Community. Aber als Theo realisierte, dass sie nicht nach Belgien zurückkehren würde, dass dies nun ihr Leben war, da schmeckte die eisgekühlte Limonade an der Corniche plötzlich wie giftiges Nilwasser.

Theo überlegt, aber sie kann sich nicht erinnern, dass sie und ihre Mutter jemals wirklich über die Zeit damals geredet haben. Sie hatte nie gefragt. Und ihre Mutter hatte nie davon angefangen. Es war leichter gewesen, so zu tun, als hätte es das Leben zu dritt in Belgien nie gegeben, als sich damit zu beschäftigen, warum der Vater wirklich gegangen war. So war es leichter, die Trauer nicht zu spüren. Und irgendwann war sie so gut wie nicht mehr da. Theo hat gelernt, die Leere einfach zu ignorieren, sich nichts anmerken zu lassen, wenn etwas wehtut, eine Maske aufzusetzen. Das kann sie. Das hat sie verinnerlicht. Wann immer sie Angst, Unsicherheit oder Traurigkeit spürt, überdeckt Theo diese mit einer Maske aus Härte und Kühle. Dass da trotzdem etwas ist, merkt Theo an der Schwere und dem Schweigen, das immer wieder über ihr und ihrer Mutter liegt und mit jedem Jahrbuch ein wenig mehr an Gewicht gewinnt.

Sie beobachtet ihre Mutter, wie sie das Büchlein neben die anderen ins Regal stellt. Alt wirkt sie, wie verblüht, obwohl sie doch erst Ende vierzig ist. Ihr Haar, ihre Fingernägel, ihre Haut – das ist es nicht. Die Spannkraft wäre noch da. Es ist eher die Haltung ihrer Mutter, die Art, wie sie sich kleidet, wie sie sich gibt. Als wäre das meiste schon vorbei. So wirkt sie.

»Bist du glücklich, Mama?«, fragt Theo ihre Mutter und beobachtet sie dabei, wie sie mit den Fingern über ihren neuen Band streicht.

»Ja, ja, natürlich, warum fragst du?« Das Lächeln sieht grau aus.

»Nur so«, erwidert Theo und spürt wieder diese Melancholie, die manchmal da ist, wie ein zarter Schleier aus Asche.

Wäre es besser gewesen, wenn sie in Belgien geblieben wären? Hätte das etwas geändert? Hätte ihre Mutter noch einmal jemanden kennengelernt? Und sie selbst? Was wäre aus ihr geworden?

Vielleicht keine Polizistin.

»Ist alles vorbereitet?« Der Patriarch steht mit dem Rücken zur Tür in einem Raum, in dem es nach Weihrauch riecht. Durch ein kleines Fenster weit über dem Boden fällt ein wenig Tageslicht hinein. An der Wand aus unbehauenem Stein hängen Ikonenbilder, darunter steht ein einfacher Holzstuhl, auf dem die abgelegten Kirchengewänder des Patriarchen liegen. Er hat sie nach seiner Ankunft eingetauscht gegen eine lange, dunkle Kutte mit Kapuze, die an der Taille mit einer Kordel umschlungen ist.

»Ja«, sagt Yannis Stephanopoulos, der schon seit zehn Minuten im Raum ist und dem Patriarchen beim Umkleiden zur Hand gegangen ist. »Die beiden Aspirantinnen sind seit dem Morgen im Endimion, und bisher halten sie stand!«

Yannis erinnert sich, wie er die beiden am Morgen nacheinander in dem großen schwarzen SUV mit den dunklen Scheiben am vereinbarten Ort abgeholt und ihnen unmittelbar nach dem Einsteigen die Augen verbunden und sie gefesselt hatte. Zwei Frauen, die gleichzeitig die Prüfungen durchlaufen, um Teil der Ordensgemeinschaft zu werden. Zwar ist die Mehrzahl der Bewerber männlich, aber nur eine Frau darf das höchste Amt, das der Hohepriesterin, bekleiden. Und eine dieser beiden könnte es eines Tages werden. Yannis soll es recht sein.

Am Ziel angekommen, führte er zunächst die eine Bewerberin über das Gelände, in das Haupthaus und dann über die Stiege hinab in die Gewölbe im Untergeschoss, dorthin, wo sich die vielen Tunnel verzweigten und ein Labyrinth bildeten, in dem man sich gut auskennen musste, um den richtigen Weg zu finden. Und kaum hatte er die erste Kandidatin in das Endimion, den Prüfungsraum, gebracht, fuhr er wieder los, um die zweite zu holen und in das danebengelegene Endimion zu bringen.

Die Atmosphäre im Endimion hat sich verändert. Anspannung liegt bereits in der Luft, wie immer, wenn es darum geht, einen Novizen – oder eine Novizin – dem Ritual zu unterziehen. Ein Priester löst nun die Armfessel, entfernt sich rasch und schließt hinter sich die steinerne Tür, woraufhin drei Frauen im Dunkel Fackeln entzünden. Ihr heller Schein wirft flackernde Schatten an die Wände der Kammer. Die Bewerberin wird aufgefordert, sich die Augenbinde abzunehmen. Sie kommt der Order nach und sieht goldene Schalen, gefüllt mit Obst, Amphoren voller Wein. Seit drei Tagen musste sie fasten, jetzt soll sie die Prüfung bestehen, indem sie den Verführungen der Speisen widersteht. Für die kommenden drei Stunden würden junge Priester sie mit Wein locken, mit Trauben und Mezze.

»Probiere diesen Trank, Bewerberin«, sagen sie, »es ist Wein aus dem Antilibanon, gereift unter der Sonne der Levante.« »Nimm eine Feige aus dem Atlasgebirge, süß und saftig!« Die Bewerberin, durstig und hungrig nach Tagen des Fastens, schließt die Augen, um die Speisen und den Trank nicht zu sehen, und versucht, den Worten der Priesterinnen nicht zu lauschen, sondern ihre Gedanken einzig darauf zu richten, dass sie bald schon im Dienst von etwas Höherem, Geweihtem stehen und mit Genuss den irdischen Verlockungen widerstehen wird.

Und während dort unten, in dem unterirdischen Endimion, die Bewerberin mit dem ersten Teil der Prüfungen ringt, machen sich der Patriarch und Yannis ebenfalls auf den Weg dorthin, um sie bei ihrem zweiten Teil zu begleiten. »Sind Sie bereit?«, fragt der Patriarch, und nach Yannis' Nicken öffnet er die geheime Tür, hinter der die Treppe ins Dunkel führt.

Es dauert kaum fünf Minuten, da stehen sie nach einem kurzen Marsch durch die verschlungenen Gänge des Labyrinthes vor den Eingängen zu den Prüfungsräumen. Durch eine kleine Öffnung in der rechten Tür blickt der Patriarch hinein in den erleuchteten Raum. Noch immer werden drinnen die Thesmosphorien abgehalten, denen sich die Bewerberin mit geschlossenen Augen zu entziehen versucht. Auf diesem gewissermaßen antiken Erntedankfest werden die herrlichsten Speisen und Getränke gereicht. Doch die Anwärterin verzieht keine Miene. Sie ist stark.

Nach außen. Nach innen jedoch verzehrt sich die Bewerberin fast. Wie lange doch drei Stunden sein können! Wie sehr die Versuchung an den Sinnen zerrt und wie gekonnt die anwesenden Priesterinnen sich bemühen, sie von ihrer Enthaltsamkeit abzubringen. Doch dann wäre sie für immer ausgeschlossen aus der Gemeinschaft. Der herrliche Duft von Erdbeeren und Datteln bringt sie fast um den Verstand. Die Zunge klebt am Gaumen vor Durst, und der

Magen schmerzt vor Hunger. Die Bewerberin kneift die Augen noch fester zusammen! Ist das nicht gar die Würze von Gebratenem? Wie lange noch?

Dann endlich! Die Erlösung! Eine Luke auf der rechten Seite des Raumes öffnet sich und die Priester entschwinden. Herein tritt ein anderer Geistlicher, der in seinem langen Gewand und der Kapuze jedoch nicht zu erkennen ist.

»Amoun!«, ruft die Bewerberin ihn an. »Seid gegrüßt!

»Amoun!«, entgegnet dieser und mustert sie langsam und aufmerksam. Jetzt folgt der zweite Teil der Prüfung. »Weißt du die Antworten auf diese meine Fragen? Kannst du fehlerfrei zitieren aus dem großen Buch der Toten?«

Die Bewerberin schaut starr geradeaus. Das Totenbuch mit seinen Beschwörungsformeln, durch die sich die Seele in der Unterwelt mit dem Leichnam vereinigen kann, enthält unzählige Zaubersprüche, die sie seit ihrer Jugend studiert, durchdrungen und auswendig gelernt hat. Um an diesem großen Tag die Prüfung zu bestehen. Aus dem Buch mit seiner Fülle an Texten würde der Priester nun einige wenige der Rätsel und Gleichnisse abfragen. Und beim kleinsten Fehler, wenn die Bewerberin auch nur ein einziges Wort falsch wiedergeben oder auslassen würde, wäre die Prüfung vorbei. Sie wäre durchgefallen, und damit wäre der Traum von einem Leben, das ihr Sinn und Bestimmung schenken könnte, geplatzt!

»Was bin ich?«, fragt der Priester langsam mit dunkler Stimme.

Die Bewerberin denkt nach, will ihre Worte mit Bedacht wählen, um ja keinen Fehler zu machen. Dann antwortet sie. »Ich bin alles, was war, ist und sein wird. Meinen Schleier hat kein Sterblicher aufgedeckt.«

Der Prüfer blickt streng hinab in das ängstliche Gesicht, dann verformen sich seine Lippen zu einem leichten Lächeln, kaum erkennbar, und sein Kopf nickt ein einziges Mal. Dann wiederholt er: »Wann bin ich?«

»Ich bin das Heute, ich bin das Gestern, ich bin das Morgen. Meine wiederkehrenden Geburten durchschreitend, bleibe ich kraftvoll jung.«

Und schließlich noch einmal: »Wer bin ich?«

»Ich bin die Seele, dem Himmelsmeer entstiegen, ich bin der Götter Nektar, der das Böse verabscheut. Gerechtigkeit folgend streb ich nach Gutem, mein heiliger Name, der Name der göttlichen Seele, ist rein von Makel.«

Es folgt eine Stille, in der die Bewerberin nur ihr eigenes Herz klopfen hört. Lang zieht sich die Pause, schwer legt sie sich auf sie. Dann endlich jedoch ertönt die Stimme des Hohepriesters.

»Du hast weise geantwortet!«

Der Geheiligte macht ein paar Schritte rückwärts, denn nun folgte die dritte und letzte Prüfung.

Yannis Stephanopoulos, vermummt in einer Kutte, tritt aus dem Dunkel des Gemäuers hervor, in der Hand hält er einen braunen Sack. Mit einem Ruck öffnet der Priester den Sack, zieht eine Schlange hervor und wirft sie auf die Bewerberin. Diese weiß, dass die Prüfung ist, nicht zu erschrecken, sich nichts anmerken zu lassen, keine Angst zu zeigen. Dem einen Reptil folgen nun aus allen Ecken weitere. Der Raum wird förmlich zu einer Schlangengrube.

Nattern zischeln zu ihren Füßen herum. Sie ist nun allein im Raum. Die Priester haben sich zurückgezogen. Sie spürt die trockene Kälte des schwarzen Tieres, als es sich über ihren nackten Fußrücken gleiten lässt. Wenn dies mein letzter Tag auf Erden sein sollte, denkt die Anwärterin, dann werde ich ihn mit Würde begehen.

Unbeirrbar bleibt sie stehen, eine halbe Stunde vielleicht, ohne auch nur einen Laut von sich zu geben, eine Miene zu verziehen oder sich zu bewegen. Endlich aber öffnet sich oben eine Luke, ein Seil wird zu ihr herabgelassen und sie zieht sich vorsichtig daran hoch.

Als sie oben ankommt und sich aufrichtet, stehen dort sieben Männer in Kutten. Sie weiß, das sind die sogenannten Richter, die der obersten Führung von Crata Repoa angehören und die dieser Prüfung beigewohnt haben:

Rhadamantus, kretischer Richter der Unterwelt; Alastor, Dämon des Fluches; Orpheus, Reisender im Hades; Aethon, Vater des Tantalus; Minos, Richter der Toten; Nykteus, Vater der Kallisto; und Pluton, der Gott der Unterwelt. Keiner von ihnen zeigt eine Regung, und dann fällen sie ihr Urteil:

»Du hast bestanden!«

Sie weiß nicht, was sie sagen soll. Ihr fehlt die Luft zum Atmen. Sie hat das Gefühl, eine der Schlangen lege sich genau jetzt um ihren Hals. »Ich danke euch!«, stößt sie schließlich hervor.

»Höre, du hast auf die Verfassung geschworen, das göttliche Geheimnis zu wahren. Dafür bürgst du mit deinem Leben!«

»So sei es!«

»Eine Aufgabe wartet auf dich! Das göttliche Geheimnis ist in Gefahr! Der Fremde ist, wie du weißt, dem Mysterium nahe!«

»Ich tue, was immer ihr mir befehlt!«

# KAPITEL 9

## MITTWOCH

»*Sabah al-chair* – guten Morgen«, sagt Theo, als sie die Tür öffnet und Fadi an seinem Schreibtisch hinter allerlei Papieren und Aufzeichnungen sieht. »Schon fleißig?« Sie selbst war eine Stunde später als geplant in das Büro gekommen, weil die Omar Lotfy Road wegen eines Unfalls mal wieder voll gesperrt war und sie einfach nirgendwo durchkam.

»Und ob! Ich bin ja der Neue, ich muss mich ja beweisen«, antwortet er mit einem Augenzwinkern, während Theo ihre Tasche neben ihrem Stuhl ablegt und zur Fernbedienung für die Klimaanlage greift. Ihr ist es viel zu kalt in dem Büro. Theo lächelt in sich hinein. Wenn alle Kollegen wie Fadi sind, lässt es sich im Team vielleicht doch aushalten. »Und? Hast du schon etwas gefunden?«

»Na ja. Ich habe mal versucht, den Tatabend zu rekonstruieren. Priester Gabriel wurde zuletzt in der Kirche gesehen, genauer gesagt im Gemeindebüro. Das bestätigen zwei Geistliche, mit denen ich sprechen konnte. Er ist dort bis mindestens zehn Uhr abends gewesen. Gekommen war er etwa gegen sieben. Denen sei nichts Ungewöhnliches aufgefallen. Die Kirche befindet sich nicht weit entfernt von der Hafenbucht. Das heißt, es ist gut möglich, dass sich der Mord dort ereignet hat und die Leiche dann von da aus zum Hafenbecken gebracht wurde. Die Strömung hat den Leichnam dann von dort weiter in Richtung Osten getrieben. Der Rechtsmediziner meinte zwar, die Leiche dürfe angesichts ihres Zustandes höchstens eine halbe Stunde im Wasser gewesen sein, aber der Mitarbeiter der Hafenbehörde versicherte mir wiederum, dass der Abtrieb an dieser Stelle durchaus auch ungewöhnlich hoch sei. Es könnte also so gewesen sein.«

»Gut«, sagt Theo und staunt nicht schlecht. Da hat sich jemand ja richtig viel Mühe gemacht. »Hast du noch mehr?«

»Ich habe die Aussagen der Ehefrau überprüft. In der Tat wird der Priester als gütig, beliebt, aber auch als konservativ beschrieben. Er hat sich mehrmals politisch positioniert und damit durchaus einige kontroverse Reaktionen hervorgerufen. So gilt er als glühender Unterstützer der Militärregierung, die sich ja sehr für die Rechte der christlichen Minderheit einsetzt und versucht, islamistische Gruppierungen zurückzudrängen. Es gab wohl auch immer mal wieder Drohbriefe. Aber bislang ist es bei Worten geblieben.«

»Gut. Wir haben heute Vormittag zwei Zeugen auf dem Präsidium zu befragen. Die Hausangestellte und dann natürlich unseren französischen Freund, den Archäologen.«

Fadi schaut sie an. »Der Franzose ist klar, aber warum

die Hausangestellte? Mit der hatten wir doch schon gesprochen.«

»Ja, aber ich glaube, sie verschweigt uns etwas. Als Lina schilderte, wie sie das Telefonat belauscht hat, in dem das Mordopfer über den Archäologen sprach – da war etwas. Eine Reaktion von Amal. Hast du das nicht mitbekommen? Mal schauen, wie sie sich hier in einer offiziellen Befragung verhält. Oftmals reagieren die Leute, wenn sie in einem Verhörraum sind, anders. Und vielleicht hat sie ja doch mehr mitbekommen, als sie neulich zugeben hat.«

»Verstehe«, sagt Fadi. »Das nächste Mal gibst du mir vielleicht Bescheid, wen wir hier zu erwarten haben, dann kann ich mir auch Gedanken dazu machen. Okay?«

»Ich denk drüber nach.«

Eine Weile arbeiten beide schweigend vor sich hin, und man hört nur das Brummen der Klimaanlage und das Hupen des Verkehrs auf der El-Gaish Road, bis ihre Sekretärin Berenice ihren Kopf zur ohnehin halb geöffneten Tür hereinsteckt. »Die Haushälterin des Priesters ist hier, Amal. Soll ich sie in den Befragungsraum bringen?«

»Ja, danke, Berenice, mach das, wir kommen gleich«, erwidert Theo.

Theo und Fadi betreten den fensterlosen Befragungsraum, der sicher schon mal bessere Tage gesehen hat. An den ohnehin grauen Wänden sind überall Schmutzspuren. Der grüne Linoleumboden hebt sich an zwei Ecken bereits. Außer einem Tisch und drei Stühlen ist der Raum leer. Auf einem der Stühle erwartet sie nun die Haushälterin. Theo grüßt sie und nimmt ihr gegenüber Platz. Die junge Frau erwidert den Gruß schüchtern. Sie sieht so aus wie bei ihrer ersten Begegnung. Hinter den ungewöhnlich dicken Brillengläsern kann Theo zwei ängstlich blickende braune Augen ausmachen. Das Gesicht ist ungeschminkt, eingerahmt von einem schlichten dunklen Hijab.

»Amal, schön, dass Sie hier sind. Wir sind noch mitten in den Ermittlungen und befragen alle Personen, die mit dem Opfer in Verbindung standen, um vielleicht etwas Relevantes in Erfahrung zu bringen. Also machen Sie sich keine Sorgen, weil wir sie sprechen wollten. Es ist reine Routine«, eröffnet Fadi. Amal nickt leicht.

»Erzählen Sie uns doch erst einmal ein bisschen über sich selbst. Sie kommen nicht von hier, richtig?«

»Nein, ich stamme aus einem kleinen Dorf in Oberägypten, etwa eintausend Kilometer von Alexandria.«

»Ah, ich verstehe, deswegen vielleicht auch der leichte Akzent. Wie heißt das Dorf?«

»Qastal. Es ist wie gesagt sehr klein und abgelegen. Etwas nordöstlich von Luxor, nicht direkt am Nil, sondern am Rande der Wüste.«

»Das ist ja wirklich sehr ab vom Schuss«, mischt Theo sich ein. »Wie kommt man aus einem Dorf wie Qastal dann in eine Stadt wie Alexandria?«

»Das war vor etwas über einem Jahr, knapp eineinhalb Jahren. In meinem Dorf hatte ich keine Möglichkeit, zu arbeiten. Wir sind sehr arm, und ich habe nichts gelernt. Also musste ich in die Stadt. Ich war zuerst kurz in Kairo. Dort habe ich mich jedoch nicht wohlgefühlt, weil es zu groß, zu laut, zu stickig war. Ich wollte dort nicht bleiben. Also kam ich nach Alexandria. Hier ist alles etwas weniger groß, und es gibt Arbeit. Ich war bei einer Agentur für Haushaltshilfen, die haben mich dann vermittelt. Erst war ich bei einer anderen Familie, mit der es nicht so gut geklappt hat, dann kam ich zu Lina und Gabriel.«

»Wann genau war das?«

»Vor vier Monaten.«

»Kannten Sie die Familie Abuna Gabriels denn, bevor sie dort anfingen?«

»Nein, die Agentur hat mich gefragt, ob ich das Angebot dort annehmen würde, und ich sagte zu. Zwei Tage später fing ich an.«

Theo nickt. »Wie haben Sie die Familie und den Priester erlebt?«

»Es sind gute Leute. Ich wurde stets gut behandelt, fühlte mich fast wie ein Teil der Familie. Sie haben mich nicht spüren lassen, dass ich nur eine einfache Zugehfrau bin, wenn Sie verstehen, was ich meine. Der Hausherr hielt höflichen Abstand, ich sprach selten mit ihm. Er war Priester, ein wirklich frommer Mann, und Sie wissen, da gebührt es sich nicht, viel mit den Angestellten zu reden.«

»Ich muss das so offen fragen, weil – Sie wissen – das passiert leider häufig in unserem Land: Wurden Sie jemals geschlagen oder misshandelt?«

Irritiert schaut Amal von Theo zu Fadi. »Nein! Nie! Es gab nur ein- oder zweimal ein lautes Wort, weil etwas nicht so war, wie es sein sollte, und gerade ohnehin schlechte Stimmung im Haus herrschte. Aber das ist nun einmal so, das gehört ja auch dazu. Davon abgesehen: Nein!«

»Ist Ihnen sonst etwas aufgefallen, das Sie als ungewöhnlich empfunden haben?«, fragt Theo.

»Ich habe auch schon überlegt, aber nein. Nichts. Es war eine wirklich sehr angenehme Arbeit in einer anständigen Familie.«

»Sayida Lina gab ja an, dass Sie auch bei dem Telefonat zwischen Gabriel und Yannis Stephanopoulos anwesend gewesen seien. Können Sie uns dazu etwas sagen? Haben Sie vielleicht Details mitbekommen, die wir noch nicht kennen?«

»Ich habe wirklich überlegt, aber es tut mir leid, ich kann mich nicht daran erinnern. Wenn Lina mich gesehen hat, dann wird das so sein. Aber wahrscheinlich habe ich von dem Gespräch nichts gehört auf die Entfernung.«

Fadi und Theo nicken sich zu und stehen auf. »Amal, haben Sie vielen Dank. Das ist alles für den Moment.«

»Wenn ich noch etwas tun kann – jederzeit gerne!«, sagt sie, nickt ihnen freundlich zur Verabschiedung zu, steht auf und verlässt vor den beiden Polizisten den Verhörraum.

»Was denkst du?«, fragt Fadi, als sie wieder in ihrem Büro sind. »Es scheint ja eine einfach nur zauberhafte und nette Familie zu sein. Da werde ich etwas stutzig. Wo ist denn alles immer nur eitel Sonnenschein? Man kann sich Dinge auch vom Hals halten, indem man sie einfach schönredet.«

»Ja, das finde ich auch zumindest ungewöhnlich.« Theo sieht auf die Uhr. »Mal schauen, ob er pünktlich ist. Eigentlich geht es direkt weiter.«

»Der Archäologe?«

»Genau!« Theo nimmt den Telefonhörer ab und drückt eine der Schnellwahltasten, doch ihre Sekretärin geht nicht dran. »Wo steckt Berenice denn? Eigenartig! Normalerweise geht sie nicht einfach so weg, ohne Bescheid zu geben!« Theo legt auf, geht zur Tür und wäre fast mit der Besucherin zusammengestoßen, die im selben Moment den Raum betritt. »Guten Tag, mein Name ist Amira al-Fotouh. Ich bin die engste Mitarbeiterin von Jacques Bernheim, der leider terminlich verhindert ist, aber ich stehe für alle Fragen gerne zur Verfügung!«

Theo und Fadi schauen sich an und sind sprachlos. Das hat noch nie jemand gewagt! Einer polizeilichen Vorladung nicht Folge zu leisten und einfach eine Vertretung zu schicken. Ja, weiß der denn nicht, was das in Ägypten bedeuten kann? Das ist hier nicht Europa. Wenn sie es drauf ankommen lassen wollten, könnten sie jetzt nach ihm fahnden lassen, ihn festnehmen und einfach so erst mal für mehrere Tage in irgendeiner dunklen ägyptischen Gefängniszelle schmoren lassen. Da könnte er dann gern lange versuchen, dass ein Anwalt ihn freibekommt. Das hier ist nicht Frankreich mit seinen funktionierenden rechtsstaatlichen Regeln. Das würde schnell in einen handfesten Skandal münden, in den die Diplomatie sich einschalten müsste. Theo geht das alles blitzschnell gedanklich durch und entscheidet, dass sie das inakzeptable Verhalten trotzdem erst mal so hinnehmen wird. Zumindest für den Moment. Und sich etwas überlegen, um diesen arroganten Fatzke noch zu kriegen. Alles zu seiner Zeit.

»Dann kommen Sie mal rein«, sagt Theo zuckersüß und beschwichtigt Fadi mit einer Handbewegung, der gerade dazu ansetzen wollte, sich richtig aufzuregen. »Bitte!« Theo deutet auf den Stuhl vor ihnen.

»Erzählen Sie uns doch mal genau, wer Sie sind und was

Sie Ihrer Meinung nach bevollmächtigt, hier als Zeugin aufzutauchen!« Theo hat bei der Begrüßung der Frau bereits begriffen, dass sie etwas gemeinsam haben. Dass sie, so wie Theo, mit ziemlicher Sicherheit im Ausland groß geworden ist, aber ägyptischer Abstammung ist. Sie mustert sie. Man kann es schon an der Art der Kleidung erkennen, an der Frisur. Die enge Jeans, die weiße Bluse mit dem offenen oberen Knopf und die schlichten Ballerinas dazu. Und der Haarschnitt! Einheimische Frauen, die nicht wie sie im Ausland aufgewachsen sind, tendieren dazu, sich die Haare aufzutoupieren, damit sie möglichst voluminös aussehen, manchmal dann in kräftigem Blond zu färben – so sie denn keinen Hijab tragen. Und viele Ägypterinnen tragen dazu gerne kräftiges Make-up auf. Amira, die Frau vor ihr, hat ihr Gesicht sehr dezent geschminkt. Ihr Arabisch ist gut, fast muttersprachlich, aber dennoch mit einem Akzent, der verrät, dass ihre erste Sprache eine andere, vermutlich Französisch ist. Das kann sie hören. Für so etwas hat Theo Antennen.

»Ich bin Archäologin und arbeite mit Jacques. Er erzählte mir von Ihrem Besuch und sagte, Sie wollen Antworten. Die erste kann ich Ihnen schon geben.« Sie öffnet ihre Handtasche und holt eine Klarsichtfolie mit Dokumenten heraus.

»Was ist das?«, fragt Theo verdutzt.

»Die Papiere, um die Sie Jacques gebeten haben. Zu unseren Fahrzeugen.« Sie reicht Theo den schmalen Packen.

Theo mustert die stolze Frau und legt eine Hand auf die Hülle. Sie überlegt einen Moment, entscheidet sich dann für den direkten Weg. Manchmal ist er der richtige. »Wir können das Ganze auch abkürzen. Waren Sie und Ihre Leute gestern in der Sankt-Markus-Kathedrale?«

»Ich nicht, auch nicht meine Leute, aber Jacques schon, ja.«

»Suchen Sie nach dem Grab der Kleopatra?«

»Wir stellen wissenschaftliche Nachforschungen an zu verschiedenen Aspekten der Antike. Noch immer gibt es Rätsel, die …«

»Heißt das ja?«

Amiras Lächeln bleibt ebenso freundlich wie kalt. »Wir suchen nicht. Wir finden.«

»Und Sie vermuten, das Grab gegebenenfalls unter einer der Kirchen der Stadt zu finden?« Theo malt mit ihrem Kugelschreiber Dreiecke und Quadrate auf ihren Notizzettel, um nicht doch noch aus der Haut zu fahren.

»Dazu kann ich nichts sagen!«

»Verstehe. Dann stimmt wahrscheinlich auch das. Da liegt es dann ja nahe, in eine Kirche nach der anderen einzubrechen, oder? Irgendwann müssen Sie bei Ihren ›Nachforschungen‹, wie Sie es nennen, ja einen Treffer landen und die große Entdeckung machen. Und wenn Ihnen jemand in die Quere kommt, sagen wir, ein Priester Sie bei Ihrer Arbeit stört, dann … Was?«

»Sie haben eine wirklich blühende Fantasie, Frau Costanda, Sie sollten etwas damit anstellen. Etwas Kreatives, meine ich.« Mit geübter Geste schiebt sich Amira al-Fotouh die langen, vollen Haare hinter das Ohr.

Theo steht auf und stützt ihre Hände auf dem Schreibtisch ab. Eindringlich sieht sie die Wissenschaftlerin an. »Ich glaube, Sie verkennen den Ernst der Lage. Ein Priester ist tot. Es gab eine Schießerei in der Kirche. In andere wurde eingebrochen. Es wurde beobachtet, wie einige der beteiligten Personen zu der Jacht von Jacques Bernheim … flohen. Es braucht nur noch sehr, sehr wenig, bis ich Sie und alle Mitglieder Ihres illustren Archäologen-Teams festnehmen lassen kann. Sie kennen Ägypten! Wollen Sie in einem ägyptischen Knast versauern? Und dass Sie dort versauern, wenn Sie einmal drin sind, dürfte Ihnen bekannt sein.«

Amira schaut nun deutlich ernster.

»Hören Sie. Vielleicht habe ich mich etwas ungelenk ausgedrückt. Nur kann – und darf – ich Ihnen zu unseren Nachforschungen nicht viel sagen. Darüber hinaus möchten wir Ihnen aber natürlich bei der Aufklärung dieses schrecklichen Mordes helfen, wenn es uns denn möglich ist. Ich kann Ihnen jedoch ernsthaft versichern, dass wir damit absolut nichts zu tun haben und das Verbrechen auch in keinerlei Zusammenhang mit unserer Arbeit steht.«

Theo mustert die Wissenschaftlerin. Sie verbirgt etwas, natürlich. Sie hat es ja selbst gerade zugegeben. Aber die Art, wie sie ihre Unschuld beteuert, was den Priester angeht, wirkt aufrichtig. Trotzdem darf Theo nicht ausschließen, dass sie einfach eine gute Lügnerin ist. Nicht ohne Grund wird der Milliardär sie vorgeschickt haben.

»Nun, ich glaube, für den Moment kommen wir nicht weiter. Ich danke Ihnen, Frau al-Fotouh. Sie können gehen.«

Die drei stehen auf, und Amira gibt ihnen zum Abschied – anders als zur Begrüßung – die Hand. Theo bemerkt die etwas schmutzigen Fingernägel. »Waren Sie heute schon bei einer Ausgrabung?«, fragt Theo.

Amira zuckt kurz zusammen und versteckt dann ihre Hände hinter dem Rücken. »Ich … ja, wir haben viel zu tun.« Sie nickt der Kommissarin und ihrem Kollegen zu und verschwindet durch die Tür. Zu Theos Überraschung entdeckt sie Berenice, die neben dem Eingang im Flur steht.

»Berenice, was machen Sie hier?«, fragt Theo etwas überrascht, weil es so wirkt, als habe ihre Sekretärin da schon etwas länger so gestanden. »Und überhaupt, wo waren Sie denn vorhin? Sie wissen doch, dass Besucher sich nicht unbeaufsichtigt hier im Gebäude aufhalten dürfen. Wenn Sie das nächste Mal etwas zu erledigen haben, sagen Sie uns bitte vorher Bescheid, ja?«

»Ich weiß, Entschuldigung. Ich wollte fragen, ob ich jetzt schon Mittagspause machen kann.«

Theo nickt. Dieser Tag scheint kein guter Freund von ihr zu werden.

^^^^^

*Die Bark', in der sie saß, ein Feuerthron,*
*Brannt' auf dem Strom: getriebnes Gold der Spiegel,*
*Die Purpursegel duftend, daß der Wind*
*Entzückt nachzog; die Ruder waren Silber,*
*Die nach der Flöten Ton Takt hielten, daß*
*Das Wasser, wie sie's trafen, schneller strömte,*
*Verliebt in ihren Schlag; doch sie nun selbst –*
*Zum Bettler wird Bezeichnung: sie lag da,*
*In ihrem Zelt, das ganz aus Gold gewirkt,*
*Noch farbenstrahlender als jene Venus,*
*Wo die Natur der Malerei erliegt.*

Theodora schlägt das Buch zu. Es ist lange her, dass sie sich mit antiken Dramen beschäftigt hat, aber um zu verstehen, wonach Jacques Bernheim sucht, dachte Theo, könnte es nicht schaden, sich einmal in Antonius und Kleopatra von William Shakespeare einzulesen. Sie hat ihr Büro um vier verlassen und war direkt erneut in die Bibliotheca gegangen, um hier ein wenig Ruhe und eben inspirierende Lektüre zu finden.

Soeben hat sie die Szene beendet, in der die ägyptische Königin erstmals ihrem Liebhaber Antonius begegnet.

So viele Mythen ranken sich um die letzte Königin der makedonisch-griechischen Dynastie, und Theo möchte ein Gefühl dafür bekommen, was Fakt ist und was Fiktion im Leben der berühmten Pharaonin. Bis heute weiß niemand, wer sie wirklich war. Professor Hamdy war so freundlich, ihr mehrere Bücher – wissenschaftliche Texte, Geschichtsbücher, aber eben auch literarische Werke – rauszusuchen, und nun sitzt sie hier mit ihnen in der Lesehalle.

Dass Marcus Antonius und Kleopatra sich im heutigen Süden der Türkei tatsächlich erstmals begegneten, gilt als historisch verbrieft. Aber ob es Antonius wirklich sofort die Sprache verschlug, wie Shakespeare andeutet, wer wusste das schon?

»Nun, im Jahr 42 vor Christi Geburt soll es gewesen sein, dass die ägyptische Königin mit einem Boot mit vergoldetem Heck den Fluss Kydnos hinauffuhr, nahe der antiken Stadt Tarsos in der heutigen Südtürkei«, hebt Professor Hamdy an, der sich zu Theo gesellt hat. Offenbar macht es ihm Spaß, sein Wissen mit anderen zu teilen. »Sie war zu jener Zeit Herrscherin des letzten von Rom unabhängigen

Königreichs am Mittelmeer und wollte ihre Macht, ihre Unabhängigkeit vor dem Einfluss des Imperium Romanum retten. Dabei soll sie vor allem auf ihre Reize gesetzt und diese in großen Inszenierungen präsentiert haben. Antonius nahm dabei die Rolle als Dionysos ein, als Gott der Lebensfreude, der freien Liebe und des Weins. Und Kleopatra trat ihm gegenüber als Isis auf, aus der später in der römischen Mythologie die Göttin Aphrodite hervorging. Also ihrerseits quasi als Liebesgöttin mit allem Drum und Dran. Nicht nur das Schiff und das Gelage waren so üppig, dass die Menschen, so die Legende, staunend sich am Ufer versammelten, während der königliche Tross zu See vorbeifuhr. Die Königin selbst soll nahezu nackt gewesen sein – sie trug nur eine Krone, ein Perlencollier, eine über der Brust gekreuzte Perlenkette und einen Perlentanga. Um sie herum nackte Diener. Kleopatra schuf wohl damals ganz bewusst das Bild von sich, das ihr noch Jahrtausende anhängen würde: das einer Mensch gewordenen Liebesgöttin, bei der Politik, Sexualität und Religion miteinander verschmolzen.«

Theo blättert einige der anderen Bücher vor ihr auf dem Tisch durch. »All for Love« – sie liest den Titel auf einem der schmalen englischsprachigen Bücher und betrachtet es interessiert. »Kennen Sie nicht, oder?«, fragt Professor Hamdy. Theodora schüttelt langsam den Kopf. »Das wundert mich nicht. Im Vergleich zu Shakespeares Werk ist es etwas untergegangen in der Aufmerksamkeit im Laufe der Jahrhunderte.« Theo schlägt es auf und blättert das Heft durch. »Dabei war All for Love aus dem Jahr 1678 von John Dryden lange Zeit das bekannteste Werk, das die Liebesaffäre von Kleopatra und Marc Anton zum Thema hatte. Es kam sogar noch vor Shakespeares Stück in England auf die Bühne. Aber auch Dryden erzählt die Geschichte unendlicher Liebe inmitten machtpolitischer Wirren.«

»Kleopatra, die Verführerin, die exotische Liebeskünstlerin. Ein Bild, das bis heute so von ihr weitergetragen wird«, sagt Theo nachdenklich.

»Man denke nur an den Monumentalfilm Cleopatra aus dem Jahr 1960 mit Elizabeth Taylor. Hollywood inszenierte sie darin als perfekte, betörende Schönheit.«

»Aber war sie das denn nicht?«

»In den alten ägyptischen Darstellungen erscheint Kleopatra nur als generische Frauengestalt ohne individuelle Züge. Daraus lässt sich nicht ableiten, wie sie wirklich aussah. Nur ganz wenige antike Zeugnisse könnten Hinweis auf ihr Äußeres geben. So etwa ihr Abbild auf Münzen aus ihrer Regierungszeit. Sie zeigen wahrscheinlich Königin Kleopatra in verschiedenen Lebensaltern als Frau, die nicht unbedingt die strahlende Schönheit gewesen zu sein scheint, wie Hollywood sie darstellte.«

»Und doch. Allein wenn wir den Namen Kleopatra hören und die Augen schließen, haben wir alle ein Bild vor Augen«, stellt Theo fest.

»Ja. Wir sehen, was wir wohl sehen wollen. Ob dieses Bild nun der wirklichen Person entspricht oder nicht.« Professor Hamdy beugt sich nach vorne und faltet seine Hände auf dem kleinen Tisch. »Das Grab der Königin. Jacques Bernheim ist besessen von der Suche danach, um sein Geheimnis zu lüften, Fragen beantworten zu können, die sich Menschen seit Jahrtausenden stellen. Wissen sie,

Wissenschaftler konnten anhand der Mumie Ramses des III. dessen Aussehen rekonstruieren. Finden wir das Grab der Königin, ihre Überreste, könnten wir womöglich die Königin sehen, wie sie vor mehr als zweitausend Jahren aussah. Und wir könnten das Geheimnis um ihren Tod lüften.«

Theo schaut hinaus aus dem Fenster in den Abendhimmel. Wie würde sie das finden? Das Mysterium in die Realität zu holen? Den Menschen die Figur, von der sie eine Vorstellung, eine Idee haben, zu nehmen und auszutauschen gegen kühle Fakten, ein computergeneriertes Gesicht. Was, wenn dieses Bild nicht zu dem passt, was die Menschen seit so vielen Jahren vor sich sehen? Was sie inspiriert hat?

Es ist schon spät, aber hier drinnen bemerken sie ohnehin keinen Unterschied zwischen Tag und Nacht, hell und dunkel. Amira und Jacques arbeiten schon seit Stunden in dem laborähnlichen Untersuchungsraum auf der Jacht, ein fensterloser Würfel, grell erleuchtet von Neonlichtern, in dessen Mitte sich eine Art Seziertisch befindet. Pinzetten, kleine Bürsten, Vergrößerungsgläser liegen auf einem Trolley neben dem Tisch, über dem sich auch noch einmal Lampen und Vergrößerungslinsen befinden, die man flexibel bewegen kann, um große und kleine Objekte, Fundstücke, genau zu betrachten.

Vor Jacques und Amira liegt ein vergleichsweise großes Fundstück auf dem Tisch, das über die Ränder desselben hinausreicht. Beinahe andächtig betrachten sie es. Es handelt sich um eine quadratische Schrifttafel mit einer Seitenlänge von etwa einem Meter. Die Kanten haben die Zeit, Wind und Wetter, Sauerstoff und Staub abgeschliffen, zum Teil sind sie auch abgebrochen. Zersetzt im Laufe der vielen Jahre, die sie in ihrem Versteck lag, bis Amira in den Katakomben auf die hohle Kammer stieß und Mauern, die die Schrifttafel vom Hier und Jetzt, von der Gegenwart trennte, einriss. Sie wurde befreit, um ihr lange gehütetes Geheimnis preiszugeben. Ein Geheimnis, das für Jacques und sein Team das Ende einer langen Suche bedeuten könnte.

»Du hast die Tafel wirklich in der Kammer gefunden, die sich hinter der Statue verbarg?«, fragt Jacques und schaut Amira an.

»Ja. Wir hatten mit dem Kernspintomographen festgestellt, dass sich hinter der Wand, an die die Statue gelehnt war, noch ein Hohlraum befindet. Nicht groß, nur zwei Meter hoch und fünfzig Zentimeter tief. Als wir den Raum öffneten, fanden wir darin diese Tafel. Nur diese, ansonsten war der Raum leer.«

Jacques nickt zweimal und blickt dann wieder auf den Fund. Er kann es einfach nicht fassen! Es ist erhebend, berauschend. Mit etwas Glück ist dies der entscheidende Hinweis! Er kann es noch nicht wirklich glauben. Was haben sie nicht an Dokumenten studiert, auf Inschriften nach Zeichen gesucht. Und dann ist Amira ausgerechnet in den Katakomben von Kom el-Schukafa darauf gestoßen! In der größten bekannten Grabstätte Ägyptens, die noch aus römischer Zeit stammt und in der man Spuren und Einflüsse sämtlicher damaligen Kulturen wiederfand, die hier miteinander verschmolzen, altägyptisch, griechisch, römisch. Drei Schichten von Gräbern und Kammern, die bis zu 35 Meter tief in den Fels gehauen sind. Ein gigantischer antiker Friedhof.

»Wie seid ihr darauf gekommen, dort zu forschen? Kaum eine archäologische Stätte in Alexandria ist so gut erschlossen wie Kom el-Schukafa.«

»Ich weiß, nennen Sie es weibliche Intuition. Ich dachte, wir gehen einfach alle Räume noch einmal mit unseren Geräten durch. Die Kammern sind laut den Quellen kurz nach dem Ende von Kleopatras Herrschaft entstanden. Und da wäre es doch eigentlich absurd, wenn es dort nicht irgendwo so etwas wie einen Hinweis geben würde, wo ihr Mausoleum lag.«

Amiras weiblicher Instinkt hatte sie nicht getrogen. Fasziniert betrachtet Jacques die Inschrift. Die Jahrtausende haben ihr zugesetzt, aber dennoch sind die Hieroglyphen klar zu erkennen. Der Chronist erzählt, wie die Menschen Abschied nahmen von Königin Kleopatra und Antonius, und dass sie nur einen Tag später Seit an Seit zur ewigen Ruhe gebettet wurden.

»Octavian erlaubte dem Paar, nebeneinanderzuruhen«, sagt Jacques und nimmt sich die Brille ab. Kurz massiert er sich die Nasenwurzel. »Anders lassen sich die Schriftzeichen nicht deuten. Und wo das ist, steht ebenfalls auf der Tafel: im großen Tempel der Isis.«

Amira und Jacques schauen sich stumm an. Sie wissen, was gemeint ist. Der Taposiris Magna, der große Isis-Tempel vor den Toren Alexandrias.

# KAPITEL 10

## DONNERSTAG

Sie haben sich nicht viel Schlaf gegönnt. Aber nach dem Fund hätte zumindest Jacques ohnehin kein Auge zugetan. Also sind sie noch vor Morgengrauen aufgebrochen, um zu prüfen, ob die Tafel wirklich die Wahrheit verkündet. Es ist nicht allzu schwer gewesen, sich in der archäologischen Fundstätte zurechtzufinden. Die antike Stadt, in der sich Plutarch zufolge das Grab des Osiris befinden soll, ist weithin ausgeschlachtet. Doch bislang hat auch niemand das Wissen der Schriftplatte in den Händen gehalten. So wie er und Amira.

Vorsichtig hangeln sich Jacques und Amira an dem Seil die rutschige Wand hinab ins Dunkle. Amiras Helm ist zu groß. Sie muss ihn dauernd gerade rücken. Dadurch flackert das an der Stirnseite befestigte Licht bedenklich.

Schließlich haben sie Grund unter den Füßen. Das Wasser, durch das sie waten, geht ihr bis zu Brust, Jacques ist etwas größer, aber auch er merkt, wie sie immer tiefer hinabsteigen in die undurchsichtige Brühe, die sich hier unten in dem langen dunklen Tunnel angesammelt hat. Dass sich hier, inmitten der unwirtlichen Umgebung, so viel Grundwasser sammelt, ist erstaunlich. Aber früher lag die Stadt auch am Lago Mariout. Und auch das Meer war nur gut einen Kilometer entfernt.

Jacques hält inne. Hier muss es sein, wenn die Angabe stimmt. Was für ein Glück! Was für ein Fund! Die Tafel mit der Inschrift verrät ihnen nicht nur, dass Kleopatras Grab mitten in der berühmten Taposiris Magna verborgen ist, sondern auch, wo innerhalb des riesigen Komplexes. »Dort, wo der unterirdische Kanal das Innere des Tempels erreicht.« So hat es auf der Tafel gestanden, die Jacques abfotografiert hat und nun erneut prüft. Es ergibt Sinn! Erst vor wenigen Jahren haben Grabungen einen unterirdischen Tunnel entdeckt, der die Tempelanlage mit dem Meer verband!

Taposiris Magna lag dereinst weit vor den Toren Alexandrias, etwa vierzig Kilometer entfernt von der antiken Metropole, und verband als Handelsort Ägypten mit dem weiter westlich gelegenen Libyen. Hier stand seinerzeit einer der mächtigsten Tempel des Osiris in Ägypten, von dem heute nur noch die zehn Meter hohen Mauern zeugen, die bis zu zwei Meter dick sind und eine Fläche von fast hundert mal hundert Metern umfassen. Diesen Tempelkomplex muss die Inschrift meinen, wenn dort der große Tempel der Isis erwähnt wird. Unter dem Wissenschaftler genau jenen Tunnel entdeckt haben, der als Orientierungspunkt angegeben ist. Dort, wo Jacques und Amira jetzt in dem kühlen, trüben Wasser stehen, soll sich demnach das Grab befinden. Amira hatte zuvor mit dem Myonenradiographen versucht, verborgene Kammern hinter den Wänden zu entdecken, aber während sie hier durchs Wasser waten, muss Jacques nach alter Methode mit einem Klüpfel die Wand abklopfen, um zu testen, ob sich dahinter möglicherweise ein Hohlraum befindet. Wie lange würden sie so Zentimeter für Zentimeter vorgehen müssen? In völliger Dunkelheit, die nur von dem Schein ihrer Helmlichter durchbrochen wird. Das Hämmern und Klackern ihrer Schlägel sind die einzigen Geräusche, die man hier unten hört, allenfalls ergänzt durch vereinzelt herabfallende Wassertropfen, die sich von der Tunneldecke lösen.

Die Zeit scheint stillzustehen. Jacques kann nicht einschätzen, wie lange sie sich schon Schritt für Schritt in dem Gewölbe vorarbeiten. Es müssen Stunden sein, in denen sie so gut wie kein Wort wechseln. Konzentriert versuchen sie, nichts zu übersehen, nichts auszulassen. Kein Mensch weiß, wo sie sich befinden. Sie haben mit niemandem über ihren Fund gesprochen. Das wäre zu gefährlich. Sollte ihnen etwas zustoßen, dann geht auch dieses neue Wissen wieder mit ihnen unter.

»Jacques!«, ruft Amira dann. »Jacques!« Ihre Stimme verrät ihre Aufregung. Jacques stößt sich von der gegenüberliegenden Wand ab und schafft es mit zwei Armschlägen hinüber zu Amira. Als er gegen die spröde Wand hämmert, kann er den dumpfen Widerhall vernehmen. Ein Raum! Da ist ein Raum hinter der Wand! Und auch das Schlagen mit dem Meißel gegen die Wand wiederholt das hohle Geräusch, das ihnen sagt: Dahinter ist etwas! Sekunden des Innehaltens, in denen sich ihre Blicke ineinander verfangen, bevor Jaqcues beginnt, mit stärkeren Schlägen auf die Wand einzuhämmern. Der alte Stein platzt ab, Stück für Stück. Er ist jahrtausendealt, aber immer noch fest. Auf Jacques' Stirn haben sich Schweißtropfen gebildet. Er braucht all seine Kraft, und er nimmt sich vor, künftig auf den einen oder anderen Whiskey zu verzichten. Aber dann endlich!

»Amira, schauen Sie doch!«, fordert Jacques seine Assistentin auf und macht einen Schritt zur Seite.

»Sekunde …« Aufgeregt zwängt sie sich an ihm vorbei.

»Was sehen Sie?«

»Jacques, Sie kennen die berühmten Worte von Howard Carter!«

»Ja …« Jacques' Gesichtszüge frieren ein, sein Blick geht ins Nichts. Es ist, als ob auch sein Herz aufhören würde zu schlagen. Er weiß genau, was sie jetzt sagen wird. Dieselben Worte, die Howard Carter bei der Entdeckung des Grabes Tutenchamuns sprach: »Ich sehe wunderbare Dinge!«

Es dauert zehn oder auch fünfzehn Sekunden, in denen Jacques schweigt und in denen Amiras Blick sich starr durch das enge Loch in der Wand richtet, bevor sie ihren Kopf langsam zurückzieht, offenbar noch immer verzaubert, fasziniert von dem, was die Kammer ihnen offenbart hat.

Jacques schiebt sie vorsichtig etwas zur Seite. Sie nicken sich kurz zu, dann vergrößert Jacques das Loch mit der kleinen Hacke, bis er hineingreifen kann und die durchfeuchtete Wand an dieser Stelle ein Stück weiter auseinanderbricht.

Er sieht durch das Loch hindurch. Auch im Inneren steht das Wasser. Jacques hält sich mit der Rechten am Rand des Loches fest und leuchtet mit der Taschenlampe in seiner Linken den Raum aus. Ein Blick genügt, und Jacques begreift, dass Grabräuber schon vor ihnen irgendwann im Inneren des Raumes gewesen sein müssen. Denn bis auf ein paar Statuen sind alle der üblichen prunkvollen Grabbeigaben verschwunden. Aber in der Mitte des Raumes stehen zwei gewaltige steinerne Sarkophage. Seite an Seite, nebeneinander thronend für die Ewigkeit. Der Lichtkegel seiner Lampe fährt über die matte Oberfläche der beiden wuchtigen Grabmale. Es sind zwei schlichte Behältnisse, die äußere Fassung, in die vor Jahrtausenden die eigentlichen kunstvollen Sarkophage hineingelassen wurden.

Jacques wischt sich seine nassen, schmutzigen Hände an dem inzwischen ebenso dreckigen Hemd ab. Die feuchten Stellen sind eine Mischung aus Schweiß und Wasser. Aufgeregt steigt Jacques durch die Öffnung in das dunkle, feuchte Gewölbe, die Taschenlampe zwischen seinen Zähnen. Es riecht so modrig, so sehr nach Schimmel und Fäulnis, dass es schwerfällt zu atmen. Wie lange war dieser Raum verschlossen? Wie lange konnte kein Luftzug hereinströmen? Jacques denkt sofort an den »Fluch des Pharao«. Bei früheren Graböffnungen, auch der von Tutenchamun, kam es nach der Entdeckung zu rätselhaften Todesfällen unter den Archäologen. Später fanden Forscher heraus, dass möglicherweise Schimmelpilze dafür verantwortlich sein könnten, die sich im Laufe der Jahrhunderte in den nahezu hermetisch abgeriegelten Räumen entwickelten und die sich als tödliche Parasiten für den menschlichen

Körper herausstellten. Er zögert kurz, soll er doch zurücktreten? Aber nein, niemals, sei's drum. Er muss jetzt weiter, er muss es wissen! Amira streckt ihre Hand in den Raum und Jacques hilft auch ihr hinein. Gemeinsam waten sie durch das brackige Wasser, in die Mitte des Raumes. Jacques erschrickt: Der eine Sarkophag hat keinen Deckel mehr, er kann hineinblicken – direkt in das leere Innere des steinernen Gefäßes. Verzweifelt tauscht er einen Blick mit Amira, wendet sich dann jedoch dem zweiten Sarkophag zu, der noch verschlossen ist.

Mit zitternden Fingern fährt Jacques auf der Kartusche die Hieroglyphen entlang und übersetzt: »Kleopatra, netjeret meret ites. »Kleopatra, Göttin, Geliebte ihres Vaters!«

Amira und Jacques blicken sich an. »Du hast es geschafft! Du hast sie gefunden!«

Jacques nickt langsam und schaut ruhig und starr auf die Inschrift vor sich. Fährt mit den Fingern über die Hieroglyphen und das steinerne Grabmal. Es ist unversehrt. Seit zweitausend Jahren! Er kann es noch kaum fassen, aber es scheint wahr zu werden: Bald würde er das Geheimnis dieses Grabes der Menschheit mitteilen können – und den Stolz und den Respekt seines Vaters ernten, nach dem er sich so viele Jahre verzehrt hat.

# KAPITEL 11

## SAMSTAG, ZWEI TAGE SPÄTER

Sein Traum ist in Erfüllung gegangen! Überall im Netz, in den Nachrichtensendungen weltweit, auf den ersten Seiten aller Zeitungen: sein Name! Was für ein Triumph! Jacques Bernheim sitzt in einem an den großen Ballroom angrenzenden Salon des Ritz Carlton Hotel in Kairo, der ersten Adresse der Stadt, gelegen direkt am rechten Nilufer. Im Bankettsaal des Luxushotels wird gleich die Pressekonferenz stattfinden, zu der sie eingeladen haben. Schon wenige Minuten nach der Ankündigung waren sämtliche Plätze an Journalisten aus allen Teilen der Welt vergeben! CNN, BBC und nahezu alle anderen Nachrichtensender werden gleich live nach Kairo schalten, wenn Jacques von seiner die Geschichtsschreibung revolutionierenden Entdeckung berichtet. Die ersten Bilder des Vorspanns zeigen bereits, wie sie auf die Spur des Grabes gekommen sind.

»Jacques, es ist so weit!« Amira steht in der Tür. Jacques sammelt sich zwei, drei Sekunden, bevor er nickt und langsam aufsteht. Er will jeden Moment genießen, aber auch Gefühle von Demut und Ehrfurcht haben Besitz von ihm ergriffen. Es ist zu groß, als dass er es fassen könnte. Er atmet einmal tief durch.

Die Tür zum Ballroom, in dem die Journalisten bereits warten, öffnet sich, und augenblicklich beginnt das Blitzlichtgewitter. Fernsehkameras schwenken auf ihn ein. Stimmen reden wirr durcheinander.

Er bahnt sich den Weg nach vorne zu einer Art Bühne, wo sie einen Tisch mit drei Stühlen drum herum aufgebaut haben. Auf dem ersten nimmt er Platz, daneben die Chefin der ägyptischen Altertümerbehörde, Rym al-Ghazal, die sich selbst eingeladen und aufs Podium gesetzt hat – dagegen konnten sie nichts tun. Und als Dritte die Moderatorin Lin Ali, die ihm ein paar Fragen stellen wird und dann einzelnen Journalisten Fragen gestattet.

In der letzten Reihe im Publikum, versteckt vor Jacques' Blicken, sitzen Theo und Fadi, ruhig und schweigend, im Gegensatz zu der aufgeregten Umgebung. Sie beobachten das Gewusel, die Journalisten und verfolgen Jacques Bernheim aufmerksam mit ihren Blicken, wie er sich den Weg nach vorne bahnt, das Podium erklimmt, auf einem der beiden Stühle Platz nimmt.

Theo hat das Gefühl, dass sie mit ihren Ermittlungen gerade nicht weiterkommen. Es ärgert sie. Was sagt ihr ihre Intuition, ihr Gespür? Jacques Bernheim ist ein Draufgänger, ein Egoist, ein Narzisst. Aber ist er auch ein Mörder?

Das Gemurmel um sie herum verstummt langsam, und die Moderatorin greift zum Mikrofon, das neben ihr auf einem kleinen Beistelltisch bereitliegt.

»Guten Tag, verehrte Gäste, geschätzte Pressevertreter. Ich fühle mich sehr geehrt, mit Ihnen heute über die historische Entdeckung von Monsieur Jacques Bernheims bahnbrechendem Fund zu sprechen. Schönen guten Tag! Monsieur Bernheim, willkommen.«

»Guten Tag, Frau Ali.«

»Was haben Sie gefühlt, als Sie die Kammer öffneten und durch die Öffnung hineinschauen konnten?«

»Ich war aufgeregt, angespannt. Ja, vor allem angespannt. Was würde mich in der Kammer erwarten? Wäre sie tatsächlich noch unberührt? Bis auf das Grab Tutanchamuns wurden alle königlichen Gräber des alten Ägyptens von Grabräubern aufgebrochen und geplündert. Und dann natürlich die Frage, ob es sich bei dem Sarkophag wirklich um das Grab der Königin handelt.«

»Die Inschriften deuten darauf hin.«

»Mehr als das«, sagt Bernheim nun stolz. »Unsere Wissenschaftler haben Tag und Nacht gearbeitet und konnten mit der Radiokarbonmethode das Alter bestimmen. Es kommt genau hin. Außerdem lassen die Grabinschriften keinen wirklichen Zweifel. Es wurde ausgestaltet als das Grab für Marc Anton und Kleopatra.« Erwartungsvoll sieht er sich im Raum um. Bestimmt liegt nun auch in den Gesichtern der Medienvertreter Respekt und Bewunderung. Genau kann er es nicht erkennen, da die Scheinwerfer ihn blenden.

»Sie haben den äußeren Sarkophag geöffnet und die Särge mit der Mumie der Königin hierher nach Kairo ins Ägyptische Museum verbracht. Wie geht es weiter?«

»Nun, die ägyptischen Könige wurden in mehreren ineinandergeschachtelten Särgen in einem Sarkophag bestattet. Wir haben die Särge bis auf den letzten geöffnet. Darin befindet sich die Mumie mit der Totenmaske. Diesen werden wir unter strengen Sicherheitsvorkehrungen heute öffnen.«

Was denn für Sicherheitsvorkehrungen?«

»Das Wort ist irreführend, Sie haben recht«, stimmt Bernheim der Moderatorin wohlwollend zu. »Gemeint ist nicht Diebstahl. Es geht um die äußeren Bedingungen, Luftfeuchtigkeit, Temperatur, ein steriles Umfeld, damit Keime die Mumie nicht unrettbar zerstören können.«

»Was erwarten Sie zu finden?«

»Wir haben ja bereits Kernspinaufnahmen durchgeführt, wir wissen also, dass in dem Sarg tatsächlich eine weibliche Mumie liegt, konnten Größe und Alter auch auf diese Weise schon bestimmten. Ganz große Überraschungen sind daher nicht zu erwarten. Es ist vor allem die Faszination, diese sagenhafte, historische Figur hier und jetzt vor sich zu haben. Sie aus dem Unbestimmten, dem Mystischen an das Licht der Gegenwart und der Realität zu holen.«

»Und ihre Geheimnisse zu lüften? Wie das um ihren Tod?«

»Ja, zum Beispiel. Wir können nun vielleicht endlich erfahren, was Fakt und was Fiktion ist.«

»Der Legende nach starb die Königin durch einen Schlangenbiss.«

»Der Schlangenbiss! Den hat es wahrscheinlich nie gegeben! Was wohl als gesichert gelten kann: Kleopatra zog sich angesichts der finalen Niederlage in einen Isis-Tempel zurück und verbarrikadierte sich dort, während Antonius sich mit dem Schwert das Leben nehmen wollte. Hier besagt die Legende, dass man ihn mit Seilen in den Tempel hievte, wo er dann erst in Kleopatras Armen starb.«

»Und die Königin?«

»Was man weiß, ist, dass Kleopatra den römischen Feldherrn Octavian traf. Aber wie das genau ablief, da gibt es unterschiedliche Darstellungen. Der römische Historiker Cassius schreibt, sie habe noch einmal versucht, ihn zu verführen, wie sie es auch bei dem anderen Mann getan hatte, und ihn auf ihre Seite zu ziehen. Vergebens. Plutarch hingegen beschreibt Kleopatra als gebrochene Frau, die Octavian aufgelöst und ungepflegt gegenübergetreten sei, auf Mitleid hoffend. Doch sie blitzte ab. Kleopatra drohte das Schicksal, als Kriegsbeute in Ketten durch Rom geführt zu werden.«

»Weswegen sie sich umbrachte.«

»Möglich. Aber wahrscheinlich nicht mit einer Uräus-Schlange, wie Plutarch es schreibt – allerdings mit dem Zusatz ›Den wahren Hergang der Sache jedoch weiß niemand‹. Er hat die Schlangenbiss-Theorie über mehrere Ecken erfahren. Von seinem Großvater nämlich, der einen Freund hatte, der in Alexandria Leibarzt des Sohnes von Antonius wurde. Sie merken schon, auch bei dieser Quelle bewegt man sich auf sehr dünnem Eis.«

»Aber die Geschichte vom Schlangenbiss war damit in der Welt.«

»Und hält sich bis heute. Das rundet ja auch dieses wahrhaft historische Drama perfekt ab. Die Königin, die sich mit dem Biss einer heiligen Schlange selbst zu ihrem Liebsten ins Jenseits befördert, um dann an seiner Seite bis in alle Ewigkeit zu ruhen. Oder wie Shakespeare schrieb: She shall be buried by her Antony. No grave upon the earth will clip in it a pair so famous.«

»Und? War es so? Glauben Sie an die Selbstmord-These?«

»Vielleicht werden wir das schon bald klären können! Ich aber bin skeptisch. Der Biss einer Uräusschlange ist nur selten tödlich, und wenn überhaupt, tritt der Tod erst nach so langer Zeit ein, dass die Römer, die das Tor zum Isis-Tempel aufbrachen, die Königin wohl noch quicklebendig angetroffen hätten. Nein. Wenn Sie mich fragen, ist es sehr wahrscheinlich, dass Octavian die ägyptische Herrscherin umbringen ließ und die Tat später als Selbstmord inszenierte.«

»Jacques Bernheim, vielen Dank. Verehrtes Publikum, bitte haben Sie Verständnis dafür, dass Nachfragen an dieser Stelle nicht möglich sind. Sie haben es gehört, Jacques Bernheim wird nun ins Ägyptische Museum fahren, um die Mumie Kleopatras freizulegen. Ich bin sicher, wir haben noch einiges von ihm zu erwarten.«

Jacques steht auf und geht von der Bühne, an den raunenden, rufenden Journalisten vorbei, die durch mehrere Sicherheitsleute von der Bühne und dem Weg zur Tür abgehalten werden. Wieder bricht ein Blitzlichtgewitter über ihm los, ein paar der Anwesenden klatschen. Jacques bleibt immer wieder stehen, gibt kurze Interviews, lächelt in die Kameras.

Die Leiterin der ägyptischen Antiquitätenbehörde Rym al-Ghazal ist derweil vorgegangen und wartet an der Tür auf den Star des Abends.

»Guten Abend, Mohammed«, erklingt da eine Stimme

hinter ihr, und al-Ghazal dreht sich um. »Theodora!«, ruft sie aus. »Du hier?«

Mit einem vertrauten Lächeln nickt Theo kurz. Sie und Rym kennen sich seit Jahren, denn auch sie stammt aus Alexandria. Ihrem Vater gehört eine der großen Tageszeitungen der Stadt. Und die klopft jeden zweiten Tag bei ihr an, um etwas über diesen oder jenen Fall in Erfahrung zu bringen. Im Laufe der Zeit hat sich aus dem beruflichen auch ein persönlicher Kontakt entwickelt.

»Der tote Priester! Du weißt doch!«, sagt Theo.

»Sicher, aber was hat das hiermit zu tun?«

»Wie weit würde er …«, Theo macht eine Kopfbewegung in Richtung Jacques Bernheim, »… was wäre er bereit zu tun, um seine Ziele zu erreichen? Was denkst du? So als Wissenschaftlerin …«

Rym versteht sofort, was Theo dem Archäologen unterstellt, und denkt eine kurze Weile nach, was sie erwidern soll. Sie hat Jacques Bernheim viele Male getroffen, seit er in Ägypten nach Altertümern gräbt, und erst recht, seit er diesen Sensationsfund gemacht hat.

»Er hat diesen unbedingten Willen, den es vielleicht braucht, um wirklich Großes zu erreichen. Den kompromisslosen Willen zum Erfolg. Und auch wenn er mit mir sehr freundschaftlich umgeht, so spüre ich doch, dass er Menschen nicht mag. Weil niemand ihm gleichwertig ist. Alles andere kann ich nicht beurteilen.« Theo schaut nachdenklich.

Jacques Bernheim hat sich endlich losgerissen von den Reportern und sich zum Ausgang durchgekämpft. Überrascht blickt er Theo an, die er hier nicht erwartet hat, sagt aber kein Wort. Da hakt ihn schon Rym unter und drängt ihn zum Weitergehen. »Lassen Sie uns schnell zum Museum fahren. Der Präsident wird in einer Stunde dort eintreffen, um ebenfalls persönlich anwesend zu sein, wenn Sie den Sarkophag öffnen und die Mumie der Königin freilegen. Sie verstehen, dass er sich das nicht nehmen lässt.« Im Losgehen blickt Bernheim noch einmal über die Schulter zu Theo. Der Archäologe ist viel zu eitel, um etwas dagegen zu haben. Im Gegenteil sieht er sich schon mit dem Präsidenten auf den Titelseiten der New York Times, wenn nicht persönlich in Washington oder Paris.

Rym und Jacques schreiten eilig durch die luxuriöse Hotellobby zum Ausgang, wo eine lange schwarze Limousine bereits auf sie wartet. Eine Polizeieskorte fährt voraus und macht den Weg für sie frei. Normalerweise kommen nur der Präsident und ausländische Staatsgäste in den Genuss dieser besonderen Ehrerbietung, die es ermöglicht, sich ohne die üblichen Stauverzögerungen durch Kairo zu bewegen. Aber Jacques ist seit seiner Entdeckung in Ägypten nicht nur ein Star. Er wird fast behandelt wie ein Heiliger. Mit achtzig km/h gleitet die Wagenkolonne geschmeidig über die Straße des 26. Juli.

Am 26. Juli 1956 verstaatlichte der damalige Präsident Nasser den Suezkanal und löste damit die sogenannte Suezkrise aus. Die daran erinnernde Hochautobahn ist heute eine der wichtigsten Verkehrsachsen der ägyptischen Hauptstadt und führt über die große Nil-Insel mit ihrem exklusiven Wohnviertel Zamalek und durch Gizeh in Richtung der gigantischen Pyramiden und des Neuen Museums. Nach nur zehn Minuten erreichen die Wagen den imposanten Neubau des Ägyptischen Museums unweit der Pyramiden von Gizeh.

Der Sarkophag mit den Überresten Kleopatras befindet sich in einem kleinen unterirdischen Raum, in dem Temperatur, Luftdruck und Luftfeuchtigkeit exakt kontrolliert werden. Genau hier steht nun Jacques mit seinem wissenschaftlichen Assistenten Nicolas mit Mundschutz und Handschuhen über dem Laborkittel, um das Rätsel um die ägyptische Königin vielleicht ein für alle Mal zu lüften. Jacques sieht kurz hoch zu der gläsernen Wand, hinter der die wenigen exklusiven Gäste – unter ihnen der ägyptische Präsident – der Öffnung des letzten Sarkophages beiwohnen dürfen.

Vorsichtig heben Jacques und Nicolas den Deckel des kunstvoll verzierten Sarkophags an, der vor Jahrtausenden mit Harz verklebt wurde. Zum ersten Mal seit langer Zeit fallen die ersten Lichtstrahlen ins Innere. Die beiden Wissenschaftler bewegen den Deckel langsam zur Seite und legen ihn auf einem Beistelltisch vorsichtig ab. Jacques und Nicolas halten inne und blicken ehrfürchtig in das Innere des letzten Sarges. Da liegt die Mumie, eine deutlich als Frau erkennbare einbalsamierte Leiche mit einer schlichten Totenmaske. Jacques dreht sich zur Seite, dorthin, wo hinter der Fensterwand die wenigen Gäste stehen und ehrfürchtig beobachten, was drinnen in dem Raum geschieht.

Ihren Gesichtern ist anzusehen, dass sie genau so in

bewundernder Stille verharren, wie Jacques das gerade braucht.

»Warum nur«, fragt Nicolas schließlich, »ist sie so schlicht beigesetzt worden?«

Jacques schaut ihn an. Er weiß, was Nicolas meint. »Die Grabkammer hatte nicht die üppige Ausstattung wie etwa das Grab Tutenchamuns. Aber auch der Sarkophag. Und die Totenmaske! Sie ist nicht aus Gold, sondern aus verziertem Metall! Dieses Grab hat nichts, was einer Königin würdig gewesen wäre.«

Jacques nickt. Er will es nicht zugeben, aber diese Frage stellt er sich ebenfalls. »Nun, die Römer hatten damals gerade die Stadt eingenommen. Die traditionellen Bestattungsrituale waren wahrscheinlich nicht möglich«, argumentiert Jacques. Anders kann er es sich nicht erklären, denn ansonsten deutet wirklich alles darauf hin, dass es sich bei dieser Mumie um die echte Kleopatra handelt. Das Alter der Frau bei ihrem Tod, die Inschriften auf den Kartuschen, das Alter der Mumie, der Fundort.

Aber jetzt, da er sie vor sich sieht, rührt sich ein letzter Zweifel. Und er ärgert sich plötzlich, dass er – anders, als es sonst sein Vorgehen war – mit der Sensation schon an die Öffentlichkeit gegangen ist. Er hat sich treiben lassen von der Angst, jemand könnte ihm diesen größten Triumph noch nehmen. Wie dumm von ihm! Denn jetzt denkt Jacques: Er muss es zweifelsfrei beweisen. Nicht der Welt. Die kann er glauben machen, dass es die Königin ist. Für sich jedoch braucht er diese Klarheit. Aber wie will er sie erlangen?

# KAPITEL 12

▲

## SAMSTAG

Das al-Savvas-Kloster wirkt wie ein Fremdkörper in der Innenstadt Alexandrias. Es ist ein mächtiger, langgezogener Bau mit hohen Fenstern, einem Säulenportal und einem weithin sichtbaren Kirchturm. Der äußere Säulengang führt vorbei an einer großen schmiedeeisernen Glocke, die auf dem kleinen Platz steht, zwischen Kloster und dem langen Außenzaun des Geländes, hinter dem die laute, wuselige Innenstadt der Millionenmetropole liegt. In der Früh hat es den ersten richtigen Winterregen dieses Jahres gegeben. Von November bis Anfang Februar ziehen hin und wieder unwetterartige Regenschauer von der See her über die Küstenstadt, die in kurzer Zeit große Wassermengen freigeben, die sich in den Straßen Alexandrias zu kleinen Bächen sammeln.

Der Patriarch und Yannis Stephanopoulos schlendern gemächlich den trockenen Säulengang hinab. Hier sind sie zwar noch nicht ganz so geschützt wie in den abgeschlossenen Verliesen unter der Erde, aber hier draußen, hinter den Klostertüren, können sie dennoch offen reden.

»Haben Sie niemals Zweifel? Dass es richtig ist, dass wir uns zum Komplizen machen?«, fragt Yannis den Patriarchen und schaut ihn im Gehen von der Seite sorgenvoll an.

»Nein, diesen Zweifel habe ich nicht. Und den sollten auch Sie nicht haben. Sie bewahren das Geheimnis, das für uns überlebenswichtig ist. Für uns und für sie. Für die Macht der Kirche, so wie sie ist.«

»Die Welt verändert sich aber doch. Vielleicht …«

»Und sie verändert sich nicht zum Guten! Sie schwächt uns, die Religionsgemeinschaften, sie wird zunehmend agnostischer. Schauen Sie, was um uns herum passiert, all die Verkommenheit und die Lügen!«

»Aber vielleicht ist die Zeit reif, dass die Welt es weiß. Vielleicht …«

»Nochmal: Nein! Seit Anbeginn des Christentums hütet dieses Kloster die Siegel der Wahrheit, sind wir Teil eines Bundes, der das Geheimnis bewahrt.«

Yannis Stephanopoulos schaut ernst. Er macht Anstalten, etwas zu fragen, schweigt dann aber weiter.

»Und wir haben auch gar keine Wahl! Einige andere Mitglieder unseres Bundes – und wir kennen noch nicht einmal alle – sind so reich und mächtig, dass wir am Ende mehr Schaden anrichten würden als Nutzen stiften. Gnade Ihnen Gott, sollten Sie jemals die Übereinkunft anzweifeln. Das Netz reicht bis in die obersten Ebenen. Seien Sie vernünftig und hören Sie auf, solche Fragen zu stellen!«

Sie öffnen eine der Türen am Ende des Säulenganges und treten ins Innere des Klosters. Nach wenigen Metern stehen sie vor einer Wand, an der eine uralte Abbildung von Mönchen hängt, um deren Köpfe Heiligenscheine in leuchtendem Gold strahlen. Der Patriarch greift an den Rahmen des Bildes und schiebt ihn wie einen Riegel zur Seite. Eine Geheimtür öffnet sich dahinter, und eine steile Treppe führt hinab in die Tiefe.

»Und nun kommen Sie, es ist Zeit für eine weitere Prüfung!«

Der Privatjet beschleunigt, die Düsen der Embraer heulen auf, und das Flugzeug setzt sich auf der Startbahn des kleinen Regionalflughafens von Wershofen in der Eifel erst ruckartig, dann fließend in Bewegung, hebt schließlich ab und entschwindet kurz darauf in den tiefhängenden Wolken, während am Boden eine dunkle Limousine langsam das Gelände verlässt.

Nur wenige Minuten zuvor hatten sich im Dunkel der Nacht zwei Männer getroffen, der eine entstieg dem schwarzen Bentley, der andere näherte sich von der Privatmaschine. Mit ihren schwarzen Mänteln waren sie kaum auszumachen, ebenso wenig wie der Behälter, eine metallene Kiste, die der Mann aus dem Bentley in der linken Hand hielt und dem anderen Mann im Tausch gegen eine kleine schwarze Schatulle überließ. Diskret ging das Geschäft nach kurzer Prüfung der Tauschware über die Bühne, worauf der eine Mann wieder im Bentley verschwand, der andere in seinem Flugzeug.

Jetzt, als die Anschnallzeichen im Privatjet ausgeschaltet werden, nimmt der Mann seine weit über das Gesicht hängende Kapuze ab, und zum Vorschein kommt das blasse Gesicht von Nicolas, der die Kiste auf seinem Schoß hält und sie nun seinem Arbeitgeber überreicht.

»Hast du nachgeschaut?«, fragt Bernheim.

»Natürlich! Aber können wir sicher sein, dass es die echte ist?«

»Das werden wir natürlich abgleichen. Wenn es die Überreste aus dem Mausoleum sind, lässt sich das dank feinster Spuren nachweisen. Aber er würde es nicht wagen, mich reinzulegen.« Jacques streicht über die Kiste und schaut sie an, als könne er durch sie hindurchsehen und den Inhalt deutlich vor sich erkennen, und murmelt: »Arsinoe.«

Nach ein paar Sekunden andächtiger Stille meldet sich Nicolas zu Wort. »Warum war dir das eigentlich so wichtig? Das hast du mir noch gar nicht erklärt.«

»Ich möchte Gewissheit. Wir fliegen nach Jena, das sind nur dreißig Minuten von hier.«

»Nach Jena?«

»Ja, zum dortigen Institut für Geoanthropologie. Das ist eine weltweit führende Einrichtung bei der DNA-Entschlüsselung von Mumienmaterial. Die sind informiert, und gegen eine kleine Spende wird nichts nach außen dringen von dem, was sie dort untersuchen.«

»Aber wir hatten doch vorher schon die Knochen der Arsinoe. Warum war dir dann der Schädel so wichtig?«

»Weil nach all den Jahrhunderten eine eindeutige Bestimmung gleicher DNA nur mit den Schädelknochen möglich ist, da sich gewisse Informationen nur hier wiederfinden lassen, die eine Zuordnung ermöglichen. Und genau das werden wir nun überprüfen.« Jacques greift in seine Jackentasche und zückt ein kleines, helles Plastikbehältnis. »Hier drin befindet sich eine Knochenprobe aus dem Skelett unseres Mumienfundes. Das wird reichen, um zu schauen, ob wir es wirklich mit unserer Kleopatra zu tun haben!«

Bei den Ausführungen hat Nicolas große Augen bekommen. Das hat er tatsächlich nicht gewusst.

»Kann ich Ihnen etwas zu trinken anbieten?« Die Flugbegleiterin unterbricht das Gespräch, und beide Männer lehnen sich in ihren Sitzen zurück.

»Champagner für mich!«, sagt Nicolas bestimmt. »Für Sie, Jacques? Dasselbe?«

Der nickt stumm und blickt hinaus aus dem Flugzeugfenster in die dunkle Nacht, in der er nur vage die Wolken unter ihnen und die Sterne am Firmament ausmachen kann.

Schwer wie Blei liegt das Mobiltelefon in Jacques' Hand, das er nun endlich vor sich auf den Schreibtisch gleiten lässt. Das Gespräch ist schon seit zwei Stunden beendet. Er hat Mühe, seinen Kopf in aufrechter Position zu halten, immer wieder sackt er nach hinten, bis er die Lehne des braunen Ledersessels berührt. Einen klaren Gedanken kann er schon länger nicht mehr fassen. Der Whiskey, den er seit dem Anruf in sich hineinkippt, hat ihm die Sinne vernebelt. Die Klimaanlage surrt, sein Hemd ist trotz der Kühle weit geöffnet, so wie seine Augen, mit denen er benommen an die Decke starrt. Draußen tobt seit Donnerstag früh ein Unwetter. Sturm und Regen peitschen über die Bucht von Alexandria. Er hört und spürt das Glucksen des Wassers am Boden des Bootes. Es liegt unruhig im Hafenbecken. In der Wintermonaten ist das nichts Ungewöhnliches an der ägyptischen Mittelmeerküste. Heute aber ist es eher so, als könnten die Elemente spüren, was in Jacques vorgeht, und wollten seine Melancholie und Verzweiflung untermalen mit ihrem wütenden Tosen. Die Jacht schwankt leicht, und durch die Fenster seiner Kabine ist das grelle Zucken der Blitze zu erkennen, die draußen unregelmäßig den Himmel teilen.

Es klopft an der Tür zu seiner Kabine.

»Ja«, sagt er, und das Lallen verrät den Alkoholpegel, der seine Zunge hat schwer werden lassen.

Amira tritt ein. »Was … Was ist denn mit dir los?«, fragt sie, sichtlich erstaunt, als sie den zusammengesackten Jacques in dem halbdunklen Raum erblickt.

»Sie ist es nicht«, sagt er, und es ist sofort klar, was, beziehungsweise wen er meint.

»Was sagst du da? Das kann nicht sein! Alle sind sich doch sicher! Jacques!« Amira eilt zu dem Archäologen, kniet sich vor ihn und nimmt seine Hand.

»Nein, sie ist es nicht!«, wiederholt er, nun leise, kaum hörbar. »Ich brauchte Gewissheit, Amira. Absolute Gewissheit. Und die habe ich nun. Ein DNA-Test hat ergeben, dass die Mumie, die wir da gefunden haben, nicht die der Kleopatra ist. Das deutsche Institut hat vor zwei Stunden angerufen.«

»Ein DNA-Test? Was meinst du? Dazu bräuchte man ja einen nachgewiesenen Verwandten der Kleopatra. Und den gibt es doch nicht!«

»Oh doch, den beziehungsweise die gibt es!« Jacques erhebt sich nun schwankend aus seinem Sessel, wobei Amiras Hand unbeachtet zu Boden gleitet. »Du solltest es wissen. Arsinoe! Die einzige direkte Verwandte Kleopatras, deren Überreste überdauert haben und die wir vor allem wissenschaftlich verbrieft kennen!«

Amira erhebt sich ebenfalls und runzelt die Stirn. »Weil sie ihrer Schwester Kleopatra gefährlich wurde, wurde sie verbannt in den Tempel der Artemis ins antike Ephesos. Um Kleopatras Macht zu sichern, musste sie aber sterben. Sie wurde hingerichtet und anschließend bestattet in einem Mausoleum. Einem sogenannten Oktagon, das dem berühmten Leuchtturm von Alexandria nachempfunden war und dessen Ruinen bis heute existieren.«

Jacques fährt sich durch das Haar. »So ist es! Kleopatras Sohn starb früh, seine Überreste sind verschollen. Ihre Tochter heiratete einen König in Nordafrika, wo sie später angeblich ebenfalls in einem Mausoleum bestattet wurde. Das Gebäude gibt es noch, aber ihre Überreste wurden nie entdeckt.«

Amira beginnt Jacques' Ausführungen besser folgen zu können. Sie spinnt den Faden weiter. »Ja, aber die Schädelknochen, die für eine Gewebeprobe notwendig wären, waren im Zweiten Weltkrieg in Deutschland verschwunden.«

»So heißt es. Aber ich war letzte Woche in Deutschland, in der Eifel, um genau zu sein, wo der Schädel in der

Privatsammlung einer reichen Industriellenfamilie aufbewahrt wurde. Und im Tausch für ein paar äußerst wertvolle Diamanten wurde er mir ausgehändigt: der Schädel der Arsinoe.«

Mit offenem Mund steht Amira für einen Moment nur da, starr vor Staunen. Was dieser Jacques Bernheim immer wieder fertigbrachte. Man mochte über ihn denken, was man wollte, menschlich, aber ansonsten war er ein Genie!

»Und du bist dir ganz sicher, dass es kein Fehler ist? Dass vielleicht die Probe nicht korrekt war? Der Schädel ein Fake war und gar nicht der, von dem du jetzt denkst, dass er es ist.«

Entschieden schüttelt Jacques den Kopf. »Das haben wir natürlich verglichen. Da gibt es kein Vertun!«

»Was hast du jetzt vor?«, fragt Amira und macht ein paar Schritte auf den Franzosen zu. Sie widersteht dem Impuls, ihn zu umarmen.

»Ich weiß es nicht, das Ganze ist eine echte Katastrophe. Wir haben groß in die Welt hinausposaunt, dass wir sie gefunden haben. Wenn wir jetzt zugeben müssen, dass ich mich geirrt habe, stehe ich da wie ein absoluter Idiot. Wie der unwissenschaftliche Abenteurer, als den mich manche gerne sehen möchten.«

Amira runzelt die Stirn. »Also schweigen wir?«

Jacques macht eine lange Pause, schaut aus dem Fenster in die dunkle Nacht über dem Mittelmeer.

»Vorerst ja. Ja.«

»Vorerst?«

»Vorerst, denn jetzt muss ich das echte Grab finden. Ich muss. Wir beginnen direkt morgen mit der Arbeit!«

Amira schaut Jacques lange an, dreht sich dann langsam um und verlässt leise auf Zehenspitzen den Raum.

# KAPITEL 13

▲

SONNTAG

Diese Stufen! Noch einmal würde er das nicht mitmachen! Warum mussten sie sich unbedingt in diesem dunklen Loch unterhalb der Stadt treffen, um sich zu besprechen? Sicher, sie mussten sich schützen, und nichts durfte nach außen dringen, aber da hätte es ein normales Gotteshaus doch auch getan, wo Petros seinen massigen Körper nicht mit letzter Kraft durch den Untergrund wuchten musste! Die vollkommen schiefgelaufene Aktion in Taposiris Magna ist eine Katastrophe! Die Novizin hatte alles so präpariert, dass es täuschend echt war. Und dennoch ist Jacques Bernheim hinter den Schwindel gekommen!

Keuchend und grimmig öffnet Petros die Tür zu dem Raum, in dem sie ganz ungestört und abgeschirmt von neugierigen Ohren werden reden können. Und ebenso keuchend und grimmig knallt er die Tür hinter sich wieder zu.

Petros versucht, seinen Ärger nicht allzu lautstark kundzutun. Er dreht sich zu einer der beiden Novizinnen, deren

Augen mit einem Tuch verbunden sind, da sie einander nicht erkennen dürfen. »Was hast du dir nur dabei gedacht? Bernheim will weitersuchen? Jetzt haben wir ein größeres Problem als vorher. Ist dir das klar?«

Das Mädchen senkt den Kopf. In seiner ersten Mission zu scheitern, erfüllt es mit Scham. Sie hatte mit tatkräftiger Unterstützung zweier weiterer Jünger alles so hergerichtet, dass man das Grab und die Mumie tatsächlich für die der Kleopatra halten konnte! »Es tut mir leid. Es ist nicht ganz so gelaufen wie geplant. Natürlich hatten wir alle gehofft, dass Jacques Bernheim in dem Glauben, das Grab der Königin gefunden zu haben, seine Suche beendet«, sagt die junge Frau ein wenig kleinlaut.

Aufgeregt läuft der Patriarch in dem fensterlosen, muffigen Raum auf und ab. Nicht auszudenken, was geschehen würde, wenn dieser Franzose doch noch die Wahrheit ans Licht brächte. »Das ging ja nun gründlich nach hinten los.«

»Na ja, vielleicht gibt Bernheim ja jetzt auch auf.«

»Vielleicht, vielleicht …« Petros wirft theatralisch die Arme in die Luft. »Und was, wenn nicht?«

Ihr Disput wird durch ein dumpfes Klopfen jäh unterbrochen. Es wiederholt sich drei Mal, und sowohl die Bewerberinnen als auch der Priester wissen genau, was das bedeutet.

»Ein Richter!«, sagt der Priester leise. Das verheißt nichts Gutes!

Die Tür öffnet sich langsam und Petros traut seinen Augen kaum. Herein kommt die, die er als Hohepriesterin erkennt. Der Priester erstarrt. Einen so hohen Besuch hat

Petros nicht erwartet. Einen der Richter, ja. Aber die oberste Herrin des Ordens? Die Hohepriesterin verbirgt ihre Identität selbst vor den Mitgliedern der Crata Repoa. Ihr Gesicht ist hinter einer Maske versteckt. Sie zeigt sich nur ganz selten. Ihre Präsenz hier bei dem Treffen macht klar, wie ernst die Lage ist.

»Seid gegrüßt«, sagen Petros und die Novizinnen im Chor und neigen ihre Köpfe zur Brust.

Nach einem Moment des Schweigens richtet die Hohepriesterin ihr Wort an die beiden Frauen. »Ihr habt uns in eine gefährliche Lage gebracht«, sagt sie langsam.

»Wir? Wir wussten nicht …«, setzt eine Bewerberin an, doch der Priester bringt sie mit einem verstohlenen Griff an den Arm sofort zum Verstummen. Widerspruch kann sehr schnell gefährlich werden. Für sie beide.

»Was denkt ihr, was wir nun tun sollen?«, fragt die Hohepriesterin.

Petros überlegt einen Moment und streicht über sein Kinn. »Der Archäologe scheint wild entschlossen. Ich denke nicht, dass er einfach aufgibt. Er hat moderne Geräte. Außerdem vermutet er das Heiligtum nahezu an der richtigen Stelle. Wir dürfen das nicht zulassen. Er muss gestoppt werden!«

»Dann sei es so. Der Archäologe muss sterben!« Die Hohepriesterin geht zu den beiden Novizinnen. Sie mustert die eine, deren Mission missglückt ist, und geht nach wenigen Sekunden weiter zu der zweiten jungen Frau, deren Augen zwar verbunden sind, die aber die Präsenz der Hohepriesterin spürt. Ihr Herz rast, sie atmet schnell. Sanft streicht die mächtige Anführerin von Crata Repoa ihr über den Kopf. »Das ist jetzt Eure große Chance. Nutzt sie besser als Eure Mitstreiterin!«

## SONNTAGABEND

Marina ist nervös. Ihre Hände zittern, ihre Lippen hat sie zusammengepresst vor Anspannung. Die Angst sitzt ihr wie eine kalte Kralle im Nacken.

In zwanzig Minuten kommt Yannis nach Hause. Viel früher, als sie dachte. Um Gottes willen! Das Essen ist noch nicht fertig. Sie war ja gerade mit Aufräumen beschäftigt. Es muss doch ordentlich aussehen, adrett, sauber. Sonst könnte Yannis böse werden, sehr böse, Marina weiß, was passieren kann, wenn er einen schlechten Tag gehabt hat und dann böse wird. Sie sieht es meist schon an seinem Lächeln. Es wird dünn, und er selbst wird ganz ruhig, wenn er auf sie zugeht. Aber wenn er sie dann packt, an den Haaren oder am Oberarm, dann ist er nicht mehr ruhig. Dann fängt er an zu brüllen. Und mit jedem Schlag muss dann auch Marina schreien, selbst wenn sie versucht, es sich zu verkneifen.

Claire steht in der Küchentür und beobachtet ihre Mutter still. Sie kennt das alles nur zu gut. Seit sie ein Kind war, kennt sie es.

»Ihr seid mein Eigentum!«, hatte er immer wieder gesagt, so lange sie sich erinnern kann. »Ich kann alles mit euch machen.« Und das hat er getan.

Was ist das für ein Priester, fragt sie sich immer und immer wieder, der sein Leben Gott gewidmet hat? Der für die Armen und Kranken betet, der fastet, der um die Vergebung der Sünden bittet – und sich dennoch immer und immer wieder versündigt. An denen, die ihm am nächsten sind.

Mit ihrer Mutter spricht sie nicht mehr über die Gewalt, die Schläge. Sie hat es früher ein paarmal getan, wenn er sie ganz besonders brutal zugerichtet hatte. Ihre Mutter hatte es nicht hören wollen. Also hatte sie irgendwann auch nichts mehr gesagt.

Jetzt sieht sie sie, wie sie voller Angst kocht, wäscht, putzt, mit diesem panischen Ausdruck im Gesicht. Ein in die Ecke getriebenes Tier.

»Das verdienst du nicht!«, sagt sie ruhig, aber bestimmt.

»Was soll ich denn tun? Wir können nicht einfach gehen!« Sie umgreift das Gesicht ihrer Tochter liebevoll mit beiden Händen und streicht ihr mit den Daumen über die Wangen. »Was soll denn sonst aus dir werden?«

»Ich will nicht, dass du das erleidest. Und ich bin nicht deine Ausrede!«, entgegnet ihre Tochter, die es kaum aushält, ihre Mutter so voller Angst zu sehen.

Beide wenden den Kopf zur Tür, als ein Schlüssel ins Schloss der Wohnungstür geschoben und umgedreht wird. Sie sehen, wie sich die Tür langsam öffnet, wie das Gatter eines Wildgeheges, in dem der Herr nun zu seinem Vieh geht und ihm gibt, was es verdient. Die massige Gestalt schiebt sich ins Wohnzimmer, müde, die Muskeln erschlafft. Ein

Körper, der nur zur Ruhe kommen möchte. Doch Claire und Marina wissen, das hat nichts zu bedeuten. In jedem Moment könnte sich seine Laune ändern, könnte der kraftlose Körper, die hängenden Schultern sich anspannen, sich vor ihnen aufbauen, bereit, sie anzugreifen, wann auch immer es ihm beliebt. Er lässt den Wohnungsschlüssel in die kleine Schale fallen, sodass sie ein leises Klirren von sich geben.

»Marina? Marina?«, ruft er. Claire versucht, den Ton der Stimme zu dechiffrieren. Wie klingt sie? Womit müssen sie rechnen? Marina schiebt sich vorsichtig vor ihre Tochter. »Ja! Wir sind … ich bin hier!«

Ganz langsam, fast gelangweilt, schlendert Yannis in Richtung der Küche. Mit seiner rechten Hand fährt er über die dunkelbraune Anrichte im Flur vor der Küche, auf der Familienbilder stehen und der silberne Kerzenständer, den Marina von ihrer Großmutter geerbt hat. In der anderen Hand hält er seinen schwarzen Rucksack, den er immer mit zur Arbeit nimmt.

»Ich bin gerade unseren Nachbarn begegnet. Das sind ja wirklich ganz reizende Leute. Nafi wird nächste Woche schon siebzig, stell dir vor!«

»Ja, das sind sie …« Marina schluckt trocken. Ein ungutes Gefühl kommt in ihr auf. Sie schiebt ihre Tochter weiter zur Seite.

»Wir haben ein bisschen geplaudert. Zuerst über den Mordfall, der alle so aufregt. Dann, dass die Müllabfuhr diese Woche schon wieder ausgefallen ist. Ach ja, und dann erwähnte unser Nachbar, dass du heute Besuch hattest.«

Yannis bleibt stehen, und die schlaffe, müde, entspannte

Gestalt nimmt langsam Form und Größe an. Yannis' Augen blitzen bedrohlich, als er Marina fokussiert.

»Besuch?«, stammelt Marina. »Was für Besuch? Nein, ich hatte keinen Besuch!«

»Willst du sagen, der Nachbar lügt!«, brüllt Yannis und macht einen unerwartet geschmeidigen Satz nach vorne.

»Der Techniker war hier, nur der Techniker, du weißt doch, dass unser Stromzähler …« Weiter kommt sie nicht.

Weinend und zitternd kauert Marina wenig später in der hinteren Ecke auf dem Küchenboden. Claire hat sich neben sie gehockt. Sie hat – wieder einmal – alles mit anhören, mit ansehen müssen. Sie hat ihren Arm um ihre Mutter gelegt und streichelt sie mechanisch. Das muss aufhören, so darf es nicht weitergehen. Nicht mehr lange, und ihr Vater wird ihre Mutter totprügeln. Warum nur schenkt der Priester ihr kein Gehör. Aber wenn der nicht, wer dann? Sie würde sich etwas einfallen lassen. »Eines Tages wird es dafür Gerechtigkeit geben. Das glaube ich ganz fest!«, sagt Claire bestimmt.

Marina schaut mit tränennassen Augen zu ihrer Tochter und schüttelt den Kopf. »Niemals.«

Aus einer Taverne am Rand der Corniche ertönt das Lied »*Ya qamar ala daretna*« – »O Mond über unseren Häusern« – der berühmten libanesischen Sängerin Fairuz. Die Musik-Ikone besingt in diesem Lied aus dem vergangenen Jahrhundert den Vollmond, ganz so, als würde sie eben diesen Moment meinen, in dem der Himmelskörper an diesem späten Abend hinter der Bucht von Alexandria gerade fast den Horizont berührt. Trotz der vielen Lichter der Stadt sind die Sterne klar zu erkennen, und das Mondlicht wird reflektiert auf den weiten, ruhigen, kaum erhabenen Wellen, die die Bucht erreichen. Und auf diesem funkelnden Meer wiegt sich sanft die mächtige Jacht, Kleopatra, in deren Bauch Jacques und seine Crew ruhig schlafen. Doch auf dem fast glatten Meer zeigen sich hier und da einzelne kleine Blasen, die langsam, ganz langsam, wie mit großer Vorsicht, an die Oberfläche steigen. Sie bewegen sich vom Ufer in Richtung des Forschungsbootes, stoppen am Bug, da, wo die kleine Leiter ins Meer hinabtaucht, und wenig später entsteigt, katzengleich und geduckt, eine schwarze Taucherfigur dem Meer, erklimmt die Leiter und verschwindet über die Brüstung der Jacht auf dem Boot.

Die Figur sieht sich um. Überall ist es bereits dunkel. Keine Stimmen, keine gedämpfte Musik. Alle haben sich längst schlafen gelegt, und ohnehin sind ihres Wissens in dieser Nacht nur drei Personen an Bord. Neben dem Franzosen selbst sind es Amira und der junge wissenschaftliche Mitarbeiter, die auf der Jacht in Einzelkabinen untergebracht sind. Der Rest der Crew ist am Abend von Bord gegangen. Vielleicht haben sie frei. In die große Lounge, deren Panoramafenster sich zum Sonnendeck hin öffnen, scheint das bläulich weiße Mondlicht. Ihre Hand ertastet den schmalen Spalt, den die angelehnte Schiebetür offen gelassen hat, und zieht sie langsam und vorsichtig so weit zur Seite, dass die Taucherin ins Innere der Jacht hineingleiten kann. Wie ein kaum sichtbarer Schatten durchschreitet die Figur die Lounge, geht die schmale Treppe hinab zu den Schlafräumen. Sie hält inne, schaut den langen, schwach beleuchteten Gang hinunter, von dem sechs Türen, drei links, drei rechts, abgehen zu den Räumen. Es ist mucksmäuschenstill. Zielgerichtet, aber lautlos bewegt sich die Gestalt über den beigefarbenen, makellosen Teppichboden zur letzten Tür links. Sie weiß ganz genau, wo sich Jacques' Kajüte befindet.

Ohne ein Geräusch zu verursachen, bewegt sich die silberne Klinke nach unten, bis sich die Tür öffnen lässt und vom Flur aus ein schwacher Lichtstrahl den Vorraum der Suite erhellt, wo sich die Garderobe befindet und eine weitere Tür zum Badezimmer führt. In einer fest am Boden angebrachten Vase stecken frische Blumen, Hortensien, samtrote Dahlien, die in dem klimatisierten Raum einen sanften, dezenten Duft verströmen. Daneben lehnt an der Wand der Basebat, der Baseballschläger der Harvard University, den Jacques angeblich aus seiner Studentenzeit in den USA besitzt. Der Schlafraum öffnet sich dahinter, vor den zwei Bullaugen sind die champagnerfarbenen Vorhänge zugezogen, rechts an der Wand steht das große Doppelbett, in dem Jacques liegt und friedlich schläft. Nichts ahnend von der Killerin, die zwei, drei Schritte weiter auf ihn zu geht, bis sie direkt am Bettrand steht. Er sieht nicht die plötzlich aufblitzende Klinge in der rechten Hand der Person, die mit der linken sich anschickt, ihm den Mund zuzuhalten, damit während des Todesstoßes kein verräterischer Schrei entweichen kann.

Dann geht alles ganz schnell. Die Linke presst die Killerin fest auf Jacques' Mund, der augenblicklich in Todesangst die Augen weit aufreißt. Die Rechte schnellt hoch, die Spitze der Klinge in Position, um sogleich den tödlichen Stoß in die sich aufbäumende Brust des Archäologen auszuführen. Genau in dem Moment trifft die Angreiferin ein dumpfer Schlag von hinten. Amira reißt den Arm wieder nach oben und beobachtet die in Schwarz gehüllte Figur, wie sie zur Seite kippt, röchelnd windet sie sich kraftlos am Boden. Amira hält den Baseballschläger mit beiden Händen umgriffen, mit dem sie eben zugeschlagen und damit ihrem Chef wohl das Leben gerettet hat. Doch die Killerin berappelt sich, nach wenigen Sekunden springt sie wieder auf und stößt die verdutzte Amira zur Seite, die eben noch glaubte, sie hätte die Angreiferin bewusstlos geschlagen. Der schwarze Schatten rennt durch den Vorraum in den Flur, durch den nun das »Halt!« und »Hilfe« zu hören ist, das Amira ausstößt, während Jacques sich auf dem Bett aufrichtet, keuchend, nach Luft ringt. Ein Geräusch muss auch Nicolas geweckt haben. Sie hören das dumpfe Tapsen von Füßen draußen, erneute Rufe und dann ein lautes Platschen. Amira und Jacques laufen so schnell sie können an Deck, wo Nicolas außer Atem über die Reling gebeugt in das schwarze Meer schaut. Das Wasser hat die Schattengestalt verschluckt, der Killer ist entkommen.

Zurück in der Kabine, setzt sich der Archäologe erschöpft auf die Bettkante, die Arme auf die Knie gestützt, den Kopf gesenkt. Nein, damit hatte er nicht gerechnet. Die anderen sprechen ihm Mut zu, Nicolas hat sich neben Jacques gesetzt und ihm den linken Arm um die Schulter gelegt. Amira reicht ihm ein Glas Wasser.

»Wir müssen die Polizei verständigen! Das können wir doch nicht ignorieren!«, sagt Nicolas sichtlich aufgewühlt.

»Nein!«, widerspricht Jacques vehement. »Nicht jetzt! Zumindest im Moment ist es noch zu früh!« Gierig trinkt Jacques das Wasser.

»Und nun lasst mich in Ruhe! Verschwindet! Ich muss nachdenken! Legt euch hin! In drei Stunden geht die Sonne auf, dann will ich, dass wir alle weitermachen, als sei nichts geschehen!«

»Aber …«

»Keine Widerrede! Ich will es so!«

Jacques' Team verlässt die Kabine, und er bleibt allein zurück, noch immer auf der Bettkante sitzend. Wie hatte er nur so dumm sein können? Die ganze Zeit hatte er sich eingeredet, dass es sich um Zufälle handelte, hatte gedacht, dass die Angriffe in der Kirche gar nicht ihm gegolten hatten. Dass er nur zur falschen Zeit am falschen Ort war. Wie dumm von ihm! Denn spätestens jetzt ist ihm klar: Irgendjemand will ihn stoppen. Ihn daran hindern, zu entdecken, was er sucht. Irgendjemand will ihn umbringen!

Was er jedoch nicht versteht, ist der Grund dafür: Warum? Gibt es jemand anderen, der die Entdeckung des berühmten Sarkophags für sich reklamieren will? Einen Konkurrenten? Aber wenn dem so wäre, dann hätte derjenige das Geheimnis ja schon längst der Welt mitteilen können. Der Ruhm hätte dann ihm gebührt. Oder suchten sie noch und brauchten noch mehr Zeit? Aber warum sollten sich die Kirchen mit so jemandem verbünden?

Nein, es erscheint so, als sollte das Geheimnis des Grabes gehütet werden, um des Geheimnisses willen. Das hieße aber auch: Es liegt wirklich dort irgendwo. So, wie er es immer geglaubt hat. Es ist nicht untergegangen, nicht zerstört worden. Aber es soll nicht gefunden werden.

Und ihm kommt noch ein anderer Verdacht: Die falsche Kleopatra! Konnte das ein Zufall sein? Oder war das eine falsche Fährte, damit er, in dem Glauben, das Grab gefunden zu haben, seine Suche beendet?

Amira hat Jacques' Privatkabine derweil leise verlassen, schreitet den schmalen Gang entlang zu ihrer eigenen Kabine. Ruhig schließt sie die Tür hinter sich, geht die paar Schritte zu einem der Bullaugen, zieht den dünnen Vorhang zur Seite, um hinauszuschauen auf das Meer und die dahinterliegende schlafende Stadt.

Nein, denkt Amira, das hat sie nicht gewollt.

# KAPITEL 14

MONTAG

Theo ist seit dem frühen Morgen im Büro. Sie hat noch beobachtet, wie die ersten Sonnenstrahlen auf dem Meer glitzerten und den Himmel Alexandrias in ein tiefes Orange tauchten. Die Herbststürme haben sich – vorerst – verzogen, und nun wärmt die Sonne die Stadt wieder auf angenehme dreiundzwanzig Grad. Theo bewegt die verschiedenen Puzzleteile hin und her, doch es passt nicht, und im Grunde fehlen ihr auch zu viele. Was es mit der Schießerei in der Kirche auf sich hatte, weiß sie noch nicht. Das Umfeld von Abuna Gabriel hat bislang nichts hergegeben. Seine Frau ist in aufrechter Trauer. Sie hat bisher nur einen Verdächtigen, und das ist der Franzose, der jetzt ein Star ist. Sie hat ihn auf der Pressekonferenz ja beobachten können. Er gilt nun als ein Entdecker gleichauf mit den größten der Geschichte. Doch er hatte seine Entdeckung nicht hier draußen in unmittelbarer Nähe, in der Altstadt von Alexandria gemacht, sondern Kilometer entfernt, in der Wüste. Hatte er auf seiner Suche nach dem historischen

Fund wirklich einen Mord begangen? Hatte der Priester ihm wirklich so im Weg gestanden? Doch was, wenn nicht? Wenn er es aus irgendeinem Grunde doch nicht gewesen ist? Zumal die Videoaufnahmen aus dem Hafen auch nichts zeigten, was sie weiterbrächte. Die Kameras nahmen den Bereich, in dem die Jacht ankerte, gar nicht auf.

Theo nimmt den Hörer ihres Telefons ab und drückt die Schnellwahltaste. Schon zum dritten Mal in wenigen Minuten. Aber Berenice scheint immer noch nicht da zu sein, obwohl es inzwischen nach neun Uhr ist. Sie legt auf. Was ist in letzter Zeit mit ihr los? Sie war sonst so überkorrekt, so zuverlässig und geradezu pedantisch. Da geht die Tür auf, und Berenice steht im Eingang zu Theos Büro, ganz außer Atem. Offenbar weil sie hergerannt ist, weil sie zu spät war. »Hatten Sie mich gerade angerufen? Ich habe es noch gehört, habe es aber nicht rechtzeitig geschafft.«

Theo lehnt sich in ihrem Stuhl zurück. »Ja, Berenice. Ist alles in Ordnung bei Ihnen?«

Theo schaut sie fragend an. Berenice ist jünger als sie, Anfang zwanzig. Sie ist durchaus als überdurchschnittlich attraktiv zu bezeichnen und betont das auch durch dezente, aber doch ausgefallene Kleidung und professionelles Make-up. Auch heute trägt sie ein mintgrünes knöchellanges Kleid, tailliert mit einem schmalen Gürtel, das Arme und Schultern bedeckt, wie es sein soll, aber mit einem gerade noch sittlich zulässigen Ausschnitt am Dekolleté. Ihre langen tiefbraunen Haare hat sie locker hinter dem Kopf zusammengebunden und Lippen und Augen stark, aber nicht billig geschminkt. Sie verstrahlt eine gewisse Klasse.

»Ja, natürlich«, stammelt Berenice leicht nervös, »es ist alles in Ordnung. Privat ist nur gerade etwas viel los.«

Theo mustert Berenice und bemerkt an ihrem linken Bein, dort, wo das Kleid endet und ein paar wenige Zentimeter bis zu ihren Schuhen frei lässt, mehrere kleine Verletzungen. Blaue Flecken, Schürfwunden. Nichts Großes, aber als Theos Blicke sich dort festheften, zieht Berenice das Bein sofort zurück und versteckt es hinter dem anderen.

»Ist wirklich alles okay?« Theos Gedanken überschlagen sich förmlich. Sie hat sofort Bilder vor Augen, wie es zu diesen Verletzungen gekommen sein kann. Was weiß sie eigentlich über Berenice?, fragt Theo sich in diesem Moment. Seit zwei Jahren ist sie im Vorzimmer dieser Abteilung, aber sie haben fast noch nie über Privates geredet. Ja, sie hat erzählt, dass sie mal im Urlaub war, in der Türkei und Dubai. Theo weiß, dass sie noch nicht verheiratet ist. Aber über ihre Familie, ihre Herkunft, wie sie lebt, weiß sie so gut wie nichts. Sie stammt offenbar wie sie selbst aus einer christlichen Familie. Davon zeugt der kleine Anhänger mit dem Kreuz, den sie stets trägt. Und so, wie sie sich kleidet und gibt, kommt sie offenbar aus einer eher liberalen Familie. Aber das ist auch schon alles, und auch hier hat sich Theo die Hälfte zusammengereimt.

»Ja! Das ist nur vom Sport!«

Theo stutzt. Bei welchem Sport könnte man denn so bös umknicken? Und von Sport war bisher nie die Rede gewesen. Gerade, als sie aus einem Instinkt heraus noch einmal ansetzen will, taucht ein Gesicht im Türrahmen auf, das Theo als allerletztes im Präsidium erwartet hätte. »Herr Bernheim, was führt Sie zu uns?«

»Bonjour«, grüßt der Franzose, »haben Sie vielleicht ein paar Minuten Zeit?«

Theo steht von ihrem Stuhl auf und stützt sich mit einer Hand auf den Schreibtisch auf. »Bonjour. Ich bin ja selten wirklich überrascht. Aber jetzt ist es so weit. Mit einem Besuch von Ihnen habe ich nicht gerechnet.«

»Darf ich?«

Theo deutet auf den Stuhl in der einen Ecke ihres Büros. »Berenice, lassen Sie uns bitte alleine«, sagt sie zu ihrer Sekretärin, die noch immer regungslos dasteht, sich jetzt zum Gehen umdreht und die Tür hinter sich schließt.

»Man kommt an Ihnen ja gar nicht vorbei«, sagt Theo zur Begrüßung. »Sobald man den Fernseher oder den Rechner einschaltet oder auch nur an einem Zeitungsladen vorbeigeht, Ihr Gesicht ist einfach überall. Glückwunsch!«, fügt Theo halb aufrichtig, halb skeptisch hinzu. Männer wie er wollen sich nicht um die Wissenschaft verdient machen oder einem Land ihre Königin zurückgeben. Männer wie er sind getrieben von dem Streben nach Macht, Ruhm und Ehre. Und das ist ein streitbares und nicht selten gefährliches Motiv, findet Theo.

»Danke. Ja, es war eine Menge los, das lässt sich nicht bestreiten.« Theo betrachtet ihn nachdenklich. Er scheint nicht gerade euphorisch oder besonders glücklich zu sein. Wenn sie es nicht eigentlich besser wüsste, würde sie sagen, er wirkt bedrückt.

»Was kann ich für Sie tun?«, fragt sie.

»Nun, wo fange ich an. Vielleicht zunächst: Ich bitte Sie, dass das, was wir hier besprechen, unter uns bleibt!« Fast wie ein Schuljunge wippt er mit dem Bein.

»Das kann ich Ihnen schwerlich versprechen, Herr Bernheim. Ich weiß ja noch gar nicht, was Sie mir sagen werden. Und ich ermittle in einem Mordfall!« Sie macht eine entschuldigende Geste.

»Ja, das ist mir bewusst. Aber ich bitte Sie, zumindest für den Moment. Hören Sie mir einfach kurz zu. Ja?« Als Theo kaum merklich nickt, räuspert er sich. Jacques schaut auf seine Hände, die er in seinem Schoß langsam knetet, und holt dann tief Luft. »Das Grab der Kleopatra. Die Mumie. Es ist nicht echt. Es ist nicht die richtige Kleopatra.«

»Was?«, entfährt es Theo. Sie hätte ja mit vielem gerechnet, aber mit so einer Enthüllung sicher nicht. »Aber die Pressekonferenz, die Schlagzeilen.«

Jacques nickt. »Ja, ja, ich weiß ja.«

Theo ist noch immer fassungslos. »Haben Sie das denn nicht vorher prüfen lassen, wissenschaftlich, meine ich? Sie müssen doch Beweise gehabt haben, als Sie an die Öffentlichkeit gingen?«

»Ja, natürlich. Und alles deutete auf die Authentizität hin. Das Alter, das mit der Radiokarbon-Analyse ermittelt wurde. Die Inschriften in der Kammer und auf dem Sarkophag. Das Alter der Mumie. Alles schien schlüssig! Auch für die Experten, die wir gebeten hatten, den Fund zu verifizieren. Wie etwa die Altertümerbehörde! Rym al-Ghazal hat sich dessen persönlich angenommen!«

»Und dann?«

»Es war nur ein Gefühl, das ich hatte. Die Restunsicherheit, die blieb. Ich habe es nicht ertragen. Ich brauchte Gewissheit. Sie kennen sich in ägyptischer Geschichte doch bestimmt etwas aus?«

»Es geht so, was meinen Sie denn genau?«

»Sagt Ihnen der Name Arsinoe etwas?«

Theo runzelt die Stirn. »Ja und nein. Das war doch auch eine Königin im alten Ägypten? Hat sie nicht Julius Cäsar sogar ins Exil geschickt?

»Richtig! Arsinoe die Vierte war Königin Ägyptens, aber sie war vor allem auch die jüngere Schwester Kleopatras. Ihr gemeinsamer Vater war Ptolemaios der Zwölfte. Aber die beiden Schwestern waren Widersacherinnen. Als Kleopatra und ihr Bruder um die Herrschaft Ägyptens kämpften, schlug sie sich auf die Seite ihres Bruders und stand an der Spitze des ägyptischen Heeres, das gegen Cäsar kämpfte, der wiederum auf Kleopatras Seite stand, um nicht zu sagen, er liebte sie abgöttisch. Kompliziert. Ich weiß.«

»Und was ist nun mit dieser Arsinoe?«

»Nun, nach der Niederlage gegen Kleopatra wurde sie ins Exil in den Tempel der Artemis in Ephesos geschickt und später auf Geheiß von Kleopatras Geliebtem Marc Anton hingerichtet und beigesetzt.« Jacques macht eine lange Pause und schaut Theodora bedeutungsvoll an.

»Und ihre Gebeine haben bis heute überdauert. Es sind die einzigen sterblichen Überreste ihrer Dynastie, die je gefunden wurden. Sie wissen, was das heißt?«

Theo schaut erstaunt. »Dass man eine DNA-Probe nehmen kann, um zu überprüfen, ob die Mumie Kleopatras echt ist.«

Triumphierend klopft sich Jacques auf die Oberschenkel. »Genau!«

Theo steht auf und geht zum Fenster. Die Sonne hat sich ihren Weg bereits über die Dächer der zumeist vier- bis fünfgeschossigen Häuser gebahnt. Ihr Licht ist so viel gelber und voller als das in Brüssel. Wie Eidotter. Ganz sicher ist Ägypten kein perfektes Land. Aber gewiss eins von einzigartiger Schönheit. »Warum haben Sie diesen Test nicht gemacht, bevor Sie damit an die Weltöffentlichkeit gegangen sind?«

»Das war das Problem. Das Skelett Arsinoes, das bis in die Neuzeit überdauert hat, reicht für die Analyse nicht aus. Dafür benötigt man den Schädel. Und der ist in den Wirren des Zweiten Weltkriegs verschollen. Man vermutete, dass der Schädel während des Krieges in der Sammlung eines reichen deutschen Industriellen verschwunden ist. Nun, so war es auch. Mir gelang es jedoch, in den rechtmäßigen Besitz ebendieses Schädels zu kommen, und damit zeigte sich leider sehr schnell, dass keine Übereinstimmung mit den Knochen besteht, die wir für die Kleopatras hielten.«

»Aber wenn es nicht Kleopatra ist, die Sie gefunden haben … Es sah doch alles danach aus? Wer ist es dann?

»Genau das ist nun auch mein Problem. Das Ganze war so täuschend ähnlich mit dem, was es hätte sein sollen … Da kam mir schon der Verdacht, ob jemand es hat genau so aussehen lassen.«

Theo wendet sich dem Archäologen wieder zu und verschränkt die Arme. »Ist das nicht etwas weit hergeholt? Sie hätten doch merken müssen, dass der Sarg und die Wand vor dem Raum präpariert waren, dass dies alles erst kürzlich so inszeniert worden war.«

Jetzt ist es Jacques, der sie ein wenig irritiert ansieht. »Es kommt drauf an. Was, wenn es ein real existierendes altes Grab war, das dann so manipuliert wurde, dass es eine falsche Fährte legt? Das wäre grundsätzlich möglich«, fährt Jacques fort, jetzt weitaus ernster. »Ja, es mag absurd klingen. Das hätte ich bis gestern auch gedacht. Aber nun hat jemand versucht, mich umzubringen, nachdem ich die Suche wieder aufnehmen wollte.«

»Wie bitte? Was sagen Sie da?«

»Ja, gestern Nacht. Es war knapp. Meine Assistentin, Amira, hat mich im letzten Moment gerettet. Und deswegen bin ich hier. Ich brauche Schutz.«

»Schutz?«

»Ja, denn ich habe nicht vor, aufzugeben. Ich werde weitersuchen.«

In dem Moment betritt Fadi das Büro, und Theo kann es sich nicht verkneifen, ihn direkt mit in die Unterhaltung einzubinden. »Fadi, hast du heute schon etwas? Monsieur Bernheim benötigt einen Sicherheitsdienst. Dafür sind wir doch wie gemacht, meinst du nicht?«

Verwirrt schaut der Kollege von einer zum anderen. »Was?«

Theo macht eine wegwerfende Handbewegung. »Schon gut.« Dann wendet sie sich erneut an den Franzosen. »Hören Sie, Sie sind mein Hauptverdächtiger in dem Mord an dem Priester. Ich habe zwar ein gesundes Interesse daran, Sie noch eine Weile unter den Lebenden zu sehen, aber ich habe keine Veranlassung, Sie unter Polizeischutz zu stellen. Tut mir leid. Beauftragen Sie doch einen privaten Sicherheitsdienst!«

»Den habe ich ja längst. Erstens hat er mich aber nicht davor geschützt, fast umgebracht zu werden. Zweitens kann der nur schlecht ermitteln, nachforschen, versuchen herauszufinden, wer die Täter sind. Wer oder was dahintersteckt. Dafür brauche ich jemand anderes. Mit Zugang zu allen wichtigen Informationen. Dafür brauche ich Sie!«

»Na, wie schön. Ich werde mich aber ganz sicher nicht von Ihnen in meinen Ermittlungen beeinflussen lassen!«

»Ich habe, was das angeht, nichts zu verbergen!«

»Sicher?«, entgegnet Theo. »Im Übrigen hat sich inzwischen auch das Innenministerium eingeschaltet. Sie prüfen, ob Ihr Visum vorzeitig widerrufen wird. Dann müssten sie uns leider schon sehr bald verlassen.« Jacques' Blick wandelt sich von Trotz zu Wut, bevor sich seine Gesichtszüge entspannen und er sich ein Lächeln abringt. »Kommissarin Costanda, es hat wahrscheinlich wenig Sinn, Ihnen etwas vorzumachen. Ich erkläre Ihnen alles bei einem Abendessen bei mir auf der Jacht. Einverstanden? Vielleicht kommen wir so ja weiter. Wir stehen auf derselben Seite, glauben Sie mir.«

Theo zieht die Augenbrauen zusammen. Eigentlich geht das nicht, denkt sie, sie muss professionelle Distanz wahren. Andererseits, wenn er nun wirklich rausrückt mit der Sprache und sie ein paar Details über den Fall erfahren kann, die ihr weiterhelfen – warum nicht? Und, es bereitet ihr Unbehagen, das vor sich selbst zuzugeben – sie ist interessiert. Zu sehen, wie diese pompöse Jacht von innen aussieht. Und wie ein Jacques Bernheim sich darin macht. Allein bei dem Gedanken wird Theo rot. »Ja, in Ordnung«, sagt sie schließlich. »Wann?«

»Heute Abend? 20 Uhr? Meine Leute holen Sie am Pier ab.«

»Einverstanden.«

# KAPITEL 15

## MONTAGABEND

Vollkommen untypisch für Theo, steht sie viel zu früh am Pier und schaut auf den dunkelpurpurroten Himmel am Horizont, hinter dem sich soeben die Sonne verabschiedet hat. Dort wartet sie auf das kleine Boot, das sie abholen soll. Einen Moment überlegt sie, was ihre Kollegen, ihr Chef, ihre Freunde oder ihre Mutter denken würden, wenn sie sie jetzt so sehen könnten. Mit Lippenstift, dem schwarzen schulterfreien Kleid, das dennoch züchtig bis über das Knie reicht, den schwarzen Pumps mit Absatz. Sie kann sich nicht erinnern, wann sie sich das letzte Mal so zurechtgemacht hat. Bei der Abschlussfeier der Polizeiakademie vielleicht. Vor drei Jahren ist das gewesen. Und natürlich bei der Hochzeit ihrer besten Freundin. Das letzte Date mit einem Mann liegt so lange zurück. Das kommt ihr gar nicht mehr in den Sinn! Aber darum geht es hier ja auch nicht. Ihre Verabredung ist rein beruflich, sonst nichts. Theo fasst sich an die Ohrringe, die ihre Großmutter ihr geschenkt hat. Goldgefasste Diamanten, die eine Blume bilden. Dazu trägt sie eine goldene Halskette mit einem kleinen Kreuz, ebenfalls mit Brillanten eingefasst. Am linken Handgelenk glänzt außerdem ein goldener Armreif. Für ein berufliches Treffen, noch dazu mit einem Verdächtigen, ist sie schon ganz schön herausgeputzt. Vielleicht ist es ganz gut, dass niemand sie sieht …

Der Ruf des Muezzins verklingt, und es scheint stiller zu werden in der Stadt, jetzt, wo all die Gläubigen sich zum Gebet in den Moscheen versammeln. Deutlich vernimmt Theo nun das Tuckern eines Bootsmotors, das sich von der Jacht her durch die Hafenbucht nähert. Schnell kommt das Boot in einem Halbkreis auf die Mole zu und ist schon nach wenigen Minuten bei ihr. Die letzten Meter trudelt es gemächlich dem Pier entgegen. Ein Crewmitglied in einem dunkelblauen Hemd richtet sich auf und reicht ihr die Hand, damit sie sicher einsteigen kann. »Frau Costanda, bitte kommen Sie!«, begrüßt er sie und hält sie, als sie mit einem Satz auf das wackelige, etwas tiefer gelegene Boot springt.

Die Überfahrt dauert ebenfalls nur wenige Minuten, und als Theo das Boot über eine Leiter ein zweites Mal betritt – dieses Mal jedoch ist es hell erleuchtet, und sie kann die Eleganz und den Reichtum darin wahrnehmen –, ist sie erstaunt, wie sehr sich das Klischee über eine Luxusjacht mit der Realität deckt. Die erlesenen Kunstwerke an der Wand, die Skulpturen aus Afrika und, so glaubt Theo, Asien. Außerdem scheint es für jeden Handgriff einen Mitarbeiter zu geben. Ein Stewart in weißer Uniform deutet mit einer Geste an, dass sie kommen möge, »Hier entlang, bitte«, sagt er schließlich, als sie sich nicht gleich in Bewegung setzt, stattdessen noch einmal ihren Blick durch die elegante Lobby des Schiffes gleiten lässt. Sie fühlt sich in diesem Moment nicht wie die Kommissarin, die in ihrer kleinen Altstadtwohnung von Alexandria alleine lebt, blutige Mordfälle durchackert und sich selbstbewusst gegen die Widerstände in ihrem Alltag, in ihrer Kultur behauptet. Sie fühlt sich an diesem Abend ganz plötzlich ein bisschen so, als gehöre sie hierhin. Es scheint ihr vertraut, keineswegs einschüchternd. Sie spürt dieses Wohlbefinden in ihrem Körper, ihre Haltung ist eine andere, der Rücken durchgedrückt, der Gang elegant, nicht so geschäftsmäßig wie an einem Tatort. Es fühlt sich fast natürlich an, hier zu sein, sich einzupassen in die Umgebung, als wäre sie das Teil eines großen Puzzles, das noch gefehlt hat. Ein wichtiges Teil.

Theo schüttelt die Gedanken ab. Sie ist keine Trophäe, mit der man sich schmückt. Ganz bestimmt nicht.

Jemand öffnet die Tür zu dem benachbarten Salon, und als Theo hineintritt, erwartet sie eine mächtige Tafel aus hellem Holz, eingedeckt für zwei Personen. Das Licht ist gedimmt, aber in der Mitte der Tafel erstrahlt ein Kristallluster mit fünf Kerzen. An einem der beiden eingedeckten Plätze sitzt Jacques bereits, der sofort aufsteht, als sie den Raum betritt. Ein paar Sekunden stehen sie sich so gegenüber, dass es fast unangenehm wird. »Frau Kommissarin, wie schön, dass Sie hier sind«, sagt er schließlich und rückt ihren Stuhl so zurecht, dass sie darauf Platz nehmen kann.

»Danke für die Einladung. Sie wissen, dass dieses Treffen nicht ganz undelikat ist«, sagt sie zu Jacques, der langsam die paar Schritte zu seinem Platz um den Tisch herumgeht und sich elegant setzt. »Ich habe meinen Vorgesetzten noch nicht davon in Kenntnis gesetzt, werde das jedoch tun, wenn es mir nötig erscheint.« Jacques Bernheim schaut sie nur an und nimmt dann die Serviette vom Teller vor sich, breitet sie aus und legt sie auf seinen Schoß. »Lassen Sie uns doch erst einmal anfangen. Ich hoffe, Sie haben Appetit mitgebracht.«

Eine Seitentür öffnet sich und eines der Crewmitglieder bringt zwei kleine Teller mit dem ersten Gang. »Krabbensoufflé, mit einer Beilage aus Kaviar«, erläutert er und stellt den einen Teller vor Theo auf den Tisch. Sie überlegt, ob sie jemals zuvor Krabbensoufflé gegessen hat. Wahrscheinlich nicht.

»Wahrscheinlich wissen Sie das selbst, aber ich muss es Ihnen trotzdem sagen: Sie sind eine außergewöhnliche Frau! Verstehen Sie mich nicht falsch, ich meine Sie als Kommissarin, als Frau bei der ägyptischen Polizei. Und wenn ich mich nicht täusche, sind Ihre Wurzeln auch nicht allein ägyptisch!«

»Ach nein?« Angriffslustig funkelt Theo den Gastgeber an. »Woran meinen Sie das zu erkennen? Weil ich keine Hijab trage? Ist das nicht ein ziemliches Vorurteil? Dass Frauen in der arabischen Welt alle verschleiert und unterdrückt sind? Schauen Sie sich die Moderatorinnen im Fernsehen an, die Sängerinnen und auch so manche Politikerin! Ich glaube, Sie haben da ein etwas falsches Bild im Kopf.«

»Ich kenne den Nahen Osten sehr gut, und ich weiß, dass nicht alle Frauen hier vollverschleiert sind. Aber in einer Institution wie der Polizei ist ein Aufzug wie der Ihre …«, er macht eine kurze Pause und betrachtet Theo – wie es ihr scheint – anerkennend, »doch eher ungewöhnlich …«

»Da haben wir gleich den nächsten kritischen Punkt. Sie kennen den Nahen Osten, sagen Sie? Sie wissen, wie man solche Europäer, solche Westler hier bei uns bezeichnet?« Er schaut sie an. »Orientalisten. Und das ist nicht als Kompliment gemeint.«

Ein Stewart tritt ein und räumt die beiden Vorspeisenteller ab, um sogleich den Hauptgang zu servieren. »Hummer-Ragout mit provenzalischem Gemüse«, erklärt Jacques und blickt Theo etwas zu tief in die Augen. »Orientalisten?«, greift er ihre Ausführung auf.

»Ja. Wir denken da eher an Leute wie Lawrence von Arabien. Abenteuerlustige, weiße Menschen, die ihr langweiliges, privilegiertes Leben mit ein bisschen Würze versehen wollen, sich exotische Kleidung anziehen und so tun, als würden sie diese Welt hier um uns herum genauestens verstehen und durchdringen.« Theo schiebt sich genüsslich eine Gabel von dem Ragout in den Mund. »Sind Sie auch so ein Orientalist? So ein Lawrence von Arabien?«

Als Jacques schweigt, fährt Theo fort. »Sind wir für Sie nicht nur ein Abenteuerspielplatz? Ein Land, dessen Schätze Sie ihm entreißen, um sie dann in Paris, London oder Berlin auszustellen? Das bedient doch so schön die Klischees von Ägypten, dem Land mit den Mumien, Pyramiden, verschleierten Frauen?« Sie schaut ihn herausfordernd an. Es war nicht ihre Absicht gewesen, direkt eine kulturpolitische Diskussion vom Zaun zu brechen. Aber nun ist es einmal so. »Ich bin erstaunt, dass Sie das so sehen!«, entgegnet Jacques.

»Weil ich als Griechin hier lebe? Aber dies ist auch meine Heimat! Ich bin Teil dieses Landes, so wie die Muslime, die Kopten, die Araber, seit Jahrtausenden kommen und gehen Völker und Menschen in Ägypten, und dieses Land hat es geschafft, sie alle aufzunehmen, ein Teil von sich werden zu lassen. Da ist es schwer, dabei zuzuschauen, wie Leute wie Sie unsere Gräber schänden und dafür über Leichen gehen.«

Jacques greift zum Glas Rotwein, das bereits eingeschenkt vor ihm, vor ihnen steht, und setzt an, Theo zuzuprosten. »Sie verkennen mich, Frau Costanda. Und meine Motive«, sagt er versöhnlich.

Theo rührt ihr Glas nicht an. »Sie wissen, dass Sie mein Hauptverdächtiger in dem Mordfall sind?«, fragt Theo, nachdem er einen Schluck genommen hat.

Jacques nickt und lächelt. »Sie haben es mehrfach geäußert.« Sekunden der Stille, in denen die beiden Kontrahenten sich mit den Blicken messen. »Aber glauben Sie, dass ich es war?«

»Ich halte Sie für skrupellos. Ich glaube, Ihre Sucht nach Ruhm lässt alles andere in den Hintergrund treten. Halte ich Sie für fähig, zu morden?« Theo macht eine Pause. »Ja! Ehrlich gesagt tue ich das. Sie tauchen auf in der Stadt, stürmen Kirchen und werden in Schießereien verwickelt, suchen nach dem großartigsten Geheimnis, das irgendwo hier in dem Wüstensand verborgen ist. Von dem Sie dachten, es läge unter einer der Kirchen. Und wie durch einen Zufall stirbt dieser Priester.«

»Ach ja?«, entgegnet Jacques und lehnt sich ein wenig nach vorne. »Aber was ist damit, dass wir offenbar einer

Inszenierung aufgesessen sind? Dass jemand ein Grab so hat aussehen lassen, als sei es das der Kleopatra? Und was ist damit, dass jemand versucht hat, mich umzubringen, als mich das nicht davon abhielt, weiter nach dem echten Grab zu suchen. Kommen Ihnen da nicht Zweifel an Ihrer Theorie?«

Theo hört dem Franzosen aufmerksam zu. Sie kann nicht von der Hand weisen, dass ein Attentat auf ihn nicht in ihr Muster passt. »Aber wer sollte Interesse daran haben, den Priester umzubringen, wenn nicht Sie?«

»Das ist eine sehr gute Frage. Entscheidender aber ist für mich: Warum wurde ich in mindestens zwei Kirchen von bewaffneten Männern bereits erwartet?«

»Auch in der von Abuna Gabriel?«

»Nicht nur das. Ich habe den Geistlichen an jenem Donnerstagabend sogar noch gesehen. Als ich aus der Kirche vertrieben wurde, hat er noch gelebt. Glauben Sie mir! Ich fürchte, Sie haben zwei Verbrechen aufzuklären, werte Kommissarin, einen Mord und einen Mordanschlag. Jemand wollte mich unbedingt davon abhalten, das Grab zu suchen und es möglicherweise auch zu finden.« Jacques nahm erneut einen großen Schluck von seinem Wein. »Wollen Sie nicht mal probieren? Der ist wirklich vorzüglich. Ein Château Beauregard Pomerol, 2005er Jahrgang.«

Theo ignoriert die Aufforderung. Sie weiß nicht recht, was sie von alldem halten soll. Bernheim ist ihr einerseits zu selbstgerecht, um sie anzulügen. Andererseits findet sie es auch ein wenig abenteuerlich, an eine Horde schießwütiger Männer zu glauben, die eine Kirche beschützen wollen. Wovor? »Wer sollte Sie denn davon abhalten wollen, nach dem Grab der Königin zu forschen? Und warum?«, hakt Theo vorsichtig nach. »Die sich dann auch noch die Mühe machen, eine falsche Fährte zu legen, ein Grab förmlich zu konstruieren, um Sie in die Irre zu führen?«

»Ganz genau. Sie fassen das alles hervorragend zusammen. Das, was sich hier abspielt, kann nicht von ein oder zwei Personen geplant sein. Aus welchen Gründen auch immer. Da steckt mehr dahinter. Und genau das macht mir Sorgen. Und deshalb will ich, dass Sie mir glauben. Hier geht etwas vor sich. Helfen Sie mir und gehen Sie dem nach!« Eindringlich sieht er sie an, und Theo weiß nicht recht, was sie von diesem Blick zu halten hat. Darin liegt mehr als das Flehen eines Wissenschaftlers um Anerkennung und Schutz.

»Ihr Französisch … Sie haben in Belgien gelebt, oder?«, fährt er fort, bevor Theo sich äußern kann.

»Ich bin dort geboren, habe dort meine Kindheit verbracht.«

»Vielleicht liegt es daran …«

»Was meinen Sie?«

»Menschen, die so kontrolliert sind, sich so stark und selbstbewusst geben. Häufig ist das eine Reaktion auf etwas, das sie zu verdecken suchen. Unsicherheit, Ängste.«

»Sind Sie jetzt auch Psychologe?«, fragt Theo sanfter, als sie wollte. Langsam wird ihr warm in dem Raum. Die Luft scheint stickig.

»Nein, aber ich habe ein bisschen Lebenserfahrung, und wann immer mir Menschen mit einem solchen Panzer begegnet sind, stellte sich irgendwann heraus, dass der Panzer vor allem Selbstschutz war. Ist es so auch bei Ihnen?«

Theo fühlt sich unwohl, ertappt. »Ich denke, wir kommen vom Thema ab.«

»Ich wusste nicht, dass wir ein festes Thema haben.« Jacques steht auf, geht um den Tisch herum und stellt sich schräg hinter sie. »Wie kommt es eigentlich, dass so eine attraktive, intelligente Frau wie Sie noch nicht verheiratet ist?«

Theo muss trocken schlucken. Es war klar, dass ihr Treffen irgendwann diese Wendung nehmen würde.

»Diese Frage könnte ich Ihnen ähnlich auch stellen. Und sie zeigt mal wieder, wie sehr Sie in Klischees denken, Jacques. Es gibt keinen Grund für eine attraktive Ägypterin Anfang dreißig, sich über die Ehe definieren zu müssen. Und die Fragen oder Blicke, die man sich dazu anhören muss, sind sexistisch und ausgesprochen rückwärtsgewandt. Ich könnte Sie ja dasselbe fragen, warum sind Sie noch nicht verheiratet?« Theo hat sich in Rage geredet. Ihr Familienstand ist ein wunder Punkt für sie, vor allem aber für ihre Familie. Und er würde mit jedem Tag, den sie älter wurde, nicht weniger schmerzhaft.

Theo greift nun doch zum Wein. Sie nippt an dem Glas. Der Pomerol ist wirklich hervorragend. Sie liebt schweren Rotwein, er hat genau die richtige Temperatur. Beinahe schade, dass sie losmuss. Theo beginnt, sich in Jacques' Nähe zu wohl zu fühlen, und das ist nicht gut. Außerdem wird sie aus ihm auch nichts weiter herausbekommen. Es ist nun an ihr, zu überlegen, ob sie nach diesen ominösen Männern suchen soll, die ihn angeblich angegriffen haben, in der Kirche und auf seinem Boot.

»Könnten Sie Bescheid geben, dass ich in die Stadt zurückmöchte?«, fragt Theo dann auch. »Und vielen Dank für das ausgezeichnete Mahl.«

»Von dem Sie kaum probiert haben.«

Theo steht auf und schreitet durch die Flügeltür zurück in die Lobby der prächtigen Jacht. Dabei fällt ihr Blick auf ein Gemälde, das sie beim Hereinkommen gar nicht bemerkt hat. Nun aber blickt sie fasziniert auf das eindrucksvolle Ölgemälde, in dessen Mitte wie eine Lichtgestalt, umgeben vom Dunkel eines Palastes, eine fast nackte Frau erstrahlt. Theo weiß sofort, wer es ist.

»›Cléopâtre et César‹, von Jean-Léon Gérôme, aus dem Jahr 1866. Eines der ersten modernen Bilder der Pharaonin, auf dem sie dem Teppich entsteigt, in den sie gehüllt war, und Cäsar gegenübertritt«, erklärt Jacques.

Schweigend betrachten beide das ikonographische Bild. Die Darstellung Kleopatras als junge, strahlend schöne Frau mit fast weißer Haut und schwarzem Haar, wie sie einer Herausforderung gleich vor den römischen Feldherrn tritt, sinnlich und ohne Scheu. »Als wäre man dabei, nicht wahr? Als würde diese Szene vor einem noch einmal zum Leben erwachen. Ist das nicht wahre Kunst, wenn sie uns derart zu träumen erlaubt, uns so verzaubert und Gestern und Heute auf diese Weise miteinander verschmelzen lässt?«

Theo schaut weiter auf das Gemälde. »Es ist erstaunlich, dass es auch heute noch eine solche Faszination auf uns ausübt. Egal, woher wir stammen. West, Ost, Orient, Okzident.«

»Die Themen betreffen uns alle. Liebe, Macht, Tod, Glauben. Und alles verwoben.«

»Wie schön, dass ich es sehen durfte«, sagt Theo und meint es auch so. Sie wendet sich langsam in Richtung Ausgang.

»Also eine positive Form kultureller Aneignung?« Jacques hält Theos Hand und lächelt sie an, während sie nach der Reling des wackeligen Beiboots greift. »Unzweifelhaft ein schönes Bild. Aber …«, mit einem Satz springt sie auf das Boot, »fragen Sie sich doch einmal, wie das Bild aussehen würde, hätte ein Mann – oder eine Frau – aus dem Nahen Osten die Szene gemalt.«

»Ich denke drüber nach.«

»Dann besprechen wir das beim nächsten Mal«, sagt Theo, die ihre Hand nun zurückzieht, während der Motor anspringt und sich das Beiboot langsam in Bewegung setzt.

Herrje, was sich hier alles im Laufe der Zeit angesammelt hat, denkt Theo, als sie die klapprige Holztür zu ihrem Abstellraum im Keller öffnet. Wann immer sie irgendetwas nicht mehr brauchte, sich aber nicht dazu durchringen konnte, es wegzuwerfen, hat sie es hier einfach verstaut. So steht es nicht mehr oben in ihrer Wohnung herum, verstopft nun aber hier jeden Zugang. Dabei weiß sie ganz genau, dass sie die alten CDs nie wieder hören, die DVDs nie wieder ansehen wird!

Wenn überhaupt, dann könnte das, wonach sie sucht, sich hier befinden. Ein alter Laptop, der sich hoffentlich noch starten ließe. Und auf dem sie vielleicht noch Bilder finden könnte von früher. Eine grelle Neonröhre an der

Decke erleuchtet den engen Raum, und nachdem sie sich mühsam vorgearbeitet hat, entdeckt sie ganz hinten in der einen Ecke unter allerlei Dokumentenmappen, Klamotten und Papieren eine halb durchsichtige Plastikbox, in der sich offenbar Elektrogeräte befinden. Ächzend zerrt sie die Box unter dem anderen Krempel hervor, öffnet den Deckel und findet tatsächlich ihren alten Laptop. Wie riesig ihr das Gerät vorkommt im Vergleich zu den heutigen Tablets und ultraflachen Geräten, und wie schwer es ist! Ein Netzteil liegt auch in dem Karton. Es ist, als halte sie eine Zeitkapsel in Händen, von der sie noch nicht weiß, ob sie ihren Inhalt nach so langer Zeit noch preisgeben wird.

Zurück in der Wohnung, steckt sie das Netzteil in eine Steckdose neben dem Küchentisch, verbindet es mit dem Laptop und wartet. Und wirklich erscheint nach wenigen Sekunden auf dem vollkommen verstaubten Screen die Startmaske und rechts oben in der Ecke auch das Symbol, das ihr verrät: Der Akku lädt. Blöderweise kommt sie aber nur mit Passwort weiter! Herrje, wie lautete das bloß? Das hat sie ja bestimmt zehn Jahre nicht mehr benutzt. Sie erinnert sich, dass sie früher, als man noch nicht permanent sein Passwort ändern musste, immer einen Namen wählte, manchmal in Kombination mit einer Zahl, »1« oder »18« – der Tag ihres Geburtsdatums. Sie gibt die Zeichenfolge ein und klatscht fast laut in die Hände, als sich auf dem Desktop das Hintergrundbild aufbaut, das sie damals dort eingestellt hat. Es zeigt einen Sonnenuntergang, den sie am Strand von Alexandria einmal aufgenommen hatte. Ja, sie kann sich noch daran erinnern, wenn sie jetzt dieses Bild sieht. Alle möglichen Ordner erscheinen auf dem Bildschirm. Unterlagen, Lebensläufe, Passfotos. Theo kramt in der Kiste, die sie mitgenommen hat. Auf dem alten Rechner gibt es noch kein Touchpad, auf dem sie mit den Fingern den Cursor bewegen kann, sie braucht eine Maus. In dem Kabelsalat in der Kiste findet sie eine und schließt sie an den Laptop an, sucht den Foto-Ordner. Sie sind noch da, all die Bilder, die sie vergessen hat, die aber sofort wieder präsent sind, wo sie sie jetzt sieht. Und mit ihr die Situationen, Erinnerungen, Momente. Es sind Bilder vor und nach der Trennung ihrer Eltern. Aus Belgien und aus Ägypten. Sie erkennt sich als Mädchen, vielleicht zehn Jahre alt, wie sie auf dem Schoß ihres Vaters sitzt und sie gemeinsam ein Buch durchblättern. Ihre Mutter und ihr Vater, sie halten sich im Arm und lächeln, strahlen. Ist es echt oder gespielt?, fragt sich Theo. Sie sieht Bilder von sich in einem dicken Wintermantel, in einem Park. Es sieht kalt und ungemütlich aus, sie schaut aus müden Augen in die Kamera. War das vor oder nach der Trennung? Sie weiß es nicht mehr. Und dann ein Bild, das muss entstanden sein, kurz bevor sie nach Ägypten zurückkehrten. Sie trägt einen weiten Pulli und eine locker auf der Hüfte hängende Jeans. Sie sieht in den Klamotten blass und dürr aus. Sehr dürr, und sehr unglücklich. Wie lange sie da wohl schon nichts mehr gegessen hatte? Zwei Tage, drei Tage? Bestimmt. Sie betrachtet die ausgehungerte Gestalt auf dem Bild, die nur wenig mit der Frau gemein hat, die heute vor dem Laptop sitzt. Es gibt schöne und schlimme Erinnerungen, denkt Theo. Das hier sind schlimme. Sie klappt den Laptop zu. Es war eine blöde Idee! Wozu dem Schmerz und der Traurigkeit Raum, Zeit, Aufmerksamkeit geben? Warum sich damit befassen? Vorbei ist vorbei. Abgehakt, abgeschlossen. Sie hat ja vorher auch jahrelang nicht daran gedacht. Das Gespräch mit dem Franzosen hat sie mehr aufgewühlt, als sie geglaubt hat.

Sie räumt den Laptop, die Maus, das Netzteil wieder in den Karton, verschließt den Deckel und trägt ihn zurück in den Keller. Aus ihrem Blick, aus ihrer Aufmerksamkeit. Und hofft, dass damit alles gut ist. Zudem muss sie endlich ins Bett. Es war ein langer Tag!

# KAPITEL 16

DIENSTAG

»Ja, bitte.« Die Nummer auf seinem Smartphone ist unterdrückt. Da nur wenige Personen seine persönlichen Kontaktdaten haben, ist Jacques ein wenig auf der Hut, wer der Anrufer sein könnte. Andererseits ist seine Devise, dass Ignoranz nicht wirklich schützt. Er nimmt den Anruf an.

»Frau Kommissarin?«, fragt er verwundert, als er Theos Stimme hört.

»Hören Sie zu. Sie kommen, um Sie auszuweisen. Sie haben nicht mehr viel Zeit. Packen Sie Ihre Sachen und verschwinden Sie. Sofort.«

»Wie bitte? Was reden Sie da? Und warum tun Sie das überhaupt?«, erwidert Jacques irritiert.

»Warum ich Sie warne?« Theo macht am anderen Ende eine lange Pause. »Weil ein Teil von mir Ihnen glaubt, und der andere braucht Sie, um die Wahrheit herauszufinden.«

Das war's. Sie hat den Anruf beendet, ohne weiteren Gruß. Jacques versteht augenblicklich, dass er die Warnung ernst nehmen muss. Hastig stopft er ein paar Sachen in einen wasserdichten Rucksack und holt seine Tauchausrüstung aus der Klappbank im hinteren Teil des Sonnendachs.

Etwa zur gleichen Zeit sammeln sich an der Hafenbucht fünf Polizisten. Kurz nachdem das Polizeiboot seinen Liegeplatz an der Corniche verlassen hat, fährt der Kapitän des Bootes den Motor auf volle Kraft hoch. Der Bug hebt sich durch die Schubkraft der Maschine ein wenig aus dem Wasser, und das Boot zieht ein weißes, aufschäumendes Wasserband hinter sich her. Drei Mitarbeiter des Innenministeriums und zwei Polizisten sind auf dem Weg, um die Entscheidung des Innenministeriums umzusetzen. Sie haben den Befehl, Jacques in Gewahrsam zu nehmen, ihn mit einer Polizeieskorte nach Kairo zum Flughafen zu bringen und direkt in ein Flugzeug nach Paris zu setzen. Die fünf Männer schauen grimmig und entschlossen, als sie sich in einem weiten Bogen der mächtigen Jacht nähern.

Mit vor der Brust angelegten, deutlich sichtbaren Gewehren vertäuen sie das Boot und betreten die Jacht. Es ist Amira, die sie dort erwartet. Einer der Polizisten, er stellt sich als Polizeimeister Basil vor, hält ihr das offizielle Dokument mit der Ausreiseverfügung vor. »Wir sind hier, um Jacques Bernheim abzuholen«, sagt er. »Sie haben dieser Verfügung Folge zu leisten. Wo ist er?«

Amira nimmt das Schreiben entgegen und überfliegt es. Sie gibt es dem Polizisten zurück und erwidert ruhig: »Ich kann es Ihnen nicht sagen. Er hat die Jacht in den frühen Morgenstunden verlassen und ist seitdem nicht zurückgekehrt.«

Basil schaut sie skeptisch an. Er glaubt ihr kein Wort.

Sie steckt mit ihm unter einer Decke. Entweder ist Jacques Bernheim noch hier an Bord des Schiffes, oder aber er ist ihnen zuvorgekommen und untergetaucht. »Durchsucht die Jacht!«, schreit Basil den anderen zu, während er seinen Blick weiterhin auf Amira heftet, die ihn mit unschuldigen Augen ansieht. Tun Sie, was Sie nicht lassen können, scheint ihr Blick zu sagen. Sie werden ihn nicht finden.

Professionell durchkämmen die Polizisten jede Kabine, öffnen jeden Schrank, schauen in jede Luke, ohne Erfolg. Die Crew-Mitglieder werden allesamt in die Lobby zitiert, wo sie bei Amira, die sich die ganze Zeit kaum gerührt hat, nebeneinanderstehen, sich nur ab und an fragende Blicke zuwerfen. »Die Verhinderung einer Abschiebung ist eine Straftat in diesem Land. Sollten Sie Beihilfe dazu geleistet haben, dass Jacques Bernheim sich der Ausweisung entzogen hat und sich nun illegal in diesem Land aufhält, wird das ernsthafte Konsequenzen für Sie haben. Dessen sollten Sie sich bewusst sein!«, proklamiert Basil laut und scharf, während er vor der Mannschaft auf und ab geht. Vor Nicolas bleibt er stehen, packt den Jungen am Schlafittchen und zieht sein Gesicht ganz nah an seins. »Machen Sie schon den Mund auf! Wo ist er?«, sagt er bedrohlich leise, doch der Assistent bringt keinen Ton heraus.

»Lassen Sie das!«, geht Amira dazwischen. »Er weiß es nicht. Und die anderen auch nicht. Wir wissen es alle nicht. Jacques Bernheim hat mit Sonnenaufgang die Jacht verlassen und zu niemandem etwas gesagt. Wenn wir gewusst hätten, dass Sie kommen, hätten wir frische Brötchen organisiert. Aber das konnten wir leider nicht ahnen.«

Sie war schon immer eine gute Lügnerin gewesen!

Jacques Bernheim schwitzt derweil in seinem Taucheranzug so stark, dass er sich ihn am liebsten vom Leib reißen würde. Er treibt seitlich seines Schiffes, drückt sich bis an die Außenhülle der Jacht, gerade so, dass der Kopf über Wasser bleibt, um ja nicht von Deck aus entdeckt werden zu können. So wartet er ab, bis auf dem Boot der Polizei, das über ihm im Wasser dümpelt, der Motor wieder angeschmissen wird und der Propeller im Wasser unzählige kleine Blasen und schließlich Wellen schlägt. Er hatte es nicht gewagt, schon vorher loszuschwimmen. Er wollte abwarten.

Nachdem sie sich entfernt haben, harrt Jacques bestimmt noch fünf Minuten weiter aus, voller Sorge, das alles könnte eine Falle sein und gleich würden sie doch noch kommen, um ihn zu holen. Dann jedoch hört er Amira, wie sie an Deck direkt über ihm auf Arabisch singt. Er kennt das Lied. Es ist von Dalida, der berühmten ägyptisch-italienisch-französischen Sängerin. »*Helwa ya baladi*«, »Mein schönes Heimatland«. Jacques spricht nur schlecht Arabisch, obwohl er inzwischen seit Jahren unregelmäßig Unterricht nimmt. Aber diese Zeilen versteht er. »*Amali da'iman kan, ya baladi, inni arga aleik*«, »Meine Hoffnung war es stets, dass ich zu dir zurückkehre«, und »*ala shateen*«, »am anderen Ufer«. Sie wollte ihm signalisieren, dass er jetzt losschwimmen kann, ans Festland. Wahrscheinlich hat die Polizei Abhörwanzen irgendwo hinterlassen. Die übrige Crew weiß nicht, dass er noch hier ist. Nur so konnte sie ihm Bescheid geben. Jacques steckt sich den Atemregler erneut in seinen Mund, streift sich die Taucherbrille über und taucht ab.

Es ist eine beachtliche Strecke bis zum Ufer. Und Jacques kann nicht einfach den kürzesten Weg nehmen, um zur Corniche zu gelangen. Was würde das für Aufsehen erregen, wenn er dort, an der viel befahrenen Straße, wie ein Froschmann aus dem Wasser steigen würde. Nein, er würde bis zur Zitadelle tauchen und dann auf der dem Hafenbecken abgewandten Seite an Land gehen. Für die Strecke reicht auch sein Sauerstoff, denn zwanzig Minuten braucht er bestimmt für die gut achthundert Meter.

Schwer atmend drückt sich Jacques hinter einem der wuchtigen Steinquader am Fuße der Zitadelle an die sandsteinfarbene Mauer, sieht sich prüfend um und streift den Taucheranzug ab, den er schnell gegen die Straßenkleidung eintauscht, die er in dem kleinen wasserdichten Rucksack mitgebracht hat. Eine beigefarbene Hose, dunkelblaues Hemd, eine Sonnenbrille. Er darf nicht auffallen, wenn er sich gleich in die Stadt begibt, und er muss schnell sein, bevor sein Bild in sozialen Netzwerken auftaucht oder irgendwo im Fernsehen. Den nassen Neoprenanzug drückt er in den kleinen Spalt zwischen den Steinquadern knapp über der Wasseroberfläche, in der Hoffnung, dass er nicht so schnell gefunden wird. Ein besseres Versteck bietet sich auf die Schnelle nicht an. Jacques balanciert sich an dem gemauerten Fundament um die Zitadelle herum, bis er auf der anderen Seite zur Straße kommt und sich ein Taxi heranwinkt. »Zur Bibliotheca Alexandrina bitte!«

»*Chamseen* Pfund!«

»Ja, okay!« Er hat keine Zeit zu feilschen. Außerdem spricht der Fahrer offenbar nur Arabisch. Er lächelt ihn an, freut sich wohl über den Touristen, der sich nicht auskennt und einfach so einen viel zu hohen Preis akzeptiert. Aber das soll ihm recht sein. Aus dem alten Autoradio plärrt arabische Musik, alle Fenster des alten Vehikels sind heruntergelassen, und es zieht und pfeift um Jacques' Kopf herum, dass er seinen Hut festhalten muss. Es ist nicht weit bis zur Bibliothek, nur die Corniche hinunter. Er kann das Gebäude schon ausmachen, als der Taxifahrer anhalten muss, bevor er sich im Kreisverkehr einfädeln kann. Aus dem Autoradio ertönt eine Fanfare, die Jacques vertraut ist: »Nashra al Akhbar – die Nachrichten!« Jacques' Augenlid beginnt nervös zu zucken. Sein Arabisch reicht nicht, um zu verstehen, was genau der Sprecher vermeldet, er versucht, den Taxifahrer, der kein Englisch spricht, zu bitten, das Radio auszuschalten. Da glaubt er in dem arabischen Singsang die Worte »*faransia*« herauszuhören und dann seinen Namen! Jacques sieht, wie die Augen des Taxifahrers ihn im Rückspiegel fixieren. Kann er ihn erkannt haben? Ohne Bild? Er zögert nicht lange. Das Risiko ist ihm zu groß. Jacques stößt die Wagentür auf und hechtet hinaus auf die Straße. Jetzt kommt es auf jede Minute an. Er rennt so schnell er kann die Corniche hinunter und hört, wie der Taxifahrer ihm irgendwas hinterherbrüllt. Wahrscheinlich ist er sauer, dass er nun keinen einzigen Piaster verdient hat. Zum Glück ist es so voll und laut hier, dass die Menschen auf dem Bürgersteig nicht hören können, was er sagt. Er bemüht sich, schnell, aber nicht auffällig schnell zu gehen, nicht zu panisch zu wirken. Ihn trennen nur noch wenige Meter von der Bibliothek. Er eilt vorbei an dem Sicherheitshäuschen am Eingang. Gut, der Security-Mitarbeiter hat offenbar noch nichts mitbekommen, sondern nickt ihm freundlich zu, hält ihn für einen Touristen. Jacques nimmt nicht den Haupteingang, sondern geht halb um das Gebäude herum, dorthin, wo der Mitarbeitereingang ist, und drückt auf die Klingel. Nach wenigen Sekunden meldet sich eine Stimme über die Gegensprechanlage. »Hamdy Abouleish!«

»Hier ist Jacques Bernheim! Ich muss mit Ihnen sprechen! Es ist wichtig!« Ein Surren ertönt, und Jacques öffnet die Tür.

# KAPITEL 17

## ZUR SELBEN ZEIT AN EINEM ANDEREN ORT

Die Bewerberin nimmt die Augenbinde ab, die sie schon so lange tragen musste, seit sie wieder die Schwelle zum Eingang dieser Unterwelt überschritten hatte. Sie weiß, dass sie sich hier in einem weiteren Vorzimmer befindet, dass die eigentliche Prüfung später stattfindet, wenn sich die große Pforte vor ihr öffnet, über der geschrieben steht:

Pforte des Todes

Wie lange sie jetzt hier schon wartet? Vielleicht vierzig Minuten, als sich mit einem dumpfen Reiben das steinerne Tor langsam bewegt und über den sandigen Boden schabt. Die Bewerberin kann erkennen, dass dahinter ein riesiger, noch schwach von Fackeln erleuchteter Raum liegt. Als niemand kommt, schreitet sie langsam auf das Gewölbe zu, und sobald sie die Schwelle überschritten hat, verschließt sich hinter ihr wieder die mächtige Pforte.

Es dauert etwas, bis sich ihre Augen an das schwache

Licht gewöhnt haben, das nicht ausreicht, um alle Teile des großen Raumes zu erhellen. Aber nach und nach erkennt sie die vielen einbalsamierten Körper, die an den Wänden entlang auf steinernen Erhebungen aufgebahrt sind. Und in der Mitte des Raumes erhebt sich ein von Blut überströmter Sarkophag, auf dem ein Name geschrieben ist: Osiris.

Am hinteren Ende des Gewölbes, kaum wahrnehmbar in dem schummrigen Licht, stehen die sieben Richter. Die Bewerberin weiß, was nun geschieht. Sie musste die Abfolge lernen, die Fragen, die richtigen Antworten, sie sind Teil dieses heiligen Zeremoniells, das sogleich beginnt. Einer der Richter tritt hervor und streckt der Bewerberin beide Hände entgegen, in denen er eine goldene Krone trägt.

»Hast du an der Ermordung deines Herrn teilgenommen?«, fragt er, denn genau so schreibt es die Crata Repoa vor, worauf die Bewerberin den alten Riten gemäß antwortet: »Nein, das habe ich nicht!«

Sogleich greift sie die Krone und wirft sie zu Boden. Zwei weitere Richter eilen daraufhin nach vorn und ergreifen die Bewerberin, fesseln sie und führen sie vor ein weiteres Tor mit der Aufschrift:

Heiligtum der Geister

Die Novizin ist unruhig, denn nun steht der Teil bevor, vor dem sie am meisten Angst hat: Sechs Stunden wird die Aspirantin in einer engen, vollkommen dunklen Kammer verbringen, in der sechs Mumien aufgebahrt sind. Die Kammer ist so eng, dass sie gerade darin auf dem Boden liegen kann. Es ist, als sei sie lebendig begraben. Aber sie muss es aushalten, sie muss! Gefesselt legen sie sie auf den Boden in der Mitte zwischen den Ablageflächen zu beiden Seiten, je drei übereinander, auf denen mumifizierte Körper liegen. Sie liegt auf dem Rücken und blickt auf die Tür, die sich nun langsam schließt, sie bemerkt, wie es dunkler und dunkler wird, je schmaler der Schlitz wird, den die Tür noch offen lässt, bis er schließlich vollständig verschwunden ist und gleichsam alles Licht verschluckt. Nicht lange, und sie würde nicht mehr wissen, wo oben und wo unten ist, rechts und links. Schon jetzt hat sie das Gefühl zu schweben. Bilder kommen auf, von den Mumien, mit denen sie diesen Raum teilt, sie spürt, wie eine tiefe Angst in ihr entsteht. Nein, das darf jetzt nicht sein. Das wollen sie nur! Keine Panik jetzt! Sie muss sofort an etwas anderes denken! Schnell! Ja, an die Sonne, Licht, einen Sonnenuntergang am Ufer von Alexandria oder an ihr Viertel zu Hause, in Kairo, nicht weit vom Qasr al-Baron mit seinen mächtigen Säulen und seinem hohen Turm, erbaut in indischem Stil von einem französischen Architekten während der Kolonialzeit, als sich in Kairo Menschen aus aller Welt, aller Religionen trafen. Als Kind hat sie das Qasr al-Baron immer bestaunt, das leer und verwaist hinter einem mächtigen Zaun lag – wie ein Märchenschloss, ein Abenteuerspielplatz, der ihre Fantasie anregte. Ja, schöne Erinnerungen, schöne Gedanken! Das hilft, das beruhigt.

Nach einer gefühlten Ewigkeit, nachdem sie immer wieder in Schlaf gefallen, aufgeschreckt, wieder eingeschlafen ist, ihre Gedanken auf Positives gerichtet hat, vernimmt sie erneut das Schaben der Steintür, an der sich offenbar jemand zu schaffen macht und die sich langsam, ganz schwer öffnet und Licht hereinlässt! Und Luft! Sie hat es geschafft! Den ersten, schwierigen Teil dieser Prüfung. Sie kann nichts sehen. Obwohl das Licht vor der Kammer auch nur schummrig ist, haben ihre Augen sich an die absolute Dunkelheit gewöhnt. Und so nimmt sie nur schemenhaft die Gestalten wahr, die sie jetzt packen, aufrichten, unterhaken und hinausbringen aus diesem grabesähnlichen Gefängnis und in einen weiteren Raum, gleich nebenan, die sogenannte Richterkammer. Dort steht ein einzelner Stuhl, auf den sie sie jetzt setzen. Ihr gegenüber befinden sich weitere Pulte, sieben für die Richter und eines, etwas größer und mittig positioniert, welches bei dieser Prüfung die Hohepriesterin besetzt: Nur ihre Augen sind unter der Maske erkennbar, die sie trägt. Ernst blicken sie die Bewerberin an, um sogleich die erste Frage an sie zu richten.

»Warum willst du diesem Bund beitreten?«

»Ich bin ein Kind dieses Landes, dieser alten Nation. Ich will das Erbe unserer Urahnen bewahren. Ich glaube an die Reinheit der ursprünglichen Gottheit, die über allen Göttern und Herrschern steht, die nach ihr kamen. Sie ist Gott. Daher müssen wir in ihrem Sinne dieses Land rein halten.«

»Du wurdest in der hierogrammatischen Sprache unterrichtet, der uralten Schrift, in der die Geschichte von Ägyptenland, die Erdbeschreibung und die Sternkunde der Ältesten verfasst sind. Hast du sie wohl gelernt?«

»Ja, das habe ich!«

»So sage uns das alte Lied der Kronenkönigin!«

*»Heiße, Mächtige,*
*Starke, Flammengerüstete,*
*Herrin des Himmels, Herrscherin der beiden Länder,*
*Auge des Horus und seine Leiterin,*
*Feurige, Rote, deren Flamme schmerzt,*
*Schlange des Menschenlenkers,*
*Herrin der Flamme, Brennende, Fressende,*
*Feurige, die Tausende zertritt,*
*Gepriesene, Herrin der Ewigkeit«*

Die Richter und die Hohepriesterin nicken. »Du hast die Prüfung bestanden! Die Kennung dieses Grades lautet: »Monach Caron Mini! Ich zähle die Tage des Zorns!«

# KAPITEL 18

## MITTWOCH

Wie nett von Claire, denkt Marina, dass sie heute freiwillig so viel hilft. Es ist auch noch einiges im Haushalt zu erledigen, denn sie bekommen gleich Besuch. Aber Marina spürt, dass sie es auch tut, um ihr Gesellschaft zu leisten, um sie nicht allein zu lassen. Wegen gestern. Sie hatte versucht, nicht zu schreien, damit die Nachbarn und ihre Tochter nichts mitbekämen. Aber sie bekommen es mit. Immer. Und gestern ist Claire ja zu Hause gewesen. Wie hätte sie es nicht sehen sollen?

Je länger Marina sich mit ihrem Schicksal schon abgefunden hat, desto schwerer fällt es ihr, schöne Sache zu unternehmen, sich zu verabreden, Spaß zu haben. Spaß? Sie weiß ja gar nicht mehr, was genau das ist.

Da ist sie Claire schon dankbar, dass sie das manchmal übernimmt und jede Minute auch ihre Schwester klingeln müsste. Sie wohnt mit ihrer Familie in Beirut, entsprechend selten sehen sie sich. Auch wenn es nicht mehr ihrem Wesen entspricht, einfach mal unbeschwert zu sein, jetzt freut sie sich doch. Ein bisschen Ablenkung wird ihr guttun.

»Mama, ich räum noch eben das Geschirr weg, und dann bin ich gleich bei dir!«, ruft Claire aus der Küche, während Marina es sich bereits auf dem großen Sofa im Wohnzimmer bequem gemacht hat. Sie hört das Klappern des Geschirrs in der Küche, bevor ihre Tochter lächelnd zu ihr in den Salon kommt. »So, es dauert noch eine gute halbe Stunde, bis Tante Leyla kommt. Und ich finde, wir nutzen die Zeit und schauen uns mal alte Fotoalben an, so zur Inspiration. Ich denke nämlich, du solltest dringend mal wieder in Urlaub fahren.« Begeistert klopft Claire sich auf die Schenkel, und Marina ist nicht sicher, ob ihre Leichtigkeit echt ist. Leyla, die wie sie selbst aus dem Libanon kommt, hat sich ganz kurzfristig angekündigt. Eine Art Überraschungsbesuch. Offenbar hat sie einen billigen Flug im Sonderangebot gesehen und kurz entschlossen gebucht. Marina weiß, dass ihre Schwester etwas ahnt. Sie spürt, dass etwas nicht stimmt. Ob sie aber wirklich eine Vorstellung davon hat, was Yannis ihnen antut, das weiß sie nicht. Und sie möchte sie damit auch nicht belasten.

Sie sieht zu ihrer Tochter. Urlaub? Lust hätte sie schon, und genügend Geld hat sie auch zur Seite gelegt. Und was wäre mit Yannis? »Ich weiß nicht!«

»Dubai soll toll sein. Alle fahren gerade dorthin. Acht Tage, das ließe sich doch machen!« Claire steht auf und sucht im Sideboard unter dem Fernseher nach den Alben.

»Da doch nicht!«, korrigiert Marina. Ihre Tochter scheint heute etwas durcheinander. »Du weißt doch, dass die Fotoalben in der linken oberen Schublade sind!«

»Ach ja, klar!« Claire kehrt mit dem dicken Album, auf dem auf Arabisch Italia geschrieben steht, zurück zum Sofa, setzt sich neben Marina. Sofort bekommt diese einen versonnenen Gesichtsausdruck. »Schau hier, da waren wir in Rom, es war unsere erste Reise nach Europa.« Die Bilder zeigen sie und Yannis vor dem Kolosseum, im Forum Romanum. »Wir sind dort auch am Sonntag in den Gottesdienst gegangen, im Petersdom. Das war ein unglaubliches Erlebnis.« Sie schlägt das Album schon wieder zu und legt die Hand auf den Einband. »Ich wusste stets, dass es nicht für immer so sein würde, nicht immer so leicht und glücklich. Aber dass es einmal so werden würde – das hätte ich nicht gedacht.«

Claire legt ihren Arm um Marina. »Wem Gott Gutes zuteilwerden lassen will, den prüft er!« Marina nickt leise. »Ich mache dir einen Tee«, sagt Claire und verschwindet in der Küche, während Marina nachdenklich aus dem Fenster schaut. »Vielen Dank«, sie schaut Claire lächelnd an, als diese mit einem kleinen Teeglas zurückkehrt und es ihr reicht. Marina nippt an dem heißen Getränk und stutzt. »Mit Zucker? Der schmeckt so süß.«

Claire nickt. »Das ist Nervennahrung und gut für dich!«

Marina schaut nachdenklich in das Glas und ist etwas überrascht. »Du weißt doch, ich nehme nie Zucker. Aber wenn du meinst.«

In dem Moment klingelt es an der Tür. Marina steht auf, um zu öffnen. Zu ihrer Überraschung steht nicht nur ihre Schwester vor der Tür, sondern auch deren Sohn Giorgios, den sie offenbar unangekündigt einfach mitgebracht hat. Nacheinander fallen sie sich zur Begrüßung um den Hals.

»Marina, liebe Schwester«, ruft Leyla aus, »wir müssen das viel häufiger machen! Ach, und da ist ja Claire! Wie lange wir uns nicht gesehen haben!« Sie steuert lachend auf Claire zu, die seltsam zurückhaltend wirkt, während schließlich Cousin Giorgios ihr einen Wangenkuss gibt. »Liebe Cousine. Es ist ja eine Ewigkeit her! Sieben Jahre bestimmt, seit wir uns das letzte Mal gesehen haben! Ich freue mich so, hier zu sein und über die alten Zeiten zu quatschen!«, sagt er mit einem Augenzwinkern. Er bemerkt nicht, wie Claires Lächeln gefriert.

## AM SELBEN TAG, EIN PAAR STRASSEN WEITER.

Yannis Stephanopoulos verschließt mit einem eisernen Schlüssel das mächtige Außentor zur Evangelismos-Kathedrale. Es ist spät geworden, wieder einmal. Der ganze Papierkram, um den er sich kümmern muss! Er ist halt der, der die Zahlen im Blick hat, der in der Gemeindeleitung für die ganz weltlichen Dinge verantwortlich ist. Rechnungen zahlen, Gehälter anweisen, Handwerker auftreiben, neue PCs anschaffen, Spenden verwalten. Es ist eigentlich zu viel für nur eine einzelne Person. Auf die anderen kann er nicht setzen. Die kümmern sich um Predigten und die Chorarbeit, halten Sprechstunden. Nein, er hält den Laden am Laufen. Und das heißt leider häufig auch, dass er der

Letzte ist, der am Abend das Büro verlässt – und dann vollkommen übermüdet nach Hause schlurft. Zu seiner Frau und seiner Tochter, die überhaupt nicht zu schätzen wissen, was er alles für sie leistet. Was er ihnen alles ermöglicht! Sicher, ihre Möglichkeiten sind begrenzt. Die Ehefrauen der Unternehmer in Alexandria können ihre Tage im Spa verbringen. Schönheitsoperationen oder Shopping-Trips nach Dubai gehören zum Standard. Da kann er natürlich nicht mithalten. Und er spürt, dass Marina eigentlich gerne dazugehören würde, zu dieser reichen Oberschicht, viele von ihnen Christen, manche Mitglieder ihrer Gemeinde, sodass Marina immer wieder diesen verschwenderischen Luxus vor Augen geführt bekommt, den sie selber sich nicht leisten können. Aber trotzdem! Sie führen ein gutes, ehrbares Leben! In dem sie sich keine Sorgen machen müssen darum, ob genug Geld da ist für Essen und Kleidung, für Kino und Reisen. Sorgen, die sich die ganz überwiegende Mehrheit der Menschen in diesem Land jeden Tag machen muss! Undankbar, das sind sie! Seine Tochter, die schon wieder ein neues Handy will, seine Frau, die das Geld für zu viele und zu teure Klamotten rauswirft und sich noch nicht einmal richtig um den Haushalt kümmert! Das wird er sich nicht mehr gefallen lassen! Wenn er heute nach Hause kommt, wird er zeigen, wer der Mann im Haus ist!

Zunächst aber hat er noch etwas anderes vor. Er hat nach dem Anruf eben versprochen, kurz hinüberzugehen zum Café an der Corniche. Es sind nur zwei Straßen, zwei kleine Gassen. Es klang, als sei es dringend. Yannis Stephanopoulos trödelt nicht, das tut er eigentlich nie. Er geht schnell und entschlossen, zackig. Auch als er in die kleine Gasse eintritt, die die Selim Hasan Road mit der Corniche verbindet. Zuerst bemerkt er es gar nicht, aber dann erkennt er einen dunklen Schatten am anderen Ende der Gasse. Erst steht der Schatten einfach da, dann kommt er langsam auf ihn zu. Yannis hat ein mulmiges Gefühl. Aber als die Gestalt immer näher kommt, wirft plötzlich der Schimmer des Mondes ein blasses Licht auf das Gesicht der Gestalt. Seine Anspannung weicht, er atmet beruhigt aus. »Warum verdammt noch mal bist du hier? Was soll das überhaupt? Ich dachte, wir treffen uns im …«

Er hat den Stoß nicht vorausgesehen, der das Messer in seinen Bauch rammt. Mit einem Ausdruck ungläubigen Entsetzens schaut Yannis Stephanopoulos langsam an sich herunter, sieht die silbern gleißende Klinge, das Blut, das sein weißes Hemd tränkt. Er spürt seine Sinne schwinden, greift mit der rechten Hand nach der Person, die jetzt ruckartig die Klinge herausreißt, woraufhin der Schwall an Blut kraftvoll aus ihm herauspulsiert. Ihm wird schwarz vor Augen, er sackt zusammen. Sein nun lebloser Körper liegt auf der Seite, halb auf dem Bordstein, halb auf der Straße, die hier, zwischen den Hochhäusern und ohne Straßenlaternen, so dunkel ist, dass man ihn leicht übersehen kann. Ebenso wie die schattenhafte Gestalt, die sich fast ebenso lautlos entfernt, wie sie hergekommen ist, und im Dunkel der Nacht entschwindet.

Ich hätte ihnen heute noch gezeigt, wer der Herr im Haus ist, war das Letzte, was Yannis durch den Kopf ging.

# KAPITEL 19

DONNERSTAG FRÜH

Es rührt sich nichts in der unscheinbaren Gasse. Kein Auto biegt in die schmale Straße ein, kein Mensch geht hier lang, mitten in der Nacht. Nur ein paar Katzen und Ratten huschen an den Mülleimern vorbei, turnen um die Leiche herum. Und so graut fast der Morgen, als ein alter Mann, Ahmed, dem frühen Ruf des Muezzin folgend, kurz vor Sonnenaufgang sich in die Gasse verirrt, mit den Gedanken noch bei dem Abend zuvor, den er mit seiner Familie verbrachte, als er den leblosen Körper sieht und sich zu Tode erschreckt. All das Blut. Er überlegt, was er nun tun soll. Einen Moment ist er versucht, einfach weiterzugehen, als hätte er nichts gesehen. Jetzt hierzubleiben, würde Ärger bedeuten, und Warten, und das Verpassen des morgendlichen Gebetes. Und dem Armen ist ganz offensichtlich ohnehin nicht mehr zu helfen. Im Hintergrund ruft der Muezzin. Er atmet tief ein und aus. Aber ist er nicht ein gläubiger Muslim, der das Richtige zu tun bestrebt ist? Er holt sein altes Handy aus der Tasche und wählt die 122.

Der Mann, Ahmed, gibt dem Polizisten am anderen Ende der Leitung die Adresse durch und das, was er hier gefunden hat. Ein Mordopfer, so glaubt Ahmed.

Es dauert fünf Minuten, bis die Sirenen näher kommen, Ahmed hat sich an die Ecke gestellt, wo die Gasse auf die Corniche trifft, damit die Polizei auch gleich den Ort findet, an dem er die grausige Entdeckung gemacht hat. Ahmed winkt mit beiden Armen, da biegen die beiden Polizeiwagen in die schmale Straße.

Theo ist erst eine Stunde später vor Ort. Der Anruf hat sie aus dem Schlaf gerissen. Lange hatte sie gestern noch grübelnd im Bett gelegen, sich ruhelos hin und her gewälzt. Hatte versucht, die Puzzleteile zusammenzusetzen. Jacques Bernheim, der mit ihr flirtete, um sie von der Wahrheit abzulenken? Der ihr erzählte, dass er verfolgt wurde. Stimmte das? Sie konnte es nicht einschätzen. Als sie endlich in den Schlaf fand, muss es bestimmt schon drei Uhr gewesen sein, entsprechend diffus nahm sie dann auch nur den Klang ihres Handytons wahr. Als sie den Anruf annahm, klang ihre Stimme noch so verschlafen, dass der Kollege am anderen Ende sie kaum verstehen konnte. Das alles änderte sich jedoch sofort, als Theo begriff, worum es ging. »Ich bin gleich da«, stieß sie hervor. Mit einem Satz sprang sie aus dem Bett, schlüpfte eilig in ihre Klamotten und stürmte aus dem Haus.

Jetzt, kaum zehn Minuten später, steht sie in der schmalen Gasse, die Haare noch ganz zerzaust. Es ist kühl und klamm, und das Blut des Toten vermischt sich an den Rändern der Lache mit dem Tau, der sich in der Nacht auf dem grobporigen Asphalt in feinen Tropfen angesammelt hat.

»Guten Morgen, Frau Costanda?« Sie kennt den Kollegen nicht. Offenbar ein neuer Mitarbeiter der Polizeistation, der zuerst vor Ort war. Die Identität des Toten ist bereits geklärt. Zum einen, weil der Tote einen Ausweis bei sich trug, den der Polizist vorbildlich mit Handschuhen gesichert und in eine Beweistüte getan hat. Vor allem aber hatte die Familie von Yannis Stephanopoulos in der Nacht bereits eine Vermisstenanzeige aufgegeben, als er auch gegen halb vier nicht zu Hause war und nicht ans Telefon ging. Wenig später erreichte die Polizei der Anruf von Ahmed, und als sie hier eintrafen und den Ausweis fanden, riefen sie auch schon bei ihr an. Der Arzt, der den Totenschein ausgestellt hat, war bereits wieder weg.

»Gute Arbeit!«, sagt Theo nun zu dem Kollegen, während sie auf den Leichnam starrt. Ja, der Anblick von Gewaltopfern gehört zu ihrem Job. Aber jemanden in seinem Blut vor sich liegen zu sehen, mit dem sie zur Schule gegangen ist, der ihrer kleinen Gemeinde angehört, mit dem sie sich daher, auch wenn sie ihn nicht mochte, doch auf eine Weise verbunden fühlte, lässt sie innerlich erstarren. »Haben Sie die Spurensicherung schon informiert?«, fragt sie. »Und ist Ihnen sonst etwas aufgefallen? Weiß man schon, woran genau er gestorben ist?«

»Der Arzt sprach von Kreislaufversagen wegen des hohen Blutverlustes nach einem tödlichen Messerstich«, erwidert der Polizist. »Aber wir haben neben seiner Leiche etwas gefunden. Einen Zettel. Hier!« sagt der Polizist und reicht ihn an Theo weiter.

*Treffen uns um 22:00. Müssen dringen sprechen.*
*Jacques*

»Ich denke, damit ist ja wohl alles klar«, kommentiert der Kollege etwas vorschnell für Theo. Sie studiert aufmerksam den Zettel, der mehrmals gefaltet wurde. Eigenartig, denkt sie. Es erscheint zu direkt, zu offensichtlich. Wer würde schon einen Zettel mit seinem Namen unterschreiben, den er jemandem gibt, den er dann umbringen will.

»Geben Sie das der Spurensicherung«, bemerkt Theo und dreht sich zum Gehen.

Das, was ihr jetzt bevorsteht, ist die für Theo belastendste Aufgabe ihres Jobs. Der Anblick einer Leiche, die menschlichen Abgründe, die jemanden dazu bringen, zu töten – all das kann sie professionell für sich einordnen. Einer Familie aber mitzuteilen, dass ihr Vater gestorben ist, ermordet wurde, das verfolgt Theo manchmal noch über Tage.

Sie klingelt an dem Schild unten am Eingang zu dem Wohnhochhaus in der Monira Tawik Straße in der Altstadt, auf dem in arabischen Buchstaben der Name Stephanopoulos steht.

»Ja, bitte?« meldet sich nach einem kurzen Knistern der Gegensprechanlage eine Frauenstimme.

»Theodora Costanda ist mein Name, ich bin von der Polizei, kann ich bitte kurz mit Ihnen sprechen?«

Ein paar Sekunden der Stille, die Theo als Überraschung und Verdutztheit der Frau am anderen Ende interpretiert, bevor diese dann »Ja, natürlich!« antwortet und den Buzzer drückt, der Theo ins Gebäude lässt. »Neunter Stock!«

Theo geht durch den schlichten Hauseingang und betritt den Fahrstuhl, der sie hinaufbringt. Vor sich sieht sie die verschiedenen Etagen vorbeiziehen – in weiten Teilen der arabischen Welt ist es üblich, dass die Fahrstuhlkabinen nicht extra auch noch eine eigene Tür haben. Die gibt es nur zum Flur hin auf den einzelnen Etagen, die nun an Theo vorbeiziehen und jeweils die nächsthöhere Zahl anzeigen: Fünf, sechs, sieben …

Als sie in der neunten Etage ankommt, sieht sie gleich die offene Wohnungstür der Familie Stephanopoulos, in der Mutter und Tochter schon auf sie warten. Ihre Haltung wirkt angespannt. Wenn jemand von der Polizei kommt, erwartet man nichts Gutes.

»Guten Tag, kommen Sie doch rein, bitte!«, sagt die Frau, die sie mit großen, traurigen Augen anschaut. Die blond gefärbten Haare hängen ihr über die rechte Wange. Ihre Tochter steht schweigend daneben. Auch sie wirkt erwartungsvoll, aber ihr Blick ist eher herausfordernd.

»Ich bin Marina«, sagt die Ältere und reicht der Kommissarin die Hand. »Das ist meine Tochter, Claire.«

Dann deutet sie auf den großen, wuchtigen Stuhl an der Stirnseite des Wohnzimmertisches. Mutter und Tochter setzen sich nebeneinander auf das Sofa gegenüber. Theo bleibt lieber stehen.

»Sajida Marina, ich muss Ihnen leider eine traurige Nachricht überbringen.« Theo macht eine kurze Pause. »Ihr Mann Yannis ist tot.«

Sie sieht, wie sich die ohnehin traurigen Augen der

Frau mit Tränen füllen, die ihr nach wenigen Sekunden still über die Wangen laufen. So zierlich, zerbrechlich und schmal sitzt sie da. Und so unscheinbar, wie sie wirkt, so leise zeigt sie auch ihre Trauer, ihren Schmerz. Anders als ihre Tochter, deren Blick noch ernster ist, denkt Theo, noch entschlossener. Sie streicht ihrer Mutter mit der einen Hand sanft über den Kopf, über das Haar, sodass die Strähne, die ihre Wange verdeckt, für einen Moment den Blick auf das ganze Gesicht freigibt. Es ist geschwollen, und auf der Wange ist ein Bluterguss von der Größe einer ägyptischen Ein-Pfund-Münze. Theo erschrickt. »Frau Stephanopoulos, wie ist das passiert?«, fragt Theo.

Marina streicht schnell wieder die Haarsträhne über das Mal und schweigt, schaut stumm nach unten.

Theo muss die Details nicht hören. Sie kennt Bilder von geschlagenen und misshandelten Frauen aus ihrer Ausbildungszeit, hat später als junge Polizistin Frauen getroffen und befragt, die stets und immer wieder sagten, sie seien gestürzt, hätten sich den Kopf am Türrahmen gestoßen oder seien beim Fensterputzen von der Leiter gefallen. Und sie kennt auch aus ihrem Bekanntenkreis Frauen, die ihre Blessuren und blauen Flecke an ihren Armen mit langer Kleidung zu kaschieren versuchen. Jeden Tag werden unzählige Frauen in Ägypten geschlagen, misshandelt, vergewaltigt. Und kaum eine von ihnen setzt sich zur Wehr oder sagt etwas. Fast alle leiden, ertragen die Schläge, denn ihre Familie und der Staat würden ihnen niemals zur Seite springen. Im Gegenteil, die Frau ist die Sündige, die Schuldige, das Eigentum der Männer – so sehen es noch immer viele in ihrer Heimat.

»Sie müssen nichts sagen, ich weiß auch so Bescheid!«, sagt Theo zu der Gestalt, die ihr gegenübersitzt.

»Aber, ich …«, setzt sie an und versucht noch, einer dieser Notlügen zu finden, da greift ihre Tochter sie beherzt an den Oberarm.

»Lass das, Mutter! Was sollen wir ihn denn jetzt noch decken?« Sie wendet sich nun an Theo. »Ja, Frau Kommissarin, das, was Sie vermuten, entspricht der Wahrheit. Mein Vater war ein Tyrann. Ich kann nicht sagen, dass ich besonders traurig bin, dass er tot ist. Glauben Sie mir, es ist Zeit, dass auch er Buße tut, wo auch immer er jetzt sein mag. Weiß man denn schon, wie es passiert ist?«

»Er wurde ermordet. Mehr darf ich leider nicht sagen.«

Marina hält sich die Hand vor den Mund und schluchzt einmal laut auf. Auch so eine Sache, die Theo nie verstehen wird: Frauen werden misshandelt und gequält, und doch lassen sie nicht von ihrem Peiniger ab. Warum nur?

»Nach dem, was wir wissen, wurde Yannis zum letzten Mal gestern gegen 21 Uhr im Gemeindebüro gesehen. Der Mord muss also danach passiert sein. Den genauen Todeszeitpunkt wird die Gerichtsmedizin feststellen. Marina, Claire – Sie werden sicher verstehen, dass ich das fragen muss. Wo sind Sie gestern Abend ab 21 Uhr gewesen?«

Die beiden schauen Theodora einen Moment lang groß an. Dann ergreift Claire das Wort. »Gestern Abend waren wir bis tief in die Nacht mit der Familie meiner Tante Leyla und meinem Cousin aus. Wir waren erst bei uns und haben dann gemeinsam mit Freunden im Greek Club gefeiert. Da können Sie jeden fragen, der gestern auch dort war. Es wurden bestimmt auch genügend Handyfotos gemacht. Unser

Vater wollte nach der Gemeindearbeit nachkommen. Als das nicht passierte, haben wir uns gewundert und gegen 22:30 Uhr versucht, ihn anzurufen. Da war sein Mobiltelefon allerdings schon aus, und nur dreißig Minuten später haben wir die Polizei verständigt. Die ganze Zeit waren Familie und Freunde um uns herum, bis heute Morgen. Sosehr ich den Tyrannen, den Schläger, der mein Vater war, tot sehen wollte, umgebracht hat ihn jemand anderes …«

Theo nickt. »Haben Sie vielen Dank. Natürlich werde ich das überprüfen und Zeugen befragen müssen. Das gehört ganz einfach dazu. Bitte verstehen Sie das nicht als Misstrauen!« Theo sagt es so dahin, kann aber nicht verhehlen, dass sie ein Restmisstrauen tatsächlich verspürt. Etwas an den beiden scheint ihr zu … abgeklärt. »Ihr Dialekt – Sie sind nicht von hier, richtig?«

»Nein, wir kommen aus dem Libanon.«

»Ja, das hatte ich mir schon gedacht«, meint Theo. »Erzählen Sie mir doch ein bisschen, wie Sie sich kennengelernt haben!«

»Ach, es klingt abgedroschen, aber es war Liebe auf den ersten Blick.« Marina bekommt wieder diesen versonnenen Ausdruck.

»Also war es eine echte Liebesheirat? Nicht arrangiert, wie noch immer so häufig?«

»Nein, meine Familie ist sehr fortschrittlich. Sie haben nie versucht, mich zu verheiraten. Im Gegenteil. Mein Vater sagte mir immer nur, dass er wolle, dass ich glücklich werde.« Marinas Augen strahlen kurz. »Ich hatte alle Freiheit, die sich eine Frau wünschen kann. Und ich entschied mich für Yannis.« Ihr Blick verfällt wieder in die sie begleitende

Traurigkeit. »Es hatte so wunderbar angefangen. Er war für seine Priesterausbildung in den Libanon gekommen. Wir wohnten in Ashrafiyeh, in Beirut, und gingen häufig zur Messe in die griechisch-orthodoxe St.-Georg-Kathedrale am Nadschma-Platz im Zentrum der Hauptstadt. Dort ist es passiert …« Sie lächelt. Zum ersten Mal. »Vier Wochen waren wir jeden Sonntag dort, und jedes Mal schauten wir uns nur an. Bis er …«

»Und dann die Hochzeit. Wann wurde es anders?«, will Theo wissen.

»Nach der Geburt von Claire.« Marina starrt lange ins Leere, Theo merkt, wie sie darum ringt, sich nicht von ihren Gefühlen überwältigen zu lassen.

»Als sie sechs Monate alt war, gingen wir zurück in seine Heimat, Alexandria. Da war plötzlich alles anders. Er war anders. Vielleicht lag es auch an mir. An uns. Das Schreien des Babys. Ich konnte auch nicht immer alles so perfekt machen, habe mich manchmal vielleicht auch etwas gehenlassen, mich nicht mehr jeden Tag zurechtgemacht …«

»Hör auf damit!«, fährt ihre Tochter dazwischen. »Du warst hier auf dich gestellt. Seine Familie hat dich, uns, nie unterstützt! Wir waren und sind für sie die Ausländer. Mach dich nicht so klein! Das ist falsch!«

Wie recht sie hat, denkt Theo. »Und dann hat er angefangen, auch mal körperlich zuzulangen?«

Marina nickt stumm.

»Zulangen trifft es nicht so ganz«, ergänzt Claire bitter. »Er hat uns mit Gürteln, Stöcken, Stühlen, Kerzenständern geschlagen, mit allem, was er finden konnte.«

»Uns? Euch? Hat er auch dich misshandelt?«, fragt Theo schockiert. Auch wenn sie Yannis nie gemocht hat, so hätte sie ihm solche Missetaten doch nicht zugetraut.

»Ja, und nicht nur das.« Claire schaut Theo herausfordernd an.

Theo versteht und ist fassungslos. »Wussten Sie davon?«, fragt Theo schließlich Marina fast flüsternd.

Marina nickt.

Dass Yannis eine dunkle Seele hatte, war Theo bewusst. Aber dieser menschliche Abgrund – nein, das trifft sie, das ist schlimmer als alles, was sie ihm zugetraut hätte. Sie muss sich fangen, sie spürt Wut, Entsetzen in sich aufsteigen. Aber das darf sie hier nicht zeigen. Nicht vor Mutter und Tochter. Nicht in ihrer Rolle als Polizistin. Sie sammelt sich.

»Ich hole uns Wasser«, sagt schließlich Claire. Die Tochter, die so viel erleiden musste, ist die Gefassteste in diesem Moment, bemerkt Theo. »Ja, danke.« Sie und die Mutter sitzen sich einen Moment wortlos gegenüber. Dankbar nimmt Theo das Glas Wasser an, das Claire ihr reicht. Dann macht sie weiter. »Frau Stephanopoulos«, durchbricht Theo nach einer Weile in einfühlsamem Ton die Stille, »ist Ihnen in letzter Zeit etwas aufgefallen? Oder ist etwas Ungewöhnliches passiert?«

»Ungewöhnlich?« Marina richtet ihren Blick nachdenklich auf Theo. Dann blitzt etwas in ihren Augen auf. »Wenn Sie mich so fragen, ja. Vor ein paar Monaten, da gab es einen Zwischenfall. Jemand hat Yannis mit einem Messer attackiert. Er hat ihm die Klinge in die Seite gerammt. Das sah schon aus, als wäre es ein Mordversuch gewesen.«

Theo setzt sich kerzengerade auf. »Bitte was?«

»Ja, wir waren mit der Familie im Zanqit al-Sitat-Markt unterwegs. In dem dichten Gedränge haben wir das gar nicht bemerkt. Mein Mann hielt auf einmal inne und fasste sich an die Seite. Da sah ich, dass seine Hand voller Blut war. Wir sind natürlich sofort ins Krankenhaus. Eine Stichwunde, nicht tief, sie hat nur sehr geblutet. Aber wir haben uns natürlich erschrocken.«

»Wann genau war das?«

Marina überlegt einen Moment. »Ich kann in den Unterlagen vom Krankenhaus nachsehen, aber ich bin ziemlich sicher, dass es etwa sechs Monate her ist«, sagt Marina. »Wir haben nach einem neuen Ostergewand für den Gottesdienst für mich gesucht. Das war überhaupt der Grund, warum wir zusammen unterwegs waren. Das passierte bei uns nämlich nicht mehr so häufig …«

Theo nickt. »Sie sind dann ins Krankenhaus gefahren. Und warum haben Sie nicht auch die Polizei verständigt?«

»Nun, Yannis wollte das auf keinen Fall. Er sagte auch, es sei ja gar nichts passiert. Er hat die Sache runtergespielt.«

Theo verzieht skeptisch den Mund: »Wenn die Wunde behandelt werden musste, war sie offenbar hinreichend tief. Ist Ihnen an Ihrem Mann etwas aufgefallen? Wirkte er verängstigt oder besorgt?«

Marina und Claire tauschen einen Blick. Claire zuckt mit den Schultern. »Verängstigt wirkte er an dem Tag nicht auf mich. Eher durcheinander, verwirrt. Als ob er selbst wirklich nicht genau wüsste, was da gerade passierte.«

# KAPITEL 20

▲

SAMSTAG, ZWEI TAGE SPÄTER

Wieder eine Beerdigung, wieder eine weinende Familie. Auch wenn es dieses Mal etwas anderes ist. Die Familie hat ausdrücklich um eine Beerdigung im privaten Kreis gebeten, und so sind nur ein paar wenige Personen, enge Wegbegleiter und Vertraute aus der Gemeinde, gekommen, um Yannis Stephanopoulos nur zwei Tage nach dem tragischen Mord die letzte Ehre zu erweisen.

Über Tote soll man ja nicht schlecht reden, aber Theo spürt, dass die hier Anwesenden mit anderen Gefühlen da sind als beim Tod Abuna Gabriels, der allseits geliebt und geachtet wurde. Yannis war kein guter Mensch, und das haben viele intuitiv gespürt. Er war nicht so herzlich wie Abuna Gabriel, nicht so hilfsbereit. Das merkte man sofort. Aber er hatte es natürlich trotzdem nicht verdient, auf so grausame Weise umgebracht zu werden.

Marina Stephanopoulos steht vor dem Eingang zur Kirche, in der gleich die Trauerfeier beginnen wird, die Augen hinter einer großen Sonnenbrille verborgen, die Arme vor der Brust gekreuzt. Sichtlich bemüht, die Fassung zu wahren. Ja, der Mann, der sie und ihre Tochter seit Jahren geschlagen und missbraucht hat, ist tot. Ihr Leben wird jetzt ein sichereres sein. Aber sie kannte ja auch diesen anderen Mann. Den, mit dem sie damals im Café de Paris in den Bergen über Beirut saß. Auf der Terrasse, während über dem Meer die Sonne unterging. Er hatte für sie ihr Lieblingseis besorgt. Vanille und Schokolade. Es ist komisch, wie sie den Geschmack davon süßer und echter auf den Lippen behält als den metallischen ihres eigenen Blutes.

Neben ihr ihre Tochter Claire. Sie trägt keine Sonnenbrille. Ihre Lippen beben nicht. Sie hat die guten Seiten dieses Mannes, der ihr Vater gewesen ist, so gut wie nicht gekannt. Sie hat nur das Monster gekannt, den Schläger, den Sadisten. Wer sie dort stehen sieht, neben ihrer Mutter, zusammengesunken, kraftlos, der erkennt keine Trauer.

»Marina, Claire? Habt ihr einen Moment?« Mutter und Tochter drehen sich zu der Seite, von der sie eine Stimme sanft anspricht. Cousin Giorgios schaut die beiden durchdringend an, sagt zunächst kein Wort. Als suche er nach etwas in ihren Augen, in ihren Gesichtern. Er ist extra länger geblieben, um an der Beisetzung seines Onkels noch teilnehmen zu können. Und weil ihn der Abend, als sie gemeinsam aus waren, während woanders der Mord geschah, noch immer beschäftigt. Ihretwegen beschäftigt, das wird ihm immer klarer, als Mutter und Tochter ihn groß und stumm anschauen.

»Was ist?«, fragt Marina schließlich, während ihre Tochter den Cousin ihrerseits mit ihren Blicken fixiert.

»Ach, nichts. Es ist nichts.« Zögernd wendet Giorgios sich ab und geht langsam in die Kirche, blickt sich suchend um. Hinten rechts entdeckt er die Kommissarin, die offenbar die Ermittlungen leitet. Er geht durch eine der Reihen auf sie zu.

Theo sitzt dort und bemerkt zunächst nicht, dass Giorgios sich ihr von der Seite nähert. Sie ist versunken in ihre Gedanken, versucht zu verstehen, was dieser Mord mit dem ersten zu tun haben könnte. Jacques ist und bleibt ihr Hauptverdächtiger. Seit dem Ausweisungsgesuch ist er untergetaucht, und Theo hat keine Idee, wo er sich versteckt halten könnte. Ob er noch in Alexandria ist? Gut vorstellbar, denn einer wie Jacques gibt nicht so schnell auf. Hat Yannis Stephanopoulos Jacques' Forschungen vielleicht im Weg gestanden und er musste deswegen sterben?

»Kommissarin Costanda? Ich möchte mit Ihnen sprechen!«

Irritiert sieht Theo den Mann an. Sie kennt ihn nicht. »Entschuldigen Sie, wer sind Sie, und worum geht es denn?«

»Verzeihung, mein Name ist Giorgios, ich bin der Cousin von Claire Stephanopoulos, und es geht um den Mord an meinem Onkel. Aber es ist etwas komplizierter, und ich weiß nicht genau, welche Schlüsse ich daraus ziehen soll. Hätten Sie einen Moment?«

Er spricht in Rätseln. »Woraus Schlüsse schließen?«, fragt Theo.

»Hätten Sie nach dem Gottesdienst eine Viertelstunde Zeit? Dann erkläre ich es Ihnen. Claire und ich – wir waren den ganzen Abend zusammen …«

»Das ist gut. Dann möchten Sie also ihr Alibi bestätigen?«

»Ja … Aber da ist etwas. Ich … Bitte lassen Sie uns nach dem Gottesdienst sprechen. Dann erkläre ich es ihnen!«

Theo versteht noch immer nicht, nickt aber, während der Mann, der angeblich Claires Cousin ist, sich nach vorne bewegt, dorthin, wo die Familie inzwischen Platz genommen hat. Da bemerkt Theo, dass Claire direkt hinter ihnen gestanden hat. Sie nicken einander kurz zu. Lag da Nervosität in ihrem Blick?

Es war ein schöner Gottesdienst, voller Mitgefühl und mit einer Predigt, die Theo naheging, beinahe zu wohlwollend für die gewürdigte Person, aber hatte sie etwas anderes erwartet?

Langsam bewegen sich die Trauernden in Richtung Ausgang, wo man durch das geöffnete Portal den hellen Innenhof schon erkennen kann. Theo nimmt Giorgios wahr, der sicher gleich zu ihr kommt. Da sieht sie, dass er sein Handy aus der Tasche zieht, kurz telefoniert und dann zum Seitenausgang geht, zu dem Bereich zwischen Kirche und Gemeindebüro. Was will er da? Theo schaut ihm nach, wie Giorgios gerade durch die Seitentür verschwindet, die vom Kirchraum abgeht und in eine Art Innenhof hinter der Kirche zu führen scheint, als Claire vor ihr auftaucht. »Frau Costanda«, spricht sie sie, an und Theo braucht einen Moment, um ihre Aufmerksamkeit weg von Giorgios hin zu Claire zu lenken. »Ja«, sagt sie mit etwas Verzögerung.

»Danke, dass Sie gekommen sind! Ich weiß, Sie ermitteln, aber Sie hätten deswegen nicht unbedingt an der

Trauerfeier teilnehmen müssen. Für meine Mutter ist dieses Ritual wichtig. Es gibt ihr Trost und Kraft. Sie hat nicht meine Natur.«

»Ich weiß«, sagt Theo. »Und ja, es war mir auch ein persönliches Bedürfnis, heute hier zu sein.«

Claire umfasst mit beiden Händen die von Theo, als plötzlich ein Schrei erklingt: »Hilfe! Helft! Er verblutet! Mein Gott!«

Unruhiges Gemurmel erhebt sich im Kirchenraum, ein Drängen und Schieben hinaus aus dem dunklen Innern beginnt. Theo versucht sich ebenfalls eilig einen Weg durch die Menschen zu bahnen, den Gang entlang, hinaus, dorthin, wo jetzt schon mehrere Schreie und lautes Rufen zu vernehmen sind. Sie drängt mit ihren Armen Gläubige auseinander, schlängelt sich hindurch, endlich am Eingang vorbei, über den Vorplatz. Und dann sieht sie es. Wie erstarrt bleibt sie an der einen Ecke des Platzes, der an das Gemeindehaus grenzt, stehen und blickt auf die immer größer werdende rote Pfütze aus Blut, die sich langsam dort ausbreitet.

Ein Mann presst seine Hände auf Giorgios' Hals, aus dem in kleinen Fontänen das Blut pulsiert. Der Täter muss die Hauptschlagader getroffen haben. Die Hände des Helfers sind getränkt von Blut. »Ein Arzt! Ruft einen Arzt!«, tönt es aus der Menge, die sich um den Verletzten versammelt hat.

Theo erkennt, wie Doktor Nabil herbeieilt. Der Arzt war unter den Kirchgängern, und er beugt sich zu Giorgios hinunter. Er drückt ebenfalls an den Hals, versucht, den Blutfluss zu stoppen, doch Theo muss keine Medizinerin sein, um zu sehen, dass Giorgios keine Chance hat. Als Doktor Nabil wenig später seine blutgetränkten Hände vom Hals des Opfers nimmt, langsam aufsteht, kommt er ein paar Schritte auf Theo zu, die er im Gedränge ausgemacht hat: »Es tut mir leid, ich kann nichts mehr für ihn tun.«

Um sie herum werden verzweifelte Rufe ausgestoßen. Ein Mord! Auf dem Kirchengelände, am helllichten Tag! Es kann nur zwei oder drei Minuten her sein, dass der Mörder zugestochen hat! Jemand muss doch etwas gesehen haben? Ist er bereits weg und konnte das Gelände verlassen? »Riegeln Sie das Gelände ab!«, ruft Theo den Gemeindemitarbeitern zu. »Lassen Sie niemanden durch!« Sie weiß, dass die Chance, den Mörder noch zu erwischen, klein ist. Aber versuchen muss sie es. Und natürlich wird die Polizei alle Personen erfassen müssen, die sich derzeit hier aufhalten. Dann aber kreisen Theos Gedanken immer und immer wieder nur um die eine Frage: Was hat Giorgios mir sagen wollen?

Sie schaut auf und nimmt die klagenden und entsetzten Gesichter wahr. Dann jedoch fängt sie einen Blick ein, der anders ist, der nicht von Trauer, Wut, Entsetzen geprägt ist, sondern von … ja, von was? Ist es Teilnahmslosigkeit? Leere? Als der Patriarch sie erkennt, wendet er sich ab.

Genau diese kurze Szene erinnert Theodora daran, dass sie noch immer einen Fall zu lösen hat. Einen Fall, in dem es nunmehr drei Todesopfer gibt, darunter zwei tote Priester. Jetzt gibt es jemanden, der sterben musste, kurz bevor er Theo etwas hatte sagen können. Da muss es einen Zusammenhang geben! Was hat Giorgios gewusst, das ihn das

Leben kostete? Und das er ihr möglicherweise berichten wollte?

Hastig orientiert sich Theo und überlegt, was zu tun ist. Das Verbrechen ist soeben passiert, sie muss jetzt alles wahrnehmen, alles beobachten und sich einprägen, was ihr auffällt. Später wären die Spuren verwischt, Zeugenaussagen zu vage.

Theo bittet die Menschen zurückzutreten und schreitet selbst im Halbkreis um die Leiche herum. Aus dem Augenwinkel sieht sie, wie der Krankenwagen sich nähert. Die Ecke ist eine der wenigen uneinsehbaren auf dem Gelände. Selbst wenn also jemand während des Gottesdienstes aus der Kirche herausgekommen oder hineingegangen ist, hätte er nicht gesehen, was sich hier hinten abspielt. Auch die Fenster des Gemeindebüros zeigen zur anderen Seite. Der Täter muss sich demnach bewusst hier platziert haben. Und dann erinnert sich Theo, dass Giorgios hinausging, auf sein Handy schaute, etwas tippte. Das Handy! Wo ist es? Sie kniet sich zu der Leiche, an die nun auch die Sanitäter herantreten, die von Doktor Nabil bereits gehört haben, dass sie das Opfer nur noch in die Gerichtsmedizin bringen können. Theo stellt sich kurz als ermittelnde Beamtin vor und bittet um einen Moment Geduld.

Sie durchsucht die Hosentaschen, schaut, ob es irgendwo zur Seite gerutscht ist. Auf Knien sucht Theo in einem immer größeren Radius und mit zusammengekniffenen Augen das Umfeld ab, konzentriert, um ja nichts zu übersehen. Kein Handy! Aber was ist das? Da schimmert etwas im Sonnenlicht. Ganz klein, genau in der Ecke. Ist es eine Glasscherbe? Ein Stein? Theo krabbelt näher zu dem undefinierbaren Funkeln, streckt vorsichtig die Finger nach dem kleinen Etwas aus und hält es schließlich zwischen Daumen und Zeigefinger. Als sie es zu sich heranholt und genau hinschaut, kann sie schließlich erkennen, was es ist: eine Kontaktlinse. Keine harte, sondern eine weiche, die mittlerweile zusammengeschrumpelt ist. Aber Theo kennt sich aus mit Kontaktlinsen, weil sie selber viele Jahre welche getragen hat. Und dabei stellt sie erstaunt noch etwas anderes fest: Es handelt sich um eine farbige Linse. Eine, die ihrem Träger eine andere Augenfarbe gibt als die natürliche. Diese ist braun.

# KAPITEL 21

## EINIGE STUNDEN SPÄTER

Noch immer laufen nach wie vor Uniformierte und Spurenexperten über das Kirchengelände. Es wird längst dunkel, und der Tatort draußen in dem schmalen Bereich zwischen Kirche und Bürogebäude ist mit Plastikzelten überdacht. Starkregen prasselt auf die Dächer. Das, was sich an diesem Tag über Alexandria ergießt, ist ein Wolkenbruch, bei dem der Himmel alle Schleusen zu öffnen scheint. Und wie an so vielen Orten im Nahen Osten, der ja sonst so heiß und trocken ist, ist die Stadt nicht vorbereitet auf Niederschläge dieser Art. Binnen kurzer Zeit steht das Wasser in den Straßen, wo es sich nach und nach in Sturzbächen sammelt und seinen Weg sucht.

Fadi steht im Eingang der Kirche, die im Inneren erleuchtet wird vom Licht der Kronleuchter, während draußen, am Tatort vor dem Seitenausgang des Gotteshauses, die grellen Lampen der Spurensicherer ein blendendes Licht werfen. Und vorne, in der ersten Bankreihe, kann Fadi Theodora ausmachen, die dort sitzt und ruhig und nachdenklich auf die Ikonenwand vor sich blickt. Fadi streift die nass triefende Kapuze ab und schlurft nach vorn, jeder seiner Schritte hinterlässt einen Abdruck auf dem Marmorboden. Ohne ein Wort zu sagen, setzt er sich neben Theodora und schaut wie sie auf die goldgerahmten Bilder der Heiligen.

»Giorgios hatte mich kurz vor seinem Tod angesprochen«, flüstert Theodora nach einer Weile. »Er sagte, es sei dringend, dass wir sprechen müssten. Er wollte mich direkt nach dem Gottesdienst aufsuchen. Dazu kam es dann aber nicht mehr.« Sie dreht ihren Kopf zu Fadi und schaut ihn nachdenklich an. Warum hat sie nicht darauf gedrungen, ihn direkt zu sprechen. Hätte sie damit seine Ermordung nicht verhindern können?

»Was wollte er mir sagen? Und wer wollte das unterbinden?«

Theo und Fadi schauen nach hinten, in Richtung Eingang, von wo sie ein Schluchzen vernehmen. Claire und ihre Mutter stehen dort. Es muss ein harter Tag für sie gewesen sein. Der Mord heute, hier vor der Kirche. Trotzdem mussten sie doch anschließend noch ihren Ehemann und Vater beerdigen. Und nun hat sie die Polizei für den Abend noch einmal hierher, zum Tatort, zitiert. Ihre Aussage konnte nicht warten, so belastend das für die beiden auch sein mag, denn die Ermittler wissen, wie schnell sich das Beobachtete in der Wahrnehmung verändert.

»Komm«, sagt Theo, steht auf und geht in Richtung der beiden.

»Warum will Gott uns so bestrafen? Was haben wir getan?«, schluchzt Marina, als die beiden Polizisten bei ihr sind. Ihre Tochter hat dabei weiter den Arm um sie gelegt.

Eigentlich, denkt Theo, sollte es doch andersrum sein, dass die Mutter ihre Tochter beschützt. Sie versteht den Schmerz dieser Frau, und doch ertappt sie sich bei dem Gedanken, dass ihr das selbstmitleidige Gejammer auf die Nerven fällt.

»In der Nacht, in der Yannis starb, am Sonntagabend, als Sie noch aus waren mit Ihrer Tante in diesem Club, da war Giorgios doch auch mit dabei?«, fragt Theo.

»Ja, das war er. Ich dachte, Sie hätten das bereits überprüft.«

Das hatten sie auch, aber sie hatten noch nicht alle Besucher des Clubs befragt. Aber das musste sie Claire ja nicht erzählen. »Hat Giorgios Ihnen gegenüber irgendetwas erwähnt? War er anders als sonst?«

Claire schüttelt den Kopf. »Wir sehen uns ja nur sehr selten, aber auf mich machte er einen guten Eindruck. Mama, was denkst du?«

»Giorgios war immer so ein guter Junge. Es ist eine Tragödie …«, erwidert Marina nur.

Theo runzelt die Stirn. »Hat er Ihnen gegenüber gar nichts geäußert?«, wiederholt sie ihre Frage.

»Es tut mir leid, aber es ging eher um familiäre Dinge. Wer was wann wo tut und macht. Nichts Bestimmtes. Wir hatten Spaß, da redet man ja auch nicht so viel«, meint Claire.

Theo nickt und schaut die beiden nachdenklich an. »Na gut«, sagt sie, »dann will ich jetzt auch nicht weiter stören.«

Zusammen mit Fadi macht sie sich auf den Weg zurück über den Vorhof der Kirche, durch das Eingangstor hinaus auf die Straße, zu ihrem Wagen, als ihnen auf dem Weg ein Mann entgegenkommt. Er trägt einen eleganten schwarzen Mantel, die dunklen Haare sind nach hinten gegelt. Theo kennt ihn nicht, aber er schreitet sehr zielstrebig auf sie zu. »Frau Costanda?« Der Mann hält ihr seinen Dienstausweis hin. Elias Shrawi von der Polizei Alexandria. Warum kennt sie ihn dann nicht? »Ich bin hier, um Ihnen mitzuteilen, dass Sie von der Untersuchung abgezogen wurden. Ich übernehme die Ermittlungen ab sofort.« Er blickt sie streng und herrisch an. Als sie nichts sagt und nur verdutzt schaut, fügt er hinzu: »Ich muss Sie nun bitten, ab sofort sämtliche Befragungen zu unterlassen und mir bitte bis heute Abend alle Unterlagen und Protokolle zu übergeben, die Sie zu dem aktuellen Fall haben. Vielen Dank für Ihre Arbeit bisher!«

Theo ist wie erstarrt. Sie schafft es nicht, etwas zu sagen oder zu tun, so eigenartig ist dieser Auftritt. Sie fragt sich, ob der Typ wohl vom Geheimdienst sein könnte. Bei dem Ton nicht ausgeschlossen!

»Ich erwarte dann später Ihren Bericht. Auf Wiedersehen!«, sagt er nun düster.

Theo ist immer noch zu perplex, um etwas zu erwidern. So erhaben und ruhig wie nur irgendwie möglich schreitet sie mit aufrechter Haltung den Weg hinunter.

Doch kaum ist sie außer Sicht- und Hörweite, ballt sie die Fäuste, ihre Schritte werden schneller, und sie würde am liebsten laut aufschreien. »Was glaubt der eigentlich, wer er ist? Ich werde das überprüfen! Vielleicht gibt es diesen Elias Shrawi gar nicht!«, ruft Theo erbost niemand Bestimmtem zu. Aber Fadi hört es natürlich. Als sie beide im Auto sitzen, ist sie schon etwas ruhiger. »Wir sind raus!«, sagt Theo schließlich und schaut zu ihm rüber. Fadi weicht ihrem Blick aus, sagt nichts, wendet sich ab. Er hat die ganze Zeit noch keinen Ton gesagt, das fällt Theo jetzt auch auf. »Sag mal, willst du mir sagen, du wusstest davon?«, fragt sie nun und merkt, wie ihr Herzschlag sich beschleunigt. »Und am Ende heißt das, ich bin raus, du aber nicht?«

»Es tut mir leid! Ich habe auf so eine Entscheidung keinen Einfluss!«, entschuldigt er sich.

Theo weiß nicht, wohin sie schauen, was sie denken oder was sie sagen soll. Sie fühlt sich betrogen, verraten, verlassen. Mal wieder! »Du hättest sagen können, dass du den Fall dann auch abgibst! Ich hätte das jedenfalls getan!« Zornig stößt sie die Wagentür wieder auf, springt mit einem Satz hinaus und läuft eilig die Straße hinunter, bis sie schließlich von der einsetzenden Dunkelheit geschluckt wird.

Nur wenig später setzt sich Elias Shrawi in den Wagen auf Theos Platz und zieht die Tür zu.

»Sie wird sich schon damit abfinden!«, sagt Fadi.

»Das hoffe ich! Um ihretwillen!«, erwidert Shrawi, zündet sich eine Zigarette an und öffnet das Autofenster neben sich. Shrawi stößt eine Tabakwolke hinaus, die sofort vom Wind verwirbelt wird. »Um ihretwillen.«

# SAMSTAGABEND

Professor Hamdy zuckt kurz zusammen, als es klingelt. Wer könnte das sein, so spät noch? Es war ohnehin Zufall, dass er noch im Büro war. Sollte er überhaupt zur Gegensprechanlage gehen und nachfragen? Aber das Licht, das in seinem Büro brennt und das von draußen natürlich zu sehen ist, würde ihn verraten. Er seufzt einmal kurz und setzt sich dann eher widerwillig in Bewegung. »Ja, bitte?« sagte er und hält den Knopf an die Sprechanlage gedrückt.

»Hier ist Theodora Costanda, entschuldigen Sie die späte Störung, aber kann ich reinkommen?«

Die Kommissarin! Was könnte sie zu dieser Uhrzeit noch wollen? Mit dem Anflug eines schlechten Gewissens denkt er an seinen inoffiziellen Gast, Jacques Bernheim, den er hier versteckt hält. Er könnte sagen, dass es gerade nicht passt, doch irgendwie ist er auch neugierig. Und er mag sie. Kurz entschlossen drückt der Professor schließlich den Öffner und ein Summen ertönt. Wenig später hört er Schritte im Treppenhaus, und dann steht die Kommissarin vor ihm.

»Hat es geregnet?«, fragt er überrascht, als er sieht, dass ihre Haare und ihre Jeansjacke nass aussehen.

»Ja, so kann man sagen. Man könnte auch sagen, der Himmel hat alle seine Schleusen geöffnet. Haben Sie das nicht bemerkt?«

»Nein, ich war so in meine Arbeit vertieft. Ist es schon so weit? Kommt der Winter mit seinen nassen Monaten?«

»Ja, so langsam«, sagt sie und tritt in das geräumige Büro, das eigentlich eher eine labyrinthische Wohnung zu sein scheint, so verschachtelt und unübersichtlich ist es. Doch Theo ist nicht nach Plaudern, daher kommt sie gleich zur Sache. »Ich wurde von den Ermittlungen zu den beiden Mordfällen abgezogen. Und zwar, nachdem ich Nachforschungen in den Kirchen angestellt habe. Und nachdem es heute einen dritten Mord gab. Komisch, oder?«

Der Professor schaut sie nachdenklich an. »Was, es hat einen dritten Mord gegeben? Komisch ist da nicht das Wort, das mir einfällt. Eher schockierend! Und Sie wurden abgezogen. Warum denn das, bitte schön?«

»Ich glaube, da will jemand nicht, dass man dem nachgeht.«

»Den Eindruck könnte man durchaus gewinnen.« Professor Hamdy wandert in seinem Büro auf und ab und schaut angestrengt ins Leere.

»Sie glauben, jemand hat Druck ausgeübt, damit Sie abgezogen werden von dem Fall?«

»Möglicherweise. Ich kenne meinen Chef, ein Anruf von einem der Würdenträger, und das war's. Er möchte keinen Ärger.«

»Was haben Sie vor, und wie kann ich Ihnen helfen?«

»Ich möchte morgen zum Polizeipräsidenten Alexandrias gehen. Er ist die oberste Instanz. Ich möchte wissen, was hier gespielt wird und wer meine Abberufung von dem Fall angeordnet hat. Und dass das am besten rückgängig gemacht wird. Da werde ich ja merken, wie weit er da mit drinsteckt.« Sie tritt etwas näher an Professor Hamdy heran. »Ich wollte fragen, ob Sie mich begleiten können.«

»Ich? Wie bitte? Wozu?« Der Professor wirkt plötzlich ungewöhnlich unruhig.

»Sie können viel besser erklären als ich, wonach Jacques sucht und warum die Kirchen dabei so eine zentrale Rolle spielen. Wenn eine so angesehene Person wie Sie das erläutert, können die Nachforschungen nicht einfach unter den Teppich gekehrt werden. Und wenn das versucht wird, kann er sich denken, was passiert, wenn jemand wie Sie sich damit an die Presse wendet.« Theo lächelt den Professor verschmitzt an.

»Na, Sie sind mir ja eine. Aber ich verstehe das und spiele mit. Wann?«

»Am Montag früh um 10 Uhr. Ich hole Sie ab!« Theo hält in der Bewegung inne. »Sie haben nicht zufällig was von Jacques, dem Archäologen, gehört? Er ist seit ein paar Tagen wie vom Erdboden verschluckt!«

Der Professor wendet sich zum Fenster, damit Theo nicht in seinem Gesicht ablesen kann, wie er gerade errötet. »Ich? Nein. Warum sollte ich?«

# KAPITEL 22

▲

MONTAG FRÜH

Theo fährt mit ihrem riesigen Dodge Durango durch die Stadt, wie man eben in Alexandria fährt. Mit viel Hupen, lautem Fluchen und einem Schuss Egoismus. Denn wer an einer Kreuzung darauf wartet, vorgelassen zu werden, hat verloren. Egal, ob die Ampeln funktionieren, auf Rot oder Grün stehen, ob da ein Zebrastreifen ist oder nicht, es gilt das Recht desjenigen, der sich noch in die kleinste Lücke zwängt. Und wenn man doch einmal angestoßen wird, ein kleiner Stupser gegen den Kotflügel etwa, so gehört das eben dazu. Sie kennt es nicht anders, sie kann da mithalten. Und sie hat den größten Wagen!

Sie ist allerdings ziemlich spät dran, später als geplant jedenfalls. Grund dafür ist, dass ihr wunderbarer Dodge Durango zwar ein Hingucker, aber auch ziemlich alt ist. Und als sie losfahren und den Durango anlassen wollte – passierte nichts! Da war ihre andere Expertise gefragt – neben der kriminalistischen. Die der Auto-Expertin nämlich. Nachdem sie die Motorhaube aufgeklappt hatte, sah sie schnell, dass der Anlasser defekt war. Zum Glück hat sie in ihrer Garage inzwischen ein stattliches Sortiment an Ersatzteilen. Der Dodge Durango ist schließlich mittlerweile in die Jahre gekommen, und regelmäßig geht etwas kaputt und muss repariert oder erneuert werden. Jetzt also der Anlasser, genauer gesagt das Relais, das sie mit gekonnten Griffen schnell austauschte. Anstatt schon auf dem Weg in Richtung Polizeipräsident zu sein, fummelte Theo kopfüber und zunehmend ölverschmiert an dem Motor herum, bis alles wieder saß. Das kann sie! Und eigentlich liebt sie es, ihrem technischen Hobby nachzugehen, was so ungewöhnlich ist für eine Frau in diesem Land. Nur nicht, wenn sie unter Zeitdruck steht wie heute. Und als sie dann an sich hinuntersah, mit der ölverschmierten Bluse, war klar, dass sie sich auch noch umziehen musste! So konnte sie dem Polizeipräsidenten schließlich nicht gegenübertreten!

Jetzt aber, viel, viel später als geplant, kämpft sich Theo zunehmend gestresst Meter für Meter durch den chaotischen alexandrinischen Verkehr dem Polizeipräsidium entgegen, während Professor Hamdy neben ihr bei geöffnetem Fenster in seinem Anzug vor sich hin schwitzt. Er dachte wohl, sie hätte ein etwas neueres Auto mit einer richtigen Klimaanlage. Aber das Gebläse des riesigen Dodge ventiliert nur die schwül heiße Luft der Hitze. Denn auch, wenn es inzwischen Anfang November ist: An Tagen wie diesen, an denen keine Wolke am Himmel die Sonne verdeckt, wird es in dem nicht klimatisierten Auto schnell stickig, während sie hier in der Blechlawine um ihr Fortkommen kämpfen.

Der Polizeipräsident hat sein Büro in einem villenähnlichen Gebäude am Rande der Innenstadt, das von einer hohen Mauer weiträumig umgeben ist. Neben dem Wachhäuschen am Eingangstor ist die rot-weiß-schwarze ägyptische Flagge angebracht. Theo hat unweit des Eingangs einen Parkplatz ergattert, und so stehen die beiden wenig später an der Sicherheitskontrolle, lassen ihre Taschen durchsuchen und sich abtasten, bevor einer der Wachmänner sie ins Innere geleitet, wo sie von einer sehr dünnen und sehr jungen Sekretärin in einem langen dunkelroten Rock und blauem Hijab freundlich begrüßt werden. Es würde noch ein paar Minuten dauern, sie könne ihnen Tee anbieten. Das gehört einfach dazu, denkt Theo. Sie sind schon etwas zu spät, aber man lässt sie einfach etwas warten, um die Hierarchie klarzumachen. Nicht, dass der Eindruck entsteht, der Polizeipräsident habe auf die beiden gewartet oder hätte nicht andere, wichtigere Dinge zu tun.

Zehn Minuten sitzen sie auf dem sehr noblen, sehr teuren Sofa, als sich die hellbraune Flügeltür öffnet und der Polizeipräsident, Cerubiel Sakalis, sie hereinbittet. Theo kennt ihn nur von Bildern, ist ihm noch nie im richtigen Leben begegnet. Er ist ein eher kleiner Mann, Ende fünfzig, schlank, drahtig, mit einem markanten Gesicht. Die leicht gebogene, spitze Nase verleiht ihm eine gewisse Strenge, ebenso wie die eindrucksvoll geschwungenen schwarzen Augenbrauchen und das wuchtige Kinn. Die dunklen, nur einzeln von weißen Strähnen durchzogenen Haare hat er streng nach hinten gegelt. Sein blauer Anzug ist offenbar maßgeschneidert, dazu trägt er eine dunkelblaue Krawatte mit einem korrekten Windsor-Knoten. Sie folgen seiner Einladung, einzutreten. Das Büro ist so, wie Theo es sich vorgestellt hat: riesig. Die Decke ist bestimmt vier Meter hoch. Auf den Bodenkacheln mehrere edle Teppiche. Sicher Seide und handgeknüpft. Rechts von ihnen, neben der Tür, ist eine dunkelgrüne Sitzgarnitur mit gläsernem Tisch in der Mitte und geradeaus ein wuchtiger Schreibtisch.

»Kommissarin Costanda. Professor Hamdy, enchanté«, sagt Sakalis und reicht ihnen beiden die Hand. »Danke, dass Sie so kurzfristig Zeit haben«, sagt Theodora, während er ihre Hand zu einem Handkuss ergreift. Ganz alte Schule, denkt sie. Dass es das noch gibt. Aber irgendwie auch ein bisschen übertrieben.

Cerubiel Sakalis setzt sich hinter seinen breiten Schreibtisch, Theo und der Professor ihm gegenüber. Eine goldene Leuchte steht am rechten Rand, daneben ein Etui für Federhalter sowie die Figur einer Eule aus Porzellan. Direkt gegenüber auf der anderen Seite des Tisches eine kniende altägyptische Frauengestalt, ebenfalls aus kostbarem Porzellan. Frische Blumen stecken in einer wuchtigen Vase, und an der Wand hinter ihm hängt ein großer Schwarz-Weiß-Druck. Ein Frauenkörper, das Gesicht aber unkenntlich.

Aus dem Augenwinkel nimmt Theo wahr, wie sich die Finger des Professors um die Armlehne krampfen. Sie schaut zu ihm hinüber. Er ist wie gebannt. Seine Augen fixieren starr einen Punkt, als würde sich dort ein Geist verstecken. Und ja, er hat Gänsehaut.

Auch der Polizeipräsident bemerkt seine Veränderung. »Geht es Ihnen nicht gut?« Der Professor reißt seinen Blick los von dem Gemälde und greift mit zitternden Händen nach einem Glas Wasser, das dort ohnehin auf dem Tisch bereitsteht. »Doch, doch, es geht mir gut.«

»Frau Costanda, Sie haben ja in zwei Mordfällen ermittelt, die für einiges an Aufsehen gesorgt haben«, beginnt Sakalis die Unterhaltung.

»So ist es. Umso unverständlicher für mich und auch für den Professor, dass ich am Samstag abberufen worden bin. Aber ich denke, Sie können das ganz schnell aufklären, zumal wir wichtige Hinweise auf eine religiöse Vereinigung haben, Professor Hamdy, erklären Sie es ihm doch bitte.«

Der Professor zögert und setzt dann stockend an. »Ja, nun. Es ist so, dass es sein könnte, dass ein Archäologe und eine Gruppe …«

Der Polizeipräsident hebt die Hand und bedeutet dem Professor damit, zu schweigen. Er blickt Theo kühl lächelnd an. »Sehr geehrte Kommissarin. Ich bin selbstverständlich im Bilde über Ihre Ermittlungen und was Sie bis hierhin zutage gefördert haben.« Sein Lächeln verschwindet plötzlich. Seine geschwungenen Brauen verfinstern sich und sein Blick wird scharf. »Deswegen habe ich Sie ja abberufen.«

»Das waren Sie …?« Theo kann es nicht fassen, obwohl das Ganze auf anderer Ebene jetzt noch viel mehr Sinn ergibt.

Sakalis beugt sich leicht über den Tisch, näher an Theodora heran. »So ist es, werte Kommissarin. Und ich würde Ihnen dringend empfehlen, diese Entscheidung nicht zu hinterfragen und die Lösung des Falls anderen zu überlassen.« Er macht eine kurze Pause und schiebt flüsternd nach: »Und ansonsten Stillschweigen zu wahren.«

Theo muss sich konzentrieren, um nun nichts Falsches zu tun. Das war eine Drohung. Das war eine ganz offene Drohung! Wo ist sie da hineingeraten, dass der oberste Polizeichef von Ägyptens zweitgrößter Metropole ihre Ermittlungen verfolgt, um sie schließlich zu stoppen? Und dann diesem Kollegen, von dem sie noch nie gehört hat, den Fall übergibt. An was war sie da wirklich dran? Und warum weiß Sakalis so genau Bescheid? Die Gedanken rasen in ihrem Kopf, während sie sich nach außen hin nichts anmerken lassen will. Sie weiß: Sie hat keine Chance. Sie kann nur klein beigeben. Vorerst zumindest. »In Ordnung«, sagt Theo schließlich und löst ihren Blick, löst ihre angespannten Muskeln. »Ich habe verstanden.«

»Hervorragend. Dann ist es ja gut, dass wir miteinander geredet und unsere Standpunkte ausgetauscht haben«, sagt Cerubiel Sakalis, nun wieder ganz charmant, und steht langsam und geschmeidig hinter seinem Schreibtisch auf, und mit ihm Theo und Professor Hamdy. Als sie an der Tür zu seinem Büro stehen bleiben, reicht er der Kommissarin erneut die Hand. »Es wird mir eine Freude und persönliche Ehre sein, Ihre Karriere bei uns begleiten zu dürfen. Sie haben noch viel vor, Frau Costanda«, sagt er zu Theo, die natürlich die unausgesprochene Warnung dahinter versteht – ›wenn Sie nicht weiter Ihre Nase in Sachen stecken, die Sie nichts angehen‹. Dann wendet er sich an Professor Hamdy. »Und Ihnen wünsche ich, dass Sie weiterhin mit so viel Klarsicht Ihr Museum leiten!« Professor Hamdy stutzt kurz, zieht seine Hand zurück. Das breite Lächeln des Polizeipräsidenten erwidert er nicht.

Theo verabschiedet sich im Gehen von der Sekretärin,

die kurz von ihrem Computer aufschaut, während Professor Hamdy wortlos neben ihr hertrottet. Als sich die gläserne Schiebtür öffnet und sie in den umzäunten Vorhof der Villa treten, schlägt ihnen die Mittagshitze entgegen, und beide setzen sich ihre Sonnenbrillen auf. Theo trägt ein klassisches Modell mit breitem Rahmen, der Professor eines, das man gern bei US-Army-Piloten in den Kinofilmen sieht. So wie die Brillen könnte auch ihre Stimmung nicht unterschiedlicher sein. Theo schäumt innerlich und versucht eher schlecht als recht, es sich nicht anmerken zu lassen. Aber die hervortretenden Adern an ihrem Hals, die geröteten Wangen und der Stechschritt, in dem sie jetzt die Straße hinunter in Richtung ihres Wagens marschiert, sprechen Bände. Professor Hamdy hingegen geht stumm und in sich gekehrt wie auf Autopilot hinter Theo her, bemüht, mit ihrem flotten Tempo Schritt zu halten.

Kaum haben sich beide in Theos imposantes Auto fallen lassen, nimmt sie ihre Sonnenbrille ab und wendet sich zu dem Professor um. »Was ist los, Herr Professor Hamdy? Was hat Sie in dem Büro des Polizeipräsidenten so erschrocken?«

»Das Bild«, murmelt der Professor nur. »Das Bild, die Skulptur, der Gruß … Ich habe es geahnt.«

»Sie sprechen in Rätseln!«

»Bitte, lassen Sie uns zur Bibliotheca fahren. Ich muss etwas nachsehen, und dann kann ich ihnen vielleicht alles erklären.«

Theo zuckt kurz mit den Schultern. Eigentlich wollte sie jetzt ihrem Zorn freien Lauf lassen und sich erst mal den Frust auf dem Laufband ihres Fitnessstudios abtrainieren.

Zeit hat sie ja jetzt. Aber so außer Fassung hat sie den Professor noch nie erlebt. Er ist doch sonst immer die Ruhe selbst gewesen! Und sie will natürlich wissen, was los ist. Kurz wirft sie einen Blick auf die Beifahrerseite. Er scheint völlig in Gedanken, und Theo beschließt, ihn die Fahrt über in Ruhe zu lassen. So kann sie sich ohnehin besser auf den Verkehr konzentrieren.

# KAPITEL 23

## MONTAG

Die Parkplatzsuche hat ewig gedauert, und Theo hat den Professor vorher schon einmal rausgelassen. Als sie nun durch das Foyer der Bibliothek in den Lesesaal schreitet, kann sie Hamdy auf der oberen Empore ausmachen, wie er zwischen den Gängen hin und her hastet und offenbar nach etwas sucht. Sie geht zu ihm nach oben, als er ihr auch schon mit einem triumphierenden Lächeln im Gesicht und mehreren Büchern und Heften im Arm entgegenkommt, die er nun auf dem Tisch vor sich ablegt. Ein Moment vergeht, in dem der Professor fasziniert auf das Sammelsurium an Büchern starrt, bis Theo ihn zurück in die Realität holt. »Also, können Sie mir nun sagen, was Sie so verzaubert?«

»Aber selbstverständlich! Ich denke, jetzt kann ich Ihnen alles erklären!« Erleichtert sieht er sie an. Dann greift er zu einem dünnen Büchlein, das er Theodora in die Hand drückt.

»Crata Repoa«, liest sie auf dem Cover und legt die Stirn

in Falten. Es wirkt exotisch, fremd. Theodora blickt Professor Hamdy fragend an. »Was ist das?«

»Lesen Sie den klein gedruckten Untertitel!«

»›Einweihungen in der alten geheimen Gesellschaft der Ägyptischen Priester‹.« Sie stutzt. »Entschuldigen Sie, aber ich tappe immer noch im Dunkeln. Was ist das?«

Er zieht einen der Stühle zu sich heran und setzt sich neben Theo. »Was ich Ihnen jetzt sage, mag zunächst etwas befremdlich klingen. Aber hören Sie mir erst einmal zu und versuchen Sie zu verstehen!« Theo nickt.

»Dieses Buch, ja eher Heft, Crata Repoa, erschien 1770, herausgegeben von den beiden deutschen Freimaurern Carl Friedrich Köppen und Johann Wilhelm Bernhard von Hymmen.

Sie beschreiben darin einen alten ägyptischen Orden, die Crata Repoa, einen Geheimbund, der sich der Bewahrung der Geheimnisse des alten Ägyptens verschworen hatte. Vor allem sind darin die Aufnahmerituale beschrieben und die Erkennungszeichen, an denen sich die Mitglieder untereinander offenbaren können.« Theos Blick wechselt zwischen Unglauben und Faszination. »In dem Heft wird beschrieben, wie die Bewerber nach und nach die sieben Grade der Erkenntnis erreichen können: durch Prüfungen wie das Ausharren in einer hermetisch abgeriegelten, dunklen Kammer, in der sich der Prüfling allein mit Mumien aufhält. Dazu das ständige Abfragen von Beschwörungsformeln oder Gebetsgesängen, etwa aus dem Buch der Toten.«

Gebannt hat Theo dem Professor bei seinen Ausführungen zugehört. »Und was erwartet einen dann beim Erreichen des siebten Grades?«

»Die Einweihung in ein höchstes Mysterium. Es heißt, dass nur die wirklich Würdigen dieses Geheimnis von großer Tragweite erfahren.«

Theo ist sich noch nicht ganz sicher, hat aber eine Ahnung, worauf der Professor hinauswill.

»Heute erinnert sich so gut wie niemand mehr an dieses Werk. Aber damals sorgte es in Europa für Aufsehen. Es war die Anfangszeit der Ägyptologie, überall griff die Ägypten-Begeisterung um sich. Man sah in Ägypten das Ursprungsland der Mysterien, den Ort, an dem die letzten Geheimnisse der Menschheit bewahrt wurden. Dieses dünne Heftchen war ein echter Bestseller und beeinflusste noch über Jahrzehnte und Jahrhunderte die Entstehung weiterer Geheimorden wie die des Order of the Golden Dawn, des Ordo Templi Orientis oder des heutigen Wicca. Das Buch selbst und der Glaube an einen Orden Crata Repoa aber verschwanden nach und nach aus der allgemeinen Wahrnehmung. Die allermeisten taten die Ausführungen darin und die Vorstellung von einem Geheimbund der Priester des alten Ägyptens als bloße Fantasie ab.«

»Es klingt ja auch etwas abenteuerlich«, sagt Theo, während sie das Heft durchblättert. »›Die Pforte des Todes‹. Der Bewerber wird mit Schlangen zurückgelassen und muss Prüfungen bestehen. Erst dann wird er eingeweiht und darf das finale Geheimnis bewahren. Was wollen Sie mir jetzt damit sagen?«

»Was, wenn doch nicht alles nur ausgedacht ist und wenn es diesen Geheimbund tatsächlich gegeben hat? Wenn es ihn womöglich noch immer gibt?«

»Sie meinen, so was wie die Freimaurer?«

»Ja, das ist gar nicht so weit hergeholt. Kulte, Geheimbünde, Mysterien, Religionen – wie man es auch nennen mag. Die gab und gibt es seit Jahrhunderten. Die Freimaurer sind ein Beispiel dafür. Oder nehmen Sie die Wicca-Bewegung, mit Hunderttausenden Anhängern weltweit. Sie bezeichnen sich selbst als Hexen. Das mag für manche vielleicht etwas eigenartig klingen. Sie alle bedienen sich unterschiedlicher religiöser Einflüsse, meinen, im Besitz einer höheren Wahrheit, eines Geheimnisses zu sein, das es zu wahren gilt, und sehen ihre Gemeinschaft als dafür auserkoren und zuständig an.«

»So langsam verstehe ich, worauf Sie hinauswollen. Dass eine Art Geheimbund verhindern will, dass das Geheimnis, also das Grab der Kleopatra, entdeckt wird?«

Mit erhobenen Brauen sieht der Professor sie an. »Es könnte doch sein, oder?«

»Mich durchzuckte es, als wir beim Polizeichef saßen«, fährt Hamdy fort, nachdem sie sich eine Tasse Tee besorgt haben. Die Eule, Sie wissen, die Figur, die auf seinem Tisch stand. Und genau auf der anderen Seite des Tisches die kniende altägyptische Frauengestalt mit den vor sich erhobenen Armen? Ich musste kurz überlegen, woher ich das kannte. Was mir das sagte. Und dann fiel mir dieses Heft ein, das ich vor Jahren, als ich mich mit Geheimbünden des alten Ägyptens beschäftigte, einmal gelesen habe. Und all das kam darin vor. Die Eule als Erkennungszeichen, ebenso wie die kniende Statue!«

»Aber das könnte doch auch Zufall gewesen sein.«

»Theodora, das Gemälde an der Wand im Büro des Polizeipräsidenten. Das war nicht irgendein Bild. Das war ein Statement! Eine Art Glaubensbekenntnis für die, die es erkennen. So wie ich.«

»Aufgefallen ist es mir auch. Diese nackte Frauengestalt. Sehr gewagt für ein Büro, dachte ich.«

»Es handelt sich um den Druck eines Werkes des französischen Künstlers Odilon Redon. Hier.« Der Professor schlägt ein Buch auf, das genau jenes Bild zeigt. »Und im Original trägt es diesen Titel: ›Ich bin noch immer die große Isis. Niemand hat je meinen Schleier gelüftet.‹ Schauen Sie sich das doch einmal an. Es ist die Verehrung des Göttlichen.«

Theo bleibt skeptisch. »Die Menschheit hat schon immer das Göttliche verehrt. Das muss doch nichts mit einem Geheimbund zu tun haben.«

»Ja, aber es war ja nicht nur das! Als wollte er meine letzten Zweifel ausräumen, gab mir der Polizeichef zur Verabschiedung die Hand. Und wissen Sie, was er tat?« Theo schüttelt den Kopf. Professor Hamdy schlägt das Heft an einer Stelle auf und liest vor. »›Der Thesmosphores drückt in besonderer Weise mit seinem Daumen auf den Ballen des Pastophoris. Das ist unser Erkennungsgruß.‹ Genau das hat der Polizeichef bei mir getan!«

»Als Erkennungszeichen? Sie sind ja kein Bewerber! Wieso sollte er das tun?«

»Nun ja. Offenbar als Warnung. Zur Einschüchterung. Er wollte, dass ich das alles durchschaue, und gab sich mir dadurch zu erkennen.«

»Sind Sie es? Eingeschüchtert?«

Hamdy wiegt den Kopf hin und her. »Wissen Sie, ich

bin ein alter Mann. Mir kann man nicht so leicht Angst machen. Aber alle diese Bünde haben eines gemeinsam: einflussreiche, mächtige Mitglieder. Von denen wir nicht wissen, wer sie sind. Und zumindest wollte Sakalis mir das demonstrieren: Legt euch nicht mit uns an!«

Theo fixiert Professor Hamdy mit einem bohrenden Blick. »Und das alles ist Ihnen mal eben so klar geworden, als wir bei Sakalis im Büro saßen?«

Einen Moment lang schaut sie der Professor mit großen Augen an. Dann erschlaffen seine Muskeln ein wenig, die Schultern sacken nach unten, er zuckt mit den Armen, als würde er einen inneren Widerstand aufgeben.

»Das haben Sie gut erkannt. Nein, das ist mir nicht mal eben so klar geworden. Ich beschäftige mich seit langem mit den alten Geheimbünden und mit der Frage, was sie zu vertuschen versuchen. Das Buch, Crata Repoa, kenne ich seit meiner Zeit als wissenschaftlicher Mitarbeiter. Nach und nach entdeckte ich die Erkennungszeichen überall hier in der Stadt, und der Verdacht wuchs, dass der Geheimbund nicht tot ist wie gedacht, sondern äußerst lebendig.«

Der Professor verschränkt die Arme im Rücken und geht langsam auf und ab. »Aber ich hatte keine Ahnung, was das Mysterium ist, das sie schützen und von dem in dem Buch die Rede ist.«

»Und dann kamen wir«, bemerkt Theo.

»Ja genau, dann kamen Sie mit Ihren Ermittlungen und dem Archäologen, der nach dem Grab der Kleopatra sucht, und als ich das Bildnis der Isis in dem Büro von Cerubiel Sakalis sah, passte auf einmal alles zusammen. Das Mysterium hat genau damit zu tun! Mit dem Grab der Kleopatra! Und mit Isis und der Kirche!«

Theo schüttelt leicht den Kopf. Sie muss die vielen Informationen für sich erst einmal sortieren. »Nun gut. Dazu aber zwei Fragen. Erstens: Isis und Kleopatra. Was haben die denn miteinander zu tun?«

Der Professor freut sich, als wäre ihm soeben seine allerliebste Frage gestellt worden. »Oh, sehr viel. Kleopatra ließ sich verehren als Inkarnation der Göttin Isis. Tatsächlich ist bis heute unbekannt, wer ihre leibliche Mutter war. Aber eins nach dem anderen. Sagt Ihnen der Isis-Kult etwas?«

Theo schüttelt zögerlich mit dem Kopf. »Ich muss gestehen, ich weiß nicht viel über altägyptische Mythologie. Nur ganz grundsätzliche Sachen. Isis war die Göttin des Lebens, glaube ich.«

»Ja, aber sie war noch viel mehr. Eine Magierin, Zauberin, Schutzgöttin. Isis war die Schwester und göttliche Gemahlin von Osiris. Osiris wiederum war der Herrscher im Götterreich. Sein Bruder Seth war eifersüchtig und wollte seinerseits König und Herrscher des Götterreichs sein. Er ersann also eine List, um seinen Bruder zu töten. Seth ließ eine Kiste herstellen, die den Maßen Osiris' entsprach und die kunstvoll gefertigt und mit Gold und Edelsteinen besetzt war. Als es nun ein Fest gab, ließ Seth diese Kiste hereintragen und forderte alle Gäste auf, sich einmal dort hineinzulegen. Wer in die Kiste passte, der würde reich entlohnt werden. Als Osiris in die Kiste stieg, schlug Seth schnell den Deckel zu und warf die Kiste in den Nil. Aber obwohl der Bruder schon tot war, holte Seth die Kiste wieder aus dem Fluss, öffnete sie und zerstückelte Osiris in zweiundvierzig

Teile, die er über das gesamte Land verteilte. Isis, Osiris' Frau und Schwester, war von Gram und Trauer überwältigt und entschied, die Leichenteile wieder zusammenzutragen und ihn so zu neuem Leben zu erwecken. So geschah es, und Isis wurde von dem wiederauferstandenen Osiris schwanger, und er selbst herrschte fortan als Gott und Richter über die Toten und die Unterwelt. So die Sagen und das große Mysterium, das sich seitdem um Isis spinnt.«

Theo nickt. An den Teil kann sie sich aus ihrer Schulzeit auch noch erinnern.

»Das, was wir über den Ursprung der Isis-Sage wissen, stammt aus griechischer Zeit, aus dem Werk Isis und Osiris des Dichters Plutarch«, fährt der Professor fort, der so in seinem Element ist, dass Theo ihn nicht unterbrechen mag. »Er trug zusammen, was sich die Menschen über Isis erzählten.« Professor Hamdy zieht ein anderes, dickeres Buch hervor, das er vorhin aus einem der Regale herausgesucht hat. »Hier ist die Originalgeschichte, wie Plutarch sie aufgeschrieben hat, wenn er beschreibt, wie Typhon den Anschlag gemeinsam mit 72 Verschworenen ausgeführt habe.« Er streift fast liebevoll über den Text. »Na ja, vielleicht würde das aber auch zu weit führen.«

Theo war gerührt von der Leidenschaft, mit der der Professor ihr berichtete. Aber langsam konnten sie auch zum Punkt kommen. »Aber Isis war doch nur eine von vielen Göttern des alten Ägyptens?«

»Ja, das stimmt, und zunächst noch nicht einmal eine besonders bedeutende Göttin. Die ›große Isis‹ wurde erstmals in der 5. Dynastie erwähnt, als eine der neun Ennead, der Ursprungsgötter. Im alten Ägypten nannte man sie

Aset, und ihr Symbol war ein Thron. Sie wurde auch als Kobra oder Uraeus auf der Krone dargestellt, die die ägyptischen Könige trugen. Diese Verbindung von Göttin und weltlichem Herrscher war ganz typisch.«

»Aber warum wuchs ihre Bedeutung denn dermaßen?«

»Die Zeit spielt hier eine Rolle. Im Laufe der Jahrhunderte wurde die Göttin mächtiger und nahm die Rollen und Symbole anderer Götter in sich auf. Wie etwa die von Hathor, der Göttin der Liebe, des Friedens, der Schönheit und der Künste. Zu Kleopatras Zeiten waren beide Göttinnen miteinander verschmolzen. Man kann auch sagen, zu Kleopatras Zeiten stand der Isis-Kult in seiner Blüte und Alexandria war das Zentrum der Bewegung. Isis stand für das Magische, das Mystische. Sie ließ den Nilpegel steigen, war Königin des Himmels und des fruchtbaren Bodens. Sie konnte die Toten wieder lebendig machen. Sie beschützte als Isis Pelagia die Seefahrer und als Isis Medica die Kranken. In der dunklen Nacht war sie der Sirius am Himmel. Und dann kam diese ursprünglich ägyptische Gottheit nach Europa.«

»Wie das?« Wie gebannt hängt Theo an den Lippen des Gelehrten. Sie hat fast vergessen, wie überaus spannend die Geschichte ihres eigenen Landes und seiner Mythen ist.

»Mit Kleopatra. Schon mit vierzehn Jahren gab sie sich den Beinamen Nea Isis – neue Isis – und stellte sich den Ägyptern als lebende Göttin dar. Im Jahr 46 vor Christus kam sie mit einem beeindruckenden Hofstaat in Rom an, und zwar auch hier als Göttin Isis. Und sie brachte ihre ägyptischen Isis-Priesterinnen mit ins Zentrum des Römischen Reiches. Während ihrer Zeit in Rom wurde in der

Stadt der erste große Isis-Tempel, Isis Campense, eröffnet. Auf diese Weise breitete sich der Kult dort aus und wuchs immer weiter in seiner Bedeutung. Unter Kaiser Caligula war die Isis-Anbetung sogar zum offiziellen staatlichen Kult geworden und gelangte in nahezu alle Teile des Römischen Reiches, sogar bis ins heutige England und nach Deutschland. In Mainz stieß man im Jahr 2000 bei Bauarbeiten auf Überreste eines Isis-Tempels, der wohl bis ins 3. Jahrhundert genutzt wurde.«

»Aber zu jener Zeit breitete sich doch auch das Christentum aus. Kamen die sich nicht in die Quere?«

Der Professor nickt sofort. »Genau so ist es. Isis-Kult und Christentum entwickelten sich nebeneinander, und das nicht unbedingt friedlich. Aber erst im Jahr 380 verbot Kaiser Theodosius der I. alle heidnischen Tempel im Reich, also auch die Isis-Tempel. Und noch mal zweihundert Jahre später ordnete der byzantinische Kaiser Justinian an, den Kleopatra- und Isis-Tempel auf der Nil-Insel Philae zu schließen. Bis dahin blühte der Kult.«

»Okay, verstanden, Professor. Aber ich sagte ja, ich habe zwei Fragen. Die zweite lautet: Warum ist das alles so wichtig? Das liegt ja viele Jahrhunderte zurück?«

»Ja und nein.« Der Professor klappt das Buch vor sich zu und lehnt sich zu Theo, faltet die Hände. Er blickt sie durchbohrend an. »Der Einfluss von Isis ist bis heute da. Isis ist in fast allen Ländern der Welt zu sehen und hat die Jahrtausende überdauert. Theodora, Sie beten sie auch an. Sie wissen es nur nicht! Einen Moment.« Er holte ein anderes Buch und schlug es in der Mitte auf. »Schauen Sie sich diese Bilder an. Es ist eine Darstellung der Isis, wie sie im alten Ägypten verbreitet war. Isis und ihr kleiner Sohn Horus. Sie hält ihn auf ihren Knien und bietet ihm mit der rechten Hand die linke Brust zum Stillen an. Jetzt warten Sie.« Er schlägt ein anderes Buch auf, »Christliche Ikonographie« lautet der Titel, und legt die Abbildung dort neben das Bild von Isis und Horus. »Und so hat die Darstellung der Isis bis heute überdauert. Als das Bild von Maria und dem Jesus-Kind, der Madonna.«

Theo schaut gebannt, fasziniert, neugierig auf die beiden Bilder, die sich tatsächlich so sehr gleichen, und versucht, ihre Gedanken zu sortieren.

»Ägypten war eines der ersten christlichen Länder der Welt, und überall im Land gab es diese Isis-Darstellung. Wahrscheinlich ist die Darstellung als Mutter Gottes mit Jesus übernommen worden und als christliche Ikonographie aufgegangen. Isis existiert demnach bis heute fort, als Darstellung der Jungfrau Maria. So steht sie im Petersdom, die goldene Madonna des Essener Domschatzes, Michelangelos Brügger Madonna. Unzählige Figuren und Abbildungen, die es überall auf der Welt gibt. Das Bild der Madonna, das wir alle vor Augen haben, ist das Abbild der altägyptischen Isis.

Professor Hamdy macht eine lange Pause.

»Verstehen Sie jetzt? Dieser Orden und die Kirche bewahren das Grab der Kleopatra, denn für sie liegt dort die göttliche Isis bestattet. Ein Schrein, ein Heiligtum. Und das Geheimnis, das sie wahren, ist, dass dort die göttliche Mutter bestattet ist, die sie und fast zwei Milliarden Menschen als christliche Madonna anbeten.«

Theo schaut ihn sprachlos an. Sollte das alles stimmen?

Dann hätte Jacques tatsächlich recht! Sie erinnert sich plötzlich, wie sie an dem Abend nach dem Mord an Abuna Gabriel ihr Büro in der Polizeistation verließ und ihr auf der anderen Straßenseite, unweit der Kirche, mehrere Männer aufgefallen waren, deren Gesichter sie kaum erkennen konnte und die entlang der Kirche Spalier zu stehen schienen. Waren sie das? Anhänger von Crata Repoa, die Wache standen, um ein weiteres Eindringen von Jacques in eine der Kirchen zu verhindern? Und ja, genau das haben sie dann wenig später in der Sankt-Markus-Kathedrale auch getan! Um eine Art göttlichen Schrein zu hüten? »Sie verzeihen, wenn ich das erst einmal sacken lassen muss«, sagt sie schließlich. Professor Hamdy nickt, als plötzlich hinter ihnen im dunklen Gang eine Stimme erklingt.

# KAPITEL 24

## NOCH MONTAG

»Bravo, Professor! Das haben Sie exzellent zusammengefasst!«

Theo und Professor Hamdy drehen sich erschrocken um und versuchen, die beiden Gestalten in der Dunkelheit auszumachen, die sich langsam auf sie zubewegen.

»Guten Tag, Herr Professor, Frau Kommissarin, entschuldigen Sie, wenn wir womöglich stören«, sagt Amira al-Fotouh und weist mit einer Handbewegung auf Jacques Bernheim, der neben ihr steht. »Aber das, was Sie gerade erklärt haben, zur Crata Repoa, es ist alles richtig.«

»Einen Moment«, ruft Theodora ein wenig schrill. »Kann mich mal bitte jemand aufklären! Jacques, wo kommen Sie denn her? Und Amira, wieso wussten Sie …«

Professor Hamdy macht eine beschwichtigende Geste. »Verzeihen Sie, Theodora, dass ich Sie angeflunkert habe. Ich habe Jacques Unterschlupf gewährt, ja.«

»Sie haben mich angelogen?« entfährt es der Kommissarin.

Der Professor hebt die Brauen. »Es tut mir leid«, entgegnet der Professor.

Dass er in der Bibliothek Unterschlupf gefunden hat, überrascht sie nicht wirklich. Aber dass er nun gemeinsam mit Amira hier auftaucht, hat sie nicht erwartet. »Und Sie, Amira?« Jetzt dreht sich Theodora ein wenig zu der Assistentin.

»Ich habe entschieden, auszusteigen aus Crata Repoa. Als Jacques ermordet werden sollte! Das konnte ich nicht! Das war falsch! Und damit hängt mein Leben nun am seidenen Faden. Ich muss ebenfalls untertauchen. Und ich wusste, dass Jacques hier, bei Professor Hamdy ist.«

Theodora ist zu perplex, um noch mehr zu erwidern. Sie überlässt Professor Hamdy die Bühne, der offenbar ebenso überrumpelt ist – zumindest von Amiras Auftritt – wie sie selbst. Hamdy macht einen Schritt auf die beiden zu und blickt Amira an: »Jetzt bitte eins nach dem anderen. Erklären Sie, was Sie wissen!«

Amira holt Luft, die Stirn gerunzelt. Sie hat beschlossen, sich zu erklären. Und sie weiß, dass das gefährlich ist, denn sie hat bereits ein Gelübde abgelegt und geschworen, die Geheimnisse zu wahren, die ihr anvertraut wurden.

»Ich bin eine Bewerberin. Zumindest gewesen«, fängt sie an. »Ich habe die ersten Prüfungen durchlaufen und bestanden, um irgendwann in die höchsten, die innersten Geheimnisse der Crata Repoa eingeweiht zu werden.«

Sie blickt in die fragenden Gesichter der Kommissarin und des Professors. Theos Gedanken rasen. Sie hat sie die ganze Zeit belogen, hinters Licht geführt? Hat sie auch ihren Auftraggeber, den französischen Forscher, in Wahrheit ausspioniert für eine geheime Gruppe, die das, was er suchte, um jeden Preis im Verborgenen belassen wollte? Aber ja! Das ergibt Sinn! Sie war es, die den geheimnisvollen Hinweis auf das Grab der Kleopatra in Kom el-Dikka gefunden hat! In den Katakomben, in denen eigentlich schon jeder Stein zweimal umgedreht wurde. Aber klar! Amira musste das alles inszeniert haben! Ebenso wie diese Grabkammer, die sie angeblich gefunden hatten! Alles gestellt, alles Fake! Und wer außer ihr hätte das so perfekt organisieren und durchführen können!

»Bitte, fangen Sie von vorne an. Ich kann das noch nicht verstehen«, fordert Theo die Wissenschaftlerin auf. Vielleicht ist es ganz gut, dass sie nicht mehr offiziell als Polizistin ermittelt.

»Ich stamme aus einer alten christlichen Familie aus Kairo. Wobei, die Religion spielte eigentlich keine besonders wichtige Rolle in unserem Leben. Wir gingen sonntags zum Gottesdienst, ja. Aber davon abgesehen waren meine Eltern eher modern eingestellt und nicht besonders gläubig. Zumindest dachte ich das. Wir waren vier Geschwister zu Hause, meine drei Brüder und ich. Irgendwann fing meine Mutter an, mir Hieroglyphen beizubringen. Die alte ägyptische Schrift. Meinen Brüdern aber nicht. Ich fragte sie, warum, und sie sagte nur ›Als Vorbereitung‹. Mehr erfuhr ich nicht. Wir lasen dann das Buch der Toten, ich musste wichtige Beschwörungssprüche auswendig lernen. Ebenso den Ablauf von Ritualen aus der Antike. Und meine Mutter war es auch, die mich immer wieder mit der Geschichte von Königin Kleopatra konfrontierte.«

»Und da haben Sie sich nicht gewundert oder sich gefragt, was das soll?« Gebannt hört Theo der Wissenschaftlerin zu. Das war spannender als jeder Krimi.

»Aber natürlich habe ich das. Zumal meine Mutter eine sehr strenge Lehrerin war. Es war wie Unterricht in der Schule. Ich wurde abgefragt und durfte keine Fehler machen. Immer, wenn ich fragte, wofür das gut sein solle, sagte mir meine Mutter nur, dass ich das an meinem achtzehnten Geburtstag erfahren würde.«

»Und?«

»An meinem achtzehnten Geburtstag – wir lebten ja damals in Paris – reiste ich mit meiner Mutter nach Kairo. Wir fuhren zum Kloster der Sankt-Georg-Kathedrale in der Altstadt, in der eine Gruppe von Nonnen angeblich ein Erbe bewahrt, das bis in die frühesten Anfänge des Christentums zurückreicht. Ich erinnere mich, wie wir vor dem berühmten, mächtigen Tor des Klosters standen, das mehr als sieben Meter in die Höhe ragt, und wie es sich langsam öffnete. Ein gewaltiges Spektakel.« Amira macht eine kurze Pause. Sie muss sich sammeln. »Wir durchschritten die große, hohe Halle, an deren Seite in einer Nische ein Schrein mit den Ketten des heiligen Georg zur Schau gestellt wurde, die er der Legende nach während seiner Folter trug.« Amira setzt sich langsam auf einen der Stühle. »Eine der Nonnen führte uns dann hinunter in den Keller des Gebäudes, in einen Raum voller Hieroglyphen und Zeichen, der vom Schein unzähliger Kerzen erhellt war. Dort eröffnete mir meine Mutter, dass ich vorgesehen sei, Teil einer geheimen Gemeinschaft zu werden, die eines der größten Geheimnisse der christlichen Religion zu wahren geschworen habe. Und dass ich als eine der wenigen Auserwählten zu der Gruppe von Frauen gehören werde, aus deren Kreis eines Tages die neue Hohepriesterin gewählt werde. Natürlich nur, wenn ich die Prüfungen zu allen Graden erfolgreich durchlaufen würde.«

»Hohepriesterin?«, fragt Theo dazwischen.

»Ja, es muss stets eine Frau sein!«, erwidert Amira.

»Die göttliche Isis!«, wirft Professor Hamdy ein, dem fast seine Lesebrille aus der Hand zu fallen droht, so ergriffen ist er von diesem Bekenntnis.

»Ja, richtig, wir sehen in Isis das höchste Göttliche. Es ist kein Vater, kein männlicher Gott, der für uns aller Dinge Ursprung ist. Sondern das Weibliche, eine Frau, und nur an Frauen kann dieses große und einzigartige Geheimnis übertragen werden. Es gibt zwar auch männliche Mitglieder. Tatsächlich sind sie klar in der Mehrheit. Aber das oberste Amt kann stets nur von einer Frau ausgeübt werden.«

»Welches Geheimnis, Amira, das Grab der Kleopatra?«

»Es ist nicht nur das, denn davon haben wir Bewerberinnen bereits erfahren. Aber was es ist, die tiefer liegende Wahrheit, die kenne auch ich noch nicht.« Achselzuckend sah sie vom Professor zur Kommissarin. »Das letzte Geheimnis wird einem erst offenbart, wenn man den höchsten Grad erreicht hat. Ich habe es bis zum fünften Grad geschafft. Und fortan gelte ich als Verräterin. Als Bedrohung, und natürlich hängt mein Leben nun am seidenen Faden.«

»Aber was ist mit dem Mord an dem Priester? Mit dem Mordversuch an Jacques? Waren Sie das dann?«, sagt Theo schließlich in die drückende Stille. Sicher, sie hätte die Gelegenheit gehabt. Aber wäre sie dazu in der Lage? Hätte sie die Kraft?

»Nein, ich war es nicht, ich habe ihm reinen Herzens das Leben gerettet! Und deswegen bin ich hier. Deswegen erzähle ich all dies. Einen Mord an Jacques – dazu war ich nicht bereit«, fährt Amira fort. »Der Bund wollte, dass eine von uns beiden Bewerberinnen Jacques umbringt. Und ich wollte und konnte das nicht tun. Aber die andere Bewerberin offenbar schon. Ich habe ihn gerettet und mich selbst damit in große Gefahr gebracht.«

»Also sind Sie quasi ausgestiegen? Eine Abtrünnige?«, fragt der Professor. Amira nickt langsam und still.

»Noch kurz etwas anderes«, sagt Theo nachdenklich, während sie ein paar Schritte auf und ab geht und sich mit Daumen und Zeigefinger ans Kinn fast, »ich bin da ja keine Expertin, aber haben die Kirchen nicht eigentlich eine ablehnende Haltung Geheimbünden gegenüber? Denn hier müsste es ja so sein, dass der Bund ein Geheimnis hütet und die Kirche sie dabei unterstützt?« Sie schaut die anderen an. »Ich denke da an die Freimaurer zum Beispiel. Die wurden ja von der Kirche als Feinde angesehen. Ebenso wie der Illuminatenorden, die Rosenkreuzer und Tempelritter.«

»Ja und nein«, antwortet der Professor. »Sie haben Recht, dass etwa mit Blick auf die Freimaurer die Kirche eine recht ablehnende Haltung hatte. Nach der Gründung der ersten Großloge der Freimaurer im Jahr 1717 in London verurteilte Papst Clemens XII. die Vereinigung, die dann jahrhundertelang als ›kirchenfeindlich‹ galt. Der alte Kirchenrechtskodex von 1917 verbot dann die Mitgliedschaft und drohte mit einer automatischen Exkommunikation. Weiterhin wurde es verboten, Bücher über Freimaurerei zu besitzen oder Anhänger kirchlich zu beerdigen. Ähnliches galt auch für die anderen Orden. Dies ist bei Crata Repoa jedoch anders. Das war oder ist ein eher kleiner Bund, der sich nicht in christlicher Tradition versteht, sondern in der Tradition alter, antiker Mythologie und Religion. Und das ist tatsächlich die spannende Frage. Ich verstehe, dass der Geheimbund ein Geheimnis des alten Ägyptens bewahren will. Aber warum hat die Kirche ein Interesse daran, dass das Grab nicht gefunden wird? Nur, damit eine archäologische Fundstätte unentdeckt bleibt? Das ist doch ungewöhnlich! In anderen Fällen schlachtet die Kirche alte Grabstätten und Schreine für ihre Zwecke ohne Skrupel aus.«

»Es stimmt schon, da ist noch mehr. Aber ich sagte bereits, dass ich nicht weiß, was es ist. Wenn einer der Prüfer das Thema berührte, hieß es nur, das Geheimnis müsse bewahrt werden, um die Macht der Kirche nicht zu gefährden«, sagt Amira. »Was immer das konkret bedeutet.«

»Und was erwarten Sie jetzt von uns?«, fragt Theo etwas sarkastisch. »Erbitten Sie jetzt ebenfalls Asyl hier in der Bibliotheca?«

Amira hebt etwas ratlos die Schultern. »Nun, ich muss ebenfalls untertauchen, genauso wie Jacques! Der Bund weiß bestimmt längst, dass ich es war, die den Mord an Jacques durch die andere Bewerberin vereitelt hat. Sie werden spätestens morgen merken, dass ich nicht zu der nächsten geplanten Prüfung erscheinen werde. Mein Leben ist nichts mehr wert. Und da ich wusste, dass Jacques hier bei ihnen Unterschlupf gefunden hat, finde ich den Gedanken naheliegend …«

Amira tritt näher an Theo und den Professor heran. »Ja, ich habe Sie belogen. Aber nur in Ihrem Schutz kann ich überleben. Und vielleicht können wir gemeinsam etwas ausrichten.«

Niemand weiß so recht, was er dazu denken soll. Wer kann wem noch trauen?

»Ich glaube ihr!«, wirft Jacques ein. »Ich glaube dir, dass du dich gegen den Bund entschieden hast«, fügt er leiser hinzu. »Dass du mich die ganze Zeit nur benutzt hast, möchte ich mir im Moment nicht vorstellen.«

»So war es auch nicht!«, erwidert Amira fast flehend.

»Das werden wir aber hier und jetzt nicht klären können«, geht Professor Hamdy energisch dazwischen, während er seine Hände beschwichtigend vor sich auf und ab bewegt. »Ich habe Ihnen hier bei mir Unterschlupf gewährt, Jacques, aber so kann es ja nicht weitergehen. Sie beide können sich ja hier nicht für immer verstecken!«

»Nur, was können wir denn tun?«, wirft Jacques ein.

»Wir sind konfrontiert mit einem Polizeipräsidenten, der aller Wahrscheinlichkeit nach jenem Geheimbund angehört, der das Geheimnis des Kleopatra-Grabes bewahren will und der in jedem von uns – in Ihnen, Jacques, in Theodora und in mir – inzwischen eine Gefahr sieht.«

»Wenn wir das der Presse erzählen, halten die uns für übergeschnappt. Und Jacques und Amira können ohnehin vorerst nicht in der Öffentlichkeit erscheinen. Hinter Jacques ist das ägyptische Innenministerium her und hinter Amira die Crata Repoa«, sagt Theodora.

»Wir haben eigentlich nur eine Möglichkeit«, murmelt Professor Hamdy vor sich hin, während er langsam auf und ab geht, »wir müssen herausfinden, wer alles zur Crata Repoa gehört und wo sich der Bund trifft, um dann zu überlegen, wie wir den Geheimbund auffliegen lassen können.« Er blickt Amira an. »Können Sie uns das sagen?«

»Nein!« Amira schüttelt den Kopf. »Man hat mir immer die Augen verbunden, mich an einem Treffpunkt in der Stadt abgeholt und von dort dann in eine Art geheimes unterirdisches Labyrinth gebracht. Die Priester haben nie ihr Gesicht gezeigt, und wenn andere Bewerber anwesend waren, mussten mir sofort wieder die Augen verbunden werden. Ich weiß leider nicht mehr.«

»Beschatten«, sagt Theo klar und bestimmt und schaut die beiden Männer an, »wir müssen den Polizeipräsidenten beschatten. Um herauszufinden, wen er trifft und wo! Er ist der Einzige, von dem wir nun sicher wissen, dass er dazugehört!«

»Ich weiß nicht, wie lange soll das dauern? Vielleicht trifft sich der Bund in den nächsten Wochen gar nicht. Die können sich ja auch eine Weile über Messenger oder Mail abstimmen. So kommen wir nicht weiter«, wirft Jacques ein.

»Guter Punkt«, antwortet Theo, der die Anwesenheit des Franzosen auf irritierende Art gefällt, »dann wird es schwierig. Aber mein Gefühl sagt mir, dass es nicht so ist. Denkt doch mal, wie gefährlich es ist, falls ein Mailaccount gehackt wird? Nein, je länger ich drüber nachdenke, umso sicherer bin ich: Die verschicken keine Nachrichten. Keine Spuren! Nichts Schriftliches! Man trifft sich irgendwo, vielleicht auch einfach ganz zufällig auf der Straße, ein kurzer Plausch fast im Vorbeigehen. Etwas, das unverfänglich ist. Oder eben an einem Ort, der absolut sicher ist. Von wo nichts nach außen dringen kann. Und ich glaube, gerade weil sie von uns wissen, müssen sie sich treffen! Der Zeitpunkt war nie besser! Sie können nicht einfach nichts tun!«

»Wahrscheinlich haben Sie recht«, bemerkt Professor Hamdy. »Also, wie sollen wir es machen? Sie sind die Polizistin, wir beide haben mit Beschattungen keine Erfahrung.«

»Ich übernehme das. Das Gute ist, dass wir in dem dichten Verkehr von Alexandria erst mal auch nicht auffallen. Wir mieten einen Wagen mit getönten Scheiben. Davon gibt es genug hier in der Stadt, das ist erst einmal nicht weiter verdächtig. Das Auto darf nicht zu groß sein, vielleicht ein Ford. Mit Autos kenne ich mich aus.« Theo zwinkert verschmitzt.« Wir bezahlen auf keinen Fall mit Kreditkarte, sondern bar. Wir sind jetzt auf deren Radar, wir wissen nicht, was schon alles von uns überwacht wird. Das gilt im Übrigen auch hierfür, Professor.« Theodora zückt ihr Handy. »Und Sie?«

»Ich habe meins gar nicht mit von Bord genommen«, grinst Jacques.

Auch Amira zeigt ihres vor. »Seit zwei Tagen ausgeschaltet«, ergänzt sie.

»Okay«, sagt Professor Hamdy nachdenklich, ganz so, als könne er noch immer nicht ganz glauben, in was er da hineingeraten ist.

»Klar ist, wir wissen nicht, wie lange es dauern wird. Das heißt: Jacques, Sie bleiben hier im Büro der Bibliothek.

Professor, ich besorge den Wagen und stehe morgen früh um fünf Uhr an der großen Kreuzung am Ende der Hauptstraße. Seien Sie dort, ich sammle Sie ein, und dann positionieren wir uns vor dem Polizeipräsidium. Amira, Sie bleiben erst mal hier.«

Einen Moment lang schweigen alle vier, jeder mit seinen Gedanken beschäftigt. »Dieser Fall ist um einiges gefährlicher, als ich für möglich gehalten habe«, sagt Theo schließlich und vergisst für einen Moment, dass es nicht mehr ihr Fall ist. Denn jetzt will sie das Rätsel erst recht lösen.

# KAPITEL 25

## DONNERSTAG

Drei Tage! Seit drei Tagen stehen Theo und Professor Hamdy von früh bis spät völlig vergeblich in der Straße vor dem Präsidium. Sie haben ganz am Ende der Straße geparkt, sodass man ihren Wagen von der Wache aus nicht sehen kann. Die getönten Scheiben schützen sie zusätzlich, so müssen sie sich wenigstens nicht extra verstecken und können sich halbwegs normal verhalten. Aber die Hitze macht ihnen zu schaffen, vor allem Professor Hamdy! Dieser Wagen hat zwar eine Klimaanlage, aber die kühlt nur, wenn man bei angelassenem Motor auch das Gaspedal zumindest ein wenig antippt. Und das wäre zu auffällig. Also sitzen sie bei drückender Hitze in der komfortablen Kabine und haben nur die hinteren beiden Fenster ein Stück hinuntergelassen, damit ein bisschen frische Luft ins Innere kommt. Wobei man bei 26 Grad Außentemperatur auch kaum von frisch sprechen kann. Warum musste es zu Beginn dieses Winters ausgerechnet noch so ungewöhnlich warm sein?

Da ist es auch kein Trost, wenn sie die Abläufe und Gewohnheiten des Polizeipräsidenten nun ziemlich gut kennen.

Cerubiel Sakalis wohnt nicht weit entfernt in einem der teuersten Viertel von Alexandria. Er ist Frühaufsteher, gleich nach dem Sonnenaufgang, um kurz vor sieben sehen sie, wie die Lichter in seinem Haus angehen und er offenbar noch vor seinen Kindern und seiner Frau aufsteht. Das sind mindestens zwei Stunden, über die Theo nur allzu gern Bescheid wüsste. Erst dann nämlich, um kurz nach sieben, holt ihn sein Chauffeur mit dem Dienstwagen ab und bringt ihn ins Präsidium.

Nein, denkt Theo, so kann es nicht weitergehen. Das dauert zu lange. Sie können hier nicht ewig tatenlos auf der Lauer liegen. Zumindest Professor Hamdy muss ja zudem auch nach außen den Eindruck aufrechterhalten, dass er sein normales Leben weiterführt. Bei Theo ist das etwas leichter. Sie hat zwei neue Fälle bekommen, aber wenn sie erklärt, sie habe wichtige externe Termine, müsse zu Ortsbegehungen und dergleichen, fragt im Moment niemand so genau nach. Wahrscheinlich aus Rücksicht auf ihre verletzten Gefühle. So schaffen sie es, dass, wenn sie auch nicht jederzeit zu zweit hier im Wagen warten können, zumindest einer von ihnen immer da ist, damit keine verdächtige Aktion und Bewegung unbemerkt bleibt. Aber ewig kann sie das auch nicht so weitertreiben. Sie beide nicht.

»Vielleicht müssen wir abbrechen«, sagt Theo leise und resigniert, während sie unverändert stoisch geradeaus aus dem Wagen in Richtung der Polizeidirektion starrt. Ein

Blick, den sie sich regelrecht antrainiert hat in den vergangenen zwei Tagen. »Vielleicht habe ich mich geirrt und sie kommunizieren doch auf andere Weise, und wir können hier warten, bis wir schwarz werden.«

»Vielleicht«, antwortet Professor Hamdy nach einer kurzen Pause. »Wollen wir das Ganze abblasen?« Theo zuckt mit den Schultern. Das Problem ist, dass ihr auch keine gute Alternative einfällt. »Ich …«, will Theo gerade ansetzen, um ihre Ratlosigkeit zum Ausdruck zu bringen, als sie plötzlich innehält. »Da, sehen Sie!«

Cerubiel Sakalis verlässt gemeinsam mit Patriarch Petros das Gebäude, der Polizeipräsident mit einer großen dunklen Sonnenbrille, während zeitgleich draußen ein Wagen vorfährt. Sollte sie das endlich weiterbringen? Es ist die erste auffällige Aktion des Polizeipräsidenten, seit sie hier auf der Lauer liegen. Er zeigt sich mit dem Patriarchen! Vielleicht ist er dieses eine Mal zu unvorsichtig!

»Los, hinterher!«, sagt Theo bestimmt, als die Limousine mit den beiden sich in Bewegung setzt. Sie ist jetzt Feuer und Flamme.

Vor Schreck legt Hamdy erst den falschen Gang ein. Dann stellt er den Schaltknüppel auf D und gibt behutsam Gas. Mit großzügigem Abstand zu dem Wagen vor ihnen folgt er der dunklen Karosse, was in dem jetzt dichten Verkehr auf der Hauptstraße eine Herausforderung darstellt. Zum Glück überragt der Mercedes SUV die meisten anderen, kleineren Autos auf den Straßen Alexandrias ein wenig, sodass Hamdy ihn auch in dem Gedränge ausmachen kann. Zäh quält sich der Verkehr in Richtung Innenstadt über die Suez-Kanal-Road.

»Da, sie biegen ab!« Theo versucht ihrerseits, den Wagen nicht aus den Augen zu verlieren.

»Das ist eine Einbahnstraße. Wenn ich ihnen da folge, ahnen sie gleich, dass etwas nicht stimmt. Am besten, ich fahre weiter bis zur nächsten Kreuzung und parke da«, sagt Hamdy und bringt ihren Mietwagen wenig später zum Stehen. Im Vorbeifahren haben sie noch beobachtet, dass der SUV vor einem flachen, langgestreckten und von einem Zaun umgebenen Gebäude zum Stehen gekommen ist.

»Das al-Savvas-Kloster!«, sagt Theo.

»Aber natürlich!«, entfährt es Professor Hamdy.

»Das muss es sein! Dass mir das nicht früher aufgefallen ist. Das ergibt Sinn! Jetzt, wo ich drüber nachdenke, bin ich mir fast sicher: Sie treffen sich dort, es ist der Mittelpunkt dieses Bundes!«

»Meinen Sie?«, fragt Theo skeptisch. »Wie kommen Sie darauf?«

»Dass ich Ihnen das erklären muss! Sehen Sie, nicht weit entfernt ist die Sankt-Nicholas-Kathedrale. Und das al-Savvas-Kloster ist eines der ältesten Gotteshäuser der Stadt, dessen Ursprünge in vorchristliche Zeit zurückreichen. Wenn wir so etwas wie eine Zentrale, einen Sammelpunkt von Crata Repoa suchen – das wäre der perfekte Ort! Kommen Sie!«

Die beiden steigen aus und gehen unbemerkt zu der Ecke der Einbahnstraße, um so einen besseren Einblick in das Geschehen zu haben. In diesem Teil der Stadt ist bedeutend weniger los, aber immer noch nicht so wenig, dass sie auffallen würden. Kleine Ladenlokale mit Lebensmitteln,

Handys und Korbwaren bieten ihre Waren feil. Tradition und Moderne Wand an Wand.

An der Ecke angekommen, beobachten sie, wie sich das mächtige Eingangstor zum Kloster öffnet, Cerubiel Sakalis und sein Begleiter Petros im Inneren verschwinden und sich das Tor hinter ihnen wieder schließt.

Theo und der Professor harren aus. Zehn Minuten? Fünfzehn Minuten? Theo kommt es vor wie eine Ewigkeit. Da biegt ein weiterer SUV in die Straße ein und hält vor dem Tor. Hamdy und Theo kneifen die Augen zusammen, um zu erkennen, wer da die paar Meter vom Wagen zum Eingangstor zurücklegt. »Es ist der Papst der koptischen Kirche! Was tut der denn hier?«, fragt Professor Hamdy aufgeregt.

Ein weiterer Wagen fährt vor, und ein gut gekleideter Mann steigt aus. Theo stößt einen Pfiff aus. »Das ist Naguib Sawas, einer der reichsten Männer der Stadt!« sagt Theo erstaunt. »Ich glaube, wenn es wirklich ein Geheimbund ist, wie Sie sagen, dann trifft er sich ganz sicher hier und jetzt!«

Im Laufe der nächsten fünfunddreißig Minuten fahren noch einige Wagen vor, und allen entsteigen Personen, die entweder Hamdy oder Theo oder beide kennen. Der Chefredakteur der größten Zeitung – der Vater von Rym al-Ghazal von der Altertümerbehörde –, der Bürgermeister der Stadt, der ägyptische Wirtschaftsminister. Theo und Hamdy beobachten den Aufzug mit zunehmendem Erstaunen, Entsetzen und Resignation. Das ist nahezu die gesamte oberste Elite der Stadt! Sie gehören alle zusammen! Stecken alle unter einer Decke! Die große Frage bleibt nur: Wie weit werden sie in ihrer Mission gehen? Und verfolgen sie ausschließlich dunkle Absichten oder auch tugendhafte?

»Wie viele Personen haben Sie gezählt?«, fragt der Professor.

»Wie viele? Warten Sie – drei, vier … sechs. Sieben! Es sind sieben Männer, die in der Zeit hier angekommen sind!«, antwortet Theo.

»Ganz genau. Sieben. Ich habe das Buch Crata Repoa aufmerksam studiert. Und zur obersten Führungsriege des Bundes gehören sieben sogenannte Richter. Sie wachen unter anderem über die Prüfungen, die die Bewerberinnen und Bewerber bestehen müssen. Aber eine Person fehlt noch!«

»Welche?«, hakt Theo nach.

»Die oberste Herrin, der alle anderen im Bund unterstellt sind. Die Hohepriesterin!«

»Ich habe genug gesehen«, sagt Theo schließlich. »Fahren wir.«

Sie gehen zurück zum Wagen, und der Professor zündet den Motor.

»Und noch etwas«, sagt Theo. »Kein Wort zu Jacques, wo sie sich getroffen haben! Ich traue ihm zu, dass er dann versuchen wird, das Grab dort zu finden! Und das könnte böse enden.«

Der Professor nickt.

Auf dem Weg bis zur Bibliotheca reden sie kein Wort miteinander. Sie müssen beide erst einmal begreifen, was das, was sie da gerade beobachtet haben, bedeutet. Wortlos schlagen sie die Wagentüren zu, nachdem sie das Auto unweit des Eingangs zum Verwaltungsgebäude der Bibliotheca geparkt haben, und wenige Minuten später öffnet Professor Hamdy die Tür zu seinem Büro. »Jacques!«, ruft er, als der daraufhin auf sie zukommt. Wie lange er sich hier nun schon versteckt, wie in einem Gefängnis. »Wo waren Sie denn so lange? Sie sind ja ganz aufgeregt«, meint der Archäologe. »Nun rücken Sie schon raus mit der Sprache!«

Theo und Professor Hamdy lassen sich beide mit nachdenklichen Mienen in das mintgrüne Sofa fallen, das an der rechten Seite des Büros steht, während Jacques einen der Sessel zu sich heranzieht. Nach erstem Zögern beginnen die beiden zu erzählen. Wortlos und staunend hört Jacques den beiden zu.

»Der Bürgermeister?«, fragt er ungläubig, als sie die Personen auflisten, die sich dort im al-Savvas-Kloster versammelt haben, ohne ihm den Ort zu verraten.

»Ja, und noch ein paar mehr«, bestätigt Theo.

»Und ihr wollt mir nicht sagen, wo das war?«, fragt Jacques. Theo und der Professor tauschen einen entschlossenen Blick aus. »Das stinkt doch alles zum Himmel. Und Sie sind Polizistin und können denen nicht beikommen?« Bernheims Augen funkeln vor Zorn.

»Aber was machen wir jetzt?«, wirft Amira ein, worauf ein langes Schweigen folgt.

»Vielleicht«, setzt Professor Hamdy behutsam an, wohl wissend, dass das, was er sagt, eine Niederlage bedeutet und als Aufgeben verstanden werden muss. »Vielleicht sollten wir einfach aufhören. Theo, Sie fügen sich, überlassen den Fall anderen und versprechen, auch nicht mehr weiter nachzuforschen. Ich vergesse, was ich gesehen, gehört, erfahren habe. Und Sie, Jacques, geben Ihre Suche nach dem Grab der Kleopatra ein für alle Mal auf.« Jacques schaut Professor Hamdy mit einer Mischung aus Entsetzen und Entrüstung an, sagt jedoch nichts, presst nur die Lippen zusammen. »Jacques, Sie sind dem Geheimnis näher gekommen als irgendein Archäologe vor Ihnen. Nehmen Sie dieses Wissen mit, erfreuen Sie sich daran, bewahren Sie es in sich, aber lassen Sie Kleopatra im Reich der Toten. Versuchen sie, unbehelligt außer Landes zu kommen. Da gibt es Möglichkeiten! Über den Landweg zum Beispiel. Und dann genießen Sie ihr altes, komfortables Leben in Frankreich!« Der Franzose schüttelt still den Kopf. »Es ist es nicht wert«, fährt Professor Hamdy fort, »der Preis ist zu hoch. Diese Menschen spaßen nicht. Es gibt bereits drei Tote, wollen Sie der nächste sein? Sie sind viele. Sie sind zu mächtig!«

»Und was ist mit mir?«, wirft Amira ein? »Der Bund wird nicht ruhen, bis sie mich haben! Verrat ist unverzeihlich!« Theo und der Professor schauen sich lange an.

»Das ist richtig, Amira, für Sie ist die Lage am schwierigsten.«

Jacques ergreift Amiras Hand. »Wenn es so kommen sollte, musst du mich begleiten. Gemeinsam versuchen wir, unbemerkt das Land zu verlassen, und danach musst du ein neues Leben beginnen! Mit neuer Identität. Das könnte ich organisieren. Ich kenne dafür Menschen, und ich habe das Geld!« Amira nickt.

»Vielleicht«, sagt schließlich Theo, »ist es wirklich besser, wir geben auf! Man muss erkennen, wenn eine Schlacht vorbei ist, wenn man nicht mehr gewinnen kann. Jetzt ist es so weit. Wir haben viel erfahren, durften durch das

Schlüsselloch eines großen Mysteriums schauen. Belassen wir es dabei. Es ist für uns alle noch nicht zu spät, in unser altes Leben zurückzukehren. Noch wissen sie nicht, dass wir überhaupt von der Existenz des Geheimbundes erfahren haben.«

Wütend schlägt Jacques plötzlich mit der Faust auf den Tisch. »Noch bin ich nicht so weit. Das kann doch nicht Ihr Ernst sein? Ich hätte ja viel von Ihnen erwartet, aber nicht, dass Sie feige sind!«, wandte sich der Archäologe an Theo. »Sie wollen einfach so tun, als sei nichts passiert? Sie, Theo? Einfach zurück in Ihren Job und Ihren Chef anlächeln, als wären Sie nicht betrogen worden? Wir reden hier von ganz entscheidenden Geheimnissen unser aller Geschichte! Und Sie wollen da einfach wieder den Deckel draufdecken, und das war es?«

Betreten haben Theo und Professor Hamdy seiner Suada gelauscht. Er hat ja recht. Wie wäre es, wenn morgen die Sonne aufgeht und sie würden gemächlich in ihre Büros schlendern, sich ihren Routinen beugen, neue Akten wälzen oder Bücher studieren und kein Wort verlieren über das, was hier passiert? Haben sie nicht auch eine Verantwortung der Welt gegenüber? Dürfen sie ihr ein solches Geheimnis vorenthalten?

»Vielleicht ist heute nicht der richtige Zeitpunkt«, sagt Jacques dann. Er atmet tief ein und aus. »Lassen Sie uns morgen früh weiterreden. Ich werde auch entscheiden müssen, ob ich mich stelle oder versuche, das Land unerkannt zu verlassen.

Theo reibt sich die müden Augen. Das ist eine gute Idee. Die beste, die man an diesem Tag haben kann.

# KAPITEL 26

## FREITAG

Die Nachmittagssonne steht bereits tief und wirft ihr goldenes Licht in Theos Büro. Sie lehnt am Fenster und blickt zwischen den Lamellen der halb herabgelassenen Jalousien hindurch gegen das Sonnenlicht auf die Straßenflucht. Kneift die Augen zusammen und beobachtet nachdenklich das dichte Menschengewimmel, das Tag für Tag in den Straßen Alexandrias herrscht. Ihr Kollege Fadi sitzt schweigend an seinem Platz. Er spürt, es wäre nicht richtig, jetzt ein Gespräch über eine Belanglosigkeit zu beginnen. Seit Theodora den Fall abgegeben hat, haben sie nicht über ihn gesprochen. Ein wenig schuldig fühlt er sich nun doch. Und er glaubt, dass sie mehr weiß, als sie sagt. Ihm sagt. Er kann es ihr nicht mal verdenken und hofft nur, dass sie sich nicht in Schwierigkeiten bringt.

»Ich weiß, es ist nicht wirklich passend. Aber ich habe in der Zwischenzeit die Ermittlungen natürlich trotzdem weitergeführt, und eigentlich darf ich dir das ja gar nicht sagen«, durchbricht Fadi vorsichtig die Stille. »Ich denke nur, du solltest wissen, dass ich dabei auf zwei Ungereimtheiten gestoßen bin.«

Theo dreht sich um und schaut ihn mit zusammengekniffenen Augen an. »Ungereimtheiten?«

»Nun, es sind vielleicht nur Kleinigkeiten. Aber sie sind mir aufgefallen.« Theo ist nun hellwach. »Erinnerst du dich an die Vernehmung mit der Witwe von Abuna Gabriel und ihrem Hausmädchen, Amal?« Theo nickt. »Sie berichtete, sie stamme aus einem kleinen Dorf und eine Agentur habe sie als Hausmädchen an die Familie von Abuna Gabriel vermittelt. Nun, ich habe mit der Agentur gesprochen, mit genau der Frau, die sie betreut hat. Und die hat mir berichtet, dass nicht sie die Familie für Amal ausgewählt hat, sondern andersherum. Amal wollte explizit zu dieser speziellen Familie. Das sei ihr so bisher noch nicht untergekommen, deswegen erinnerte sich die Vermittlerin daran.«

»Das Hausmädchen hat gelogen!«, ruft Theo aus.

»Sieht ganz danach aus.«

»Und die zweite Ungereimtheit?«, fragt Theo.

»Die betrifft die Tochter der Witwe von Yannis Stephanopoulos, Claire. Sie hat angegeben, sie sei in Beirut geboren. Aber als ich das mit den Daten der Einwanderungsbehörde verglichen habe, stellte sich heraus, dass es nicht stimmt. Claire stammt ursprünglich aus einem kleinen Dorf im Libanon …«, Fadi beginnt in seinen Aufzeichnungen zu blättern, »… namens Baskinta.«

»Baskinta?«

»Sagt dir das etwas?«

»Nein, noch nie gehört. Und da wurde Claire geboren?«, hakt Theo nach, und Fadi nickt zustimmend.

»Wir haben also zwei junge Frauen, die uns die Unwahrheit über ihre Herkunft gesagt haben, interessant.« Theo setzt sich an den PC und fängt an zu googeln.

»Nun, das ist ja ein wirklich kleines Nest, und es gibt nur eine Geburtsstation, die in dem dortigen Kloster untergebracht ist, das Baskinta Medical Center.« Theo greift zum Telefonhörer. »Ich rufe die einfach mal an.«

Minuten vergehen. Während Theo telefoniert, klopft es an der Tür, Berenice tritt ein. »Entschuldigen Sie, Professor Hamdy ist hier.«

Theo legt den Hörer auf. Sie wirkt nachdenklich, und es dauert ein paar Sekunden, bis sie wieder im Hier und Jetzt angekommen ist und reagiert.

»Vielen Dank, bitten Sie sie herein.« Sie wendet sich an ihren Kollegen. »Da ist noch etwas, das ich dir sagen möchte, Fadi.« Er schaut Theo aufmerksam an. »Der Professor und ich müssen uns zu etwas beraten, das nur uns betrifft. Und auch Amira, die Assistentin von Jacques Bernheim, wird gleich dazukommen. Ich würde diese Besprechung gern ohne dich führen. Bitte versteh mich nicht falsch. Es ist kein Misstrauen. Aber ich muss das, glaube ich, erst mal alleine erledigen.«

Fadis Augen blitzen kurz auf. »Mach nur, das ist in Ordnung! Ich muss ohnehin los, wir sehen uns später. Aber bring dich nicht in Schwierigkeiten!«, sagt er zu der telefonierenden Theo und zwängt sich mit einem Kopfnicken an Professor Hamdy vorbei.

»*Tasharrafna*«, sagt Theo und streckt Hamdy ihre Hand entgegen, die dieser mit einem freundlichen Nicken sanft umfasst. »*Wassat?*«, fragt sie den Gelehrten, der auf dem Stuhl vor ihrem Schreibtisch Platz genommen hat. Sie bietet ihm damit auf Arabisch einen türkischen Kaffee mit einem Teelöffel Zucker an. »*Lau samaht*«, antwortet Hamdy freundlich lächelnd. »Ja, bitte!«

Vier Tage sind seit ihren Enthüllungen vergangen. Anders als Jacques haben der Professor und Theo sogleich den Gedanken zugelassen, abzuschließen mit diesem Fall, der Recherche, ihren Überlegungen. Trotz Bernheims Einwänden hatten sie sich nicht umentschieden.

»Wie geht es Ihnen damit?«, fragt Hamdy, während er mit einem kleinen Löffel in der Mokkatasse rührt, die sie ihm hingestellt hat.

»Tja, ich könnte lügen und sagen: spitze, abgehakt. Aber so ist es nicht.«

»Aber Sie haben kein Wort verloren über all das?«

»Und das werde ich auch nicht. Irgendwann wird es einfach vergessen sein.«

»Ja, das wird es!«

Theo beginnt zu lachen, und Professor Hamdy stimmt in das Gelächter mit ein. »Ich kann Ihnen nichts vormachen, nicht wahr?«, fragt sie.

Der Gelehrte wischt sich eine Träne aus dem Auge. »Mir nicht, aber vor allem sich selbst auch nicht.«

Theo seufzt und schenkt sich ein Glas Wasser ein. »Manches geht mir einfach nicht aus dem Kopf. Wissen Sie, als ich von dem Fall abgezogen wurde, da spielte ganz sicher eine Rolle, dass ich dem Geheimbund auf der Spur war. Dass wir miteinander geredet haben, dass ich mich über Kleopatra und das Grab informierte.«

»Sicherlich«, stimmt ihr Professor Hamdy zu und rührt in seiner Tasse.

»Aber …«, Theo schaut ihn nachdenklich und ernst an, »woher wussten die das? Ich habe niemandem von meinen Recherchen und Ermittlungen in dieser Richtung erzählt.«

»Vielleicht wurden Sie abgehört, verfolgt? Oder der Polizeipräsident, er konnte ja an alle möglichen Informationen kommen«, überlegt Professor Hamdy laut.

»Ja, vielleicht.« Theo rührt mit dem kleinen Löffel in ihrer Tasse, während sie versucht, die Ungereimtheiten zu erklären, die Teile zusammenzufügen.

»Na ja, Sie wussten das«, fährt sie – einen Moment irritiert – fort, »und ich habe einmal meinem neuen Kollegen, Fadi, ein paar Dinge angedeutet und erzählt.«

Theo und der Professor schauen sich an. Könnte Fadi sie verraten haben? Auch er Teil dieses Bundes sein? Es ist schon auffällig, dass er so unmittelbar nach dem ersten Mord hierherbeordert wurde und dass er, anders als Theo, später nicht von dem Fall abgezogen wurde. In Theo wächst der Verdacht.

»Wie geht es mit Jacques weiter?«, wechselt der Professor das Thema.

»Offiziell weiß ich von nichts, aber er hat vor, sich abzusetzen. Am einfachsten wäre es über den Seeweg, aber auch am riskantesten. Vielleicht versucht er es auch über die libysche oder sudanesische Grenze. Da muss er vorher allerdings durch die ägyptische Wüste.«

»Und Amira? Ist sie noch in Alexandria?«

»Sie weiß von Ihrem Besuch hier und will gleich dazukommen. Ich denke, sie möchte sich verabschieden. Vor allem aber sucht auch sie Sicherheit, solange sie nicht außer Landes ist. Sie lebt natürlich in Angst, und ich habe ihr versprochen, sie gleich anschließend von hier aus zum Flughafen zu eskortieren. Dann steigt sie in einen Flieger nach Paris, und dort wird sie von Jacques' Leuten in Empfang genommen. Das hat er arrangiert, bevor er sich selbst auf den Weg außer Landes machen wollte. Amira soll in ein sicheres Versteck gebracht werden und dann eine neue Identität erhalten.« Auf Theos Smartphone ploppt eine WhatsApp auf.

»Sehen Sie? Das ist sie schon. Sie ist in fünf Minuten hier. Sie muss vorsichtig sein auf dem Weg zur Polizeistation. Aber auf den letzten Metern wird schon nichts passieren, und dann ist sie ja in Sicherheit.«

# KAPITEL 27

FREITAG

Während Theo und der Professor ihren Plausch fortsetzen, atmet Amira auf. Ohne Zwischenfälle hat sie das Gebäude der Polizeistation betreten. Jetzt kann ihr erst einmal nichts passieren, denkt sie, während sie in den alten, schmucklosen Fahrstuhl steigt, der sie sogleich ruckelnd langsam nach oben bringt. Die Tür öffnet sich, und sie blickt auf einen langen Gang, von dem mehrere Türen abgehen. Sie erinnert sich an den Weg in das Büro der Kommissarin von ihrem ersten Besuch, als sie Jacques vertreten hatte, um für ihn auszusagen.

Amira geht den Flur hinunter, schaut links und rechts durch Glasfenster in Büros, in denen Frauen und Männer telefonieren und arbeiten, und erreicht schließlich das Ende des Ganges, wo das Vorzimmer der Kommissarin ist und ihre Sekretärin gerade telefoniert. Sie sitzt auf einem Drehstuhl mit dem Rücken zu ihr und hat Amira scheinbar noch nicht gesehen. Amira will sie gerade ansprechen und sich zu erkennen geben, da stutzt sie. Ihr Puls beschleunigt sich und ihr Atem wird flach. »Die Stimme«, flüstert sie, kaum hörbar. Amira konzentriert sich. Ja, sie kennt die Stimme! Sie hat sie oft genug gehört in den dunklen Gängen, in den unterirdischen Räumen von Crata Repoa. Sie ist es, die zweite Bewerberin, die sie nie zuvor gesehen hat, da sie sich nur mit verbundenen Augen begegnet sind! Und die den Mordanschlag auf Jacques ausführte, den sie, Amira, in letzter Sekunde vereitelt hat!

Berenice scheint zu spüren, dass sich ihr von hinten jemand nähert, denn ihr Rücken versteift sich. »Ich muss Schluss machen«, sagt sie in den Telefonhörer, öffnet eine Schublade und dreht sich langsam um.

»Guten Tag!«, sagt sie eisig zu Amira, die noch immer reglos dort steht, die Augen auf das gerichtet, was die Sekretärin in der rechten Hand hält.

»Wir werden jetzt hier rausgehen und das alles beenden. Glauben Sie mir, es tut mir sehr leid. Ich habe das nicht gewollt«, sagt die Sekretärin und steht auf. Sie legt ihren Mantel über die schwarze, großkalibrige Pistole, geht auf Amira zu und sieht ihr direkt in die Augen. »Gehen Sie! Und keinen Ton! Ich habe hier auf Sie gewartet, um Sie Ihrer Strafe zuzuführen! Sie haben den Eid geschworen und nun den Bund verraten. Damit sind Sie auch bereit, den Preis zu zahlen, nehme ich an.«

Amira schluckt trocken. Sie könnte jetzt schreien, sich bemerkbar machen, aber etwas in ihr bringt die Kraft dazu nicht auf. Ein anderer Teil weiß, dass es ohnehin sinnlos wäre. Dass Berenice im Zweifel eher sie beide opfern würde, als sie laufen zu lassen. Was hat sie, seit sie untergetaucht ist, achtgegeben! Sie hat gewusst, dass Crata Repoa ihr nach dem Verrat nach dem Leben trachten würde. Wie dumm von ihr, so unvorsichtig zu sein, einfach so hierherzukommen. Aber vielleicht hätten sie sie überall gefunden.

Langsam schreitet Amira den Gang hinunter. In den Großraumbüros rechts und links herrscht ein so reges Treiben, dass niemand sie beachtet. Sie nehmen nicht den Aufzug, sondern das leere Treppenhaus, passieren mit einem Gruß Mohammed, den Wachmann. Wenn es nicht so absurd wäre, müsste Amira fast lachen. Sie bewegen sich auf ihren Wagen zu, der in der Mitte des Parkplatzes steht.

»Wohin bringen Sie mich?«, will Amira wissen, als ob das noch eine Rolle spielen würde.

»An den Ort Ihrer gerechten Strafe!«

»Wo steckt sie nur«, sagt Theo und schaut auf die Zeitanzeige auf ihrem Handy, »Amira müsste längst oben sein.« Sie steht auf und öffnet die Bürotür. »Berenice?« Sie macht einen Schritt hinaus und blickt den Flur hinunter. »Komisch, die ist auch nicht da.«

Professor Hamdy steht inzwischen neben Theo und legt gedankenversunken den Kopf schief.

»Wie heißt die Sekretärin? Berenice?«

»Ja.«

»Wie gut kennen Sie sie?«

»So gut, wie man sich eben kennt, wenn man miteinander arbeitet. Wir unterhalten uns nicht privat. Sie ist auch noch nicht so lange bei uns. Sechs Monate vielleicht. Wieso fragen Sie?«

»Sehen Sie das Bild, eine Eule.«

»Ja, das hat sie hier aufgehängt.« Theos Augen weiten sich, als sie begreift.

»Und auf dem Schreibtisch. Eine Plakette mit Hieroglyphen. Wissen Sie, was da steht?« Theo schüttelt den Kopf. »Amoun.«

Sie blicken sich einen Moment lang an, in dem sie es begreifen. »Es ist Berenice.« Aufgeregt wedelt Professor Hamdy mit den Armen.

Theo legt sich die flache Hand vor den Mund. »Natürlich! Und sie war es auch, die mich und den Stand meiner Ermittlungen verraten hat! Ich weiß noch, wie ich einmal dachte, dass sie meine Telefonate belauscht hat!«

Der Professor nickt mit dem Kopf. »Sie ist die zweite Novizin, von der Amira berichtet hat!«

»Aber ja! Ich erinnere mich, als sie hier in der Tür stand mit blauen Flecken und Blessuren. Wissen Sie, wann das war? Am Morgen nach dem Mordanschlag auf Jacques auf seiner Jacht! Das war Berenice! Sie ist fähig, zu töten!«

»Amira! Sehen Sie! Da unten!« Hamdy zeigt aus dem Fenster. Sie beobachten gerade noch, wie Amira von Berenice auf die Rückbank eines Wagens gedrängt wird, während eine dritte Person in dunkler Kleidung, die Theo nicht erkennen kann, auf der Fahrerseite einsteigt. Kann das Fadi sein? Sekunden später ist der Wagen im dichten Gedränge von Alexandrias Straßen verschwunden.

»Was war das denn?«, fragt Theo aufgebracht.

»Sie ist eine Verräterin. Sie muss bestraft und liquidiert

werden. Aber nicht einfach so. Sondern es wird eine rituelle Tötung sein, an einem spezifischen Ort. Die Crata Repoa schreibt vor, dass eine Verräterin auf dem Schoß einer Isis-Statue durch einen Dolchstoß ins Herz getötet werden muss.«

»Professor! Das können wir doch nicht zulassen!« Nervös geht Theo in dem Büro auf und ab. Für solche Notfälle gibt es auf der Polizeischule kein Protokoll. Und alle stecken hier mit drin: der Polizeipräsident, ihre Sekretärin – und, so fürchtet Theo inzwischen, auch ihr neuer Kollege! Ein ganzes Netz! Aber sie kann doch jetzt nicht dableiben und dulden, dass in ihrer Stadt ein Mensch auf brutale Weise getötet wird! Wegen eines Ordens! »Das müssen wir verhindern. Professor, was können wir tun?«

»Wir müssen zu dieser Kultstätte. Und zwar schnell.«

»Jacques! Wir müssen ihn informieren!«

»Rufen Sie ihn an, während wir zum Wagen gehen!«

Theo schnappt sich ihr Handy und wählt die Nummer, während sie eilig den Gang hinunterlaufen.

»Jacques, hören Sie zu! Es ist meine Sekretärin! Sie ist Teil von Crata Repoa! Sie ist die zweite Novizin! Und sie hat Amira mitgenommen.« Theo macht eine kurze Pause. »Fahren Sie zum al-Savvas-Kloster, Jacques! Wir haben beobachtet, wie Mitglieder des Bundes und der Kirche sich dort getroffen haben. Dort müssen auch die Kulträume sein! Wir müssen uns beeilen.«

»Das al-Savvas-Kloster! Natürlich!« Jacques klingt aufgeregt. »Verstehen Sie, was das heißt? Es ist einer der ältesten, durchgängig seit der Antike religiös genutzten Orte Alexandrias. In antiker Zeit stand dort bereits ein Heiligtum, das dem Gott Apollon gewidmet war. Später entstand dort eine der ältesten Kirchen Ägyptens, noch später dann eine Schule, ein Friedhof.«

Theo stutzt. »Ja, und?«

»Das Grab! Da sind nicht nur irgendwelche Kulträume! Das Grab der Königin muss sich dort befinden! Ich war blind! Dass ich das nicht gesehen habe!«

»Der Professor und ich sind bereits unterwegs. Wir treffen uns dort in etwa einer halben Stunde!«

# KAPITEL 28

▲

## FREITAG, ETWAS SPÄTER

Dieser verdammte Verkehr!, flucht Theo im Stillen. Die Straßen in Alexandria sind ja stets verstopft, aber jetzt gerade kommt es ihr vor, als stecke die Blechlawine sowohl vorne als auch hinten fest. Theo sitzt in ihrem fast protzigen Dodge Durango, der sich über die meisten der anderen, kleineren Wagen erhebt, hupt und hupt, was natürlich zu nichts führt, außer, dass alles noch ein wenig lauter, die Menschen ein wenig aggressiver werden. »Kommen Sie!«, sagt Theo schließlich bestimmt und quetscht sich schon durch den schmalen Spalt ihrer geöffneten Wagentür. »Wir gehen zu Fuß, da sind wir schneller!« Sie steigen aus dem Dodge Durango, den sie unter einem anschwellenden Hupkonzert – das Auto einfach auf der Straße stehenzulassen ist selbst nach alexandrinischen Maßstäben eigentlich keine Option – zurücklassen. Die Hitze drückt, doch sie rennen, so schnell sie können. Soweit es ihr eigener Lauf zulässt, dreht sich Theo immer wieder zu dem Museumsdirektor um und stellt beeindruckt fest, dass er kaum Mühe hat, mit ihr Schritt zu halten. Er hat sein Sakko im Wagen gelassen, und dicht beieinander bahnen sie sich ihren Weg durch Autos und Passanten, so gut es eben geht.

Sie können das al-Savvas-Kloster schon von weitem sehen. Theo springt geschmeidig über die Kühlerhaube von zwei Autos hinweg auf die andere Straßenseite, Professor Hamdy folgt ihr, läuft um die Autos herum. »Verschlossen!«, ruft sie, als sie an der schweren Eingangstür rüttelt. »Weiter«, brüllt sie und läuft um die rechte Seite des langgestreckten Gotteshauses, der Professor fast gleichauf mit ihr. »Dort!« Sie deutet auf eines der kreisrunden Seitenfester der Klosterkirche, die sich mehrere Meter über dem Boden befinden. »Dort müssen wir hinauf!« Sie schauen auf das Wachgebäude, das sich an die Kirche anschmiegt und dessen Dach sich auf ungefähr gleicher Höhe wie die Fenster befindet. »Los!« Theo und Professor Hamdy klettern über das Geländer auf das Dach. Von dort ist es nur ein kleiner Sprung – vielleicht ein knapper Meter – auf den Vorbau der Kirche. Theo steht zuerst vor dem großen farbigen Kirchenfenster, der schwer atmende Direktor folgt nach wenigen Sekunden. »Sie müssen es einschlagen!«, sagt der Professor. Theo und er schauen sich kurz zögernd an. Und wenn sie durch den Lärm die Bruderschaft alarmieren? Doch sie müssen das Risiko eingehen. Theo nickt und streift sich das Jeanshemd ab, das sie offen über ihrem weißen T-Shirt trägt. »Achtung!«, ruft sie. Rasch wickelt sie es sich um ihren angewinkelten Ellenbogen, rammt ihn in das Kirchenfester, das unter lautem Klirren in tausend Teile zerspringt. Theo steigt zuerst durch die Öffnung und hilft dem Professor hinein. Jetzt stehen sie oben auf der seitlichen Empore und schauen ins Kirchenschiff. Der Raum ist in ein schummriges Licht getaucht, lässt das helle Tageslicht nur spärlich durch die bunten Fenster herein.

»Da entlang!« Die Kommissarin zeigt auf einen schmalen Steg entlang der Empore hinüber zu einer steinernen Wendeltreppe. Sie hasten hinunter, als ein lauter Knall ertönt. Eine Explosion. Aus der Krypta dringen Rauch und Staub in einer dicken Wolke. Theo und der Professor pressen sich eng an die Wand und halten ihre Hand vor den Mund. Sie können die Wucht der Druckwelle spüren.

Nach einer Weile zeichnen sich zwischen den Staubschwaden die ersten Konturen des Eingangs in die Krypta ab. »Wir können da nicht rein! Wir kriegen da unten keine Luft«, ruft der Professor.

»Wir haben keine andere Wahl. Es muss gehen! Halten Sie die Ärmel vor Mund und Nase«, erwidert Theo und bahnt sich bereits den Weg hinunter, nimmt die Taschenlampe ihres Smartphones, um zu erkennen, wo sie hingehen. Sie muss husten, der Qualm brennt in ihren Augen, die sie zusammenkneift, um wenigstens etwas sehen zu können. Es ist dunkel, doch in einiger Entfernung vor sich kann sie den Lichtkegel einer Taschenlampe ausmachen, der auf und ab wippt. Für einen Moment erstarrt sie. Der Mensch, der da auf sie zukommt, kann Freund ebenso sein wie Feind. Dann aber hört sie eine Stimme. »Theo!«

Automatisch atmet sie tief durch und muss sofort anfangen zu husten. Sie stolpert. »Jacques«, ruft sie. »Jacques, wo sind Sie?«

Offenbar war er schon vor ihnen hier und hat ein Loch

in die Wand der Krypta gesprengt! Sie strauchelt vorwärts, sieht Jacques nun deutlicher und auch den Gang, den er mit seiner Taschenlampe erhellt. Der Rauch hat sich langsam verzogen. Professor Hamdy ist ebenfalls bei ihnen angekommen, das Hemd schmutzig und durchgeschwitzt. Beide taumeln zurück, als sie die Waffe in Bernheims Hand entdecken.

»Ich wusste, ich hätte nur etwas Vorsprung, bevor Sie oder jemand anders hier sein würde. Ich bin froh, dass Sie es sind. Kommen sie mit!«, sagt er entschuldigend und zieht die Waffe zurück, bedeutet ihnen mit einem Kopfnicken, ihm in den Gang zu folgen, der sich hinter der Mauer auftut.

Langsam bewegen sie sich geduckt vorwärts, bis der Schacht sich teilt. Jacques leuchtet zu beiden Seiten in die dunkle Tiefe, aber ein Ende ist nicht auszumachen.

»Wo lang?«, fragt Theo verunsichert.

»Einer der beiden Gänge ist größer und leicht abschüssig«, stellt Jacques fest. »Lass uns den nehmen. Der sieht aus, als wäre es eine Art Hauptgang.« Theo nickt. Sie hat ein ungutes Gefühl. Die Explosion! Jetzt wissen die anderen, dass sie hier sind! Das ist Theo klar. Also warum lässt man sie hier noch unbehelligt herumlaufen? Gleichzeitig weiß sie, dass sie nur wenig Zeit haben, Amira zu retten. Sie muss ihre Angst jetzt beiseiteschieben, sie einfach ignorieren. Denn es geht jetzt nicht anders.

Je weiter sie gehen, desto kühler und klammer wird es. Sie müssen mindestens zehn, wenn nicht zwanzig Meter unter der Erde sein. Die Wände sind unbehauen, aber zum Glück trocken. An einer Stelle zweigt ein weiterer Gang von dem Hauptweg ab. Als Jacques hineinleuchtet, kommt eine Art Zeremonienraum zum Vorschein, der sich hinter einer halb geöffneten Flügeltür verbirgt. Damit hätte zumindest Theo hier unten nicht gerechnet. »Was ist das?«, fragt sie. Sie blicken auf zwei Säulen, die mit einer Art Leiter verbunden sind. Sie sehen Tafeln mit Inschriften. »Das muss ein Kultraum der Crata Repoa sein«, murmelt Professor Hamdy, als Theo plötzlich einen spitzen Schrei ausstößt.

Jacques zückt seine Pistole, zielt und schießt. »Von der geht keine Gefahr mehr aus«, sagt er mit Blick auf den toten Schlangenkörper.

Jacques dreht den im Sand liegenden Schlangenkopf mit seinem Schuh um, »eine Kobra, die möchte ich hier im Dunkeln nicht um uns herumschlängeln haben. Lieber …« Er verstummt, denn irgendwo im tiefen Dunkel des Ganges war ein Geräusch zu vernehmen, eine Art Gesang, oder eine Rezitation. Dann bemerken sie, wie weit hinten ein schwacher Lichtschein erkennbar wird. Sie sind da. Natürlich, denkt Theo. Es war nur eine Frage der Zeit, dass sie sich begegnen würden. Ein Licht, das flackert wie das einer Fackel. Ihnen ist klar: Sie müssen weiter. Jetzt gibt es kein Zurück mehr. Und langsam, Schritt für Schritt, gehen sie über den staubigen Boden dem schwachen Lichtschein entgegen, der aus einer entfernten Öffnung am Ende des Ganges sichtbar wird und immer heller und heller leuchtet, je mehr sie sich nähern.

Sie pirschen sich vorsichtig entlang der Wand, bis sich der Gang nach hinten hin zu einer großen unterirdischen Halle öffnet, an deren Eingang sie nun stehen. Der Raum ist kreisrund, und die Decke wölbt sich zu einer grob in den Stein gehauenen Kuppel. Fackeln an den Wänden scheinen die gesamte Architektur durch ihr Flackern ins Wanken zu bringen und werfen unheimliche Schatten auf sieben Personen, die sie jetzt fast in der Mitte des Raumes ausmachen können. Die Gesichter sind verhüllt; sie alle stehen in lange braune Kutten gekleidet vor einem großen steinernen Sarkophag, der genau zentriert in der Mitte des Raumes aufgestellt sind.

»Die sieben Richter!«, flüstert Professor Hamdy.

Es herrscht beinahe vollkommene Stille. Als würde der Stein oder die Zeit oder die Erhabenheit des Moments jedes Geräusch schlucken.

Jacques macht drei Schritte in den Raum hinein, wird aber von Theo zurückgehalten. Ist es das?, fragt er sich, ist es das wirklich? Das Ende des Rätsels um das Grab von Antonius und Kleopatra? Er versucht, einen Blick hinter die Gestalten zu werfen, um Details zu erkennen, das Bild in sich aufzusaugen. Ein schlichter Quader mit nur einer Inschrift: Isis.

Daneben, zur Rechten, befindet sich eine überlebensgroße Statue der sitzenden Isis. Und davor, gelehnt an die Knie der Figur, erkennt er sie, die Arme zu beiden Seiten von zwei Priestern gehaltenen: Amira!

Während Jacques angestrengt auf die Ruhestätte der Pharaonin blickt, gehen die sieben Richter ein paar Schritte so auseinander, dass sie in der Mitte den Weg frei machen für eine weitere weibliche Gestalt. Sie stand verborgen hinter den Richtern und tritt nun ein paar wenige Schritte auf Jacques zu.

»Ich bin die oberste Wächterin dieses Grabmals«, spricht sie, »die Hohepriesterin von Crata Repoa!«

»Wer bist du wirklich? Zeig dich uns!«

»Nein. Was ihr hier seht, ist bereits mehr, als irgendjemand sonst, der nicht Teil von Crata Repoa ist, zu sehen bekommt.«

Theo tritt langsam an Jacques heran, greift mit der einen Hand seinen Oberarm. Sie würde es nie zugeben, aber: Sie hat Angst.

Jacques zeigt auf das steinerne Grabmal in der Mitte des Raumes. »Das ist es also?«

»Ja, das ist es. In diesem Sarkophag liegt die letzte göttliche Inkarnation Isis' auf Erden: Kleopatra. Bestattet Seite an Seite mit Marcus Antonius.«

»Ihr habt versucht, mich zu töten, mich aufzuhalten, damit ich genau das hier nicht sehe. Warum?«

»Wir haben geschworen, das Geheimnis der Göttin zu wahren.«

»Damit ihr goldener Sarkophag nicht der Welt zur Schau gestellt wird?«

Die Gestalt setzt sich langsam in Bewegung, geht etwas auf und ab. »Aber nein! Es geht nicht um das Gold. Die Schätze sind egal.« Die Hohepriesterin stoppt.

»Um was geht es dann?«

Die Figur tritt näher an die Truppe heran. »Haben Sie das immer noch nicht verstanden? Es geht um die Mumie.«

»Aber was ist denn nun mit dieser Mumie?«, fragt der Professor. »Dass sie wieder aufsteht, ist wohl eher unwahrscheinlich.« Er versucht, gequält zu lächeln, als die Hohepriesterin ihm einen strengen Blick zuwirft.

»Es geht um etwas viel Bedeutsameres … es geht darum, wer Kleopatra war. Oder vielmehr: wie sie aussah.«

»Wie sie aussah?«, fragt Theo. »Ich verstehe nicht.«

»Es geht um ihre Abstammung. Ihre Hautfarbe. Kleopatra war schwarz.«

Theo spürt, wie ihr langsam das Blut zurück in die Adern läuft. Ihre Angst lässt ein wenig nach. Aber hat sie da soeben richtig gehört? Kleopatra soll eine schwarze Frau gewesen sein? Irritiert schaut sie zu dem Professor, dem ebenfalls der Mund offen steht vor Staunen. Sie muss an seine Ausführungen zur christlichen Madonna denken. Kleopatra stammte aus der Dynastie der Ptolomäer, die einst aus Griechenland einwanderten in das Land am Nil. Und immer, überall begegnete ihr das Bild von Kleopatra als eine Frau, die war wie sie selbst, hellhäutig. Sie erinnert sich an das Bild von Jean-Léon Gérôme, das sie auf Jacques' Jacht gesehen hat. Oder an die unzähligen Filme, Bilder und die Darstellung der Königin auf den vielen Souvenirs, die in Ägypten verkauft werden.

»Natürlich«, vernimmt sie nun die Stimme des Professors. »Kleopatra … wir wissen mit großer Sicherheit, wer ihr Vater war. Aber wir kennen die Mutter der Pharaonin nicht.«

Die Hohepriesterin dreht sich wieder um und stimmt zu. »So ist es.«

»Und deswegen würden Sie Menschen ermorden?«, fragt Theo ungläubig.

Die Hohepriesterin wendet sich ihr zu, kommt zwei Schritte näher. »Stellen Sie sich einmal vor, was das damals bedeutet hätte – und was es bis heute bedeutet. Die Göttin

Isis in Gestalt Kleopatras, die den Isis-Kult nach Europa brachte und sich fortentwickelt hat zu der Darstellung der Jungfrau Maria im Christentum. Und diese Frau war schwarz!«

# KAPITEL 29

## NOCH FREITAG

Der Professor hört gar nicht auf, seinen Kopf zu schütteln. »Die Bibliothek von Alexandria, Herodot, die Anfänge des Christentums. Die Madonna. Alle Bilder, alle Büsten, das kulturelle Fundament der Kirche, gegründet auf falschen Tatsachen. Auf der falschen Hautfarbe! Auf der falschen Identität! Im Pantheon, in Filmen, in fast allen Kirchen dieser Welt hängen die falschen Bilder, stehen die falschen Skulpturen!« Nachdenklich schaut er sich um. »Und mehr noch: Es herrschen die Falschen über die Gläubigen! Die Kirchen und ihre Macht gründen sich auf einer Hierarchie, einer Weltsicht, in der das Weiße, das Männliche ihren Anspruch begründet, zu führen. Dem Patriarchat! Es sind weiße Päpste und Kardinäle, hellhäutige Kirchenmänner selbst hier in Ägypten, die für sich die höchsten Weihen in Anspruch nehmen. Dabei gerät ihre Macht ohnehin ins Wanken. Die afrikanischen Gemeinden fordern mehr Einfluss, denn sie verzeichnen die höchsten Zuwächse an neuen Christen, während der Westen zunehmend unchristlich wird. Frauen fordern Rechte in der Kirche ein, die sie bisher nie hatten. Die weißen Herren aber wollen ihre Macht nicht abgeben! Aber welch Argument wäre es, wenn selbst der Gegenstand der Anbetung in fast einer jeden Kirche eine Schwarze wäre. Und zwar eine schwarze Frau! Es wäre das Ende des klerikalen Patriarchats!«

Man kann es nicht sehen, aber als sie spricht, klingt es, als ob die Hohepriesterin lächelt. »Deshalb vereinbarten die Kirche und der Bund von Crata Repoa, dass dieses Geheimnis genau das bleiben sollte. Ein Geheimnis. Bewahrt für alle Zeit.«

»Aber das hätte doch in irgendeiner Quelle erwähnt werden müssen. Unzählige Menschen haben zu jener Zeit Kleopatra gesehen. Alleine als sie öffentlich in Rom einzog«, entfährt es Theo. Sie spürt, wie wieder die Angst in ihr aufsteigt. Warum erzählen sie ihnen all dies, wenn sie ihr Geheimnis um jeden Preis bewahren wollen? Theo bemerkt, wie aus den drei weiteren Zugängen zu der Halle leise noch weitere Männer in Kutten eintreten. »Jacques!«, flüstert sie. Seine Augen zucken unruhig nach links und rechts, jetzt sieht auch er den Aufzug der Kult-Anhänger im Halbdunkel des großen Raumes. Theo drückt sich fester an ihn. Jetzt versteht sie auch, warum die Wächter des Wissens so bereitwillig Auskunft geben. Es gab nie den Plan, sie lebend hier rauskommen zu lassen. Natürlich nicht! Sie hatten sich auf ihre Ankunft vorbereitet!

»Unser Bund hat eine Verfassung, auf die wir schwören, wenn wir uns um Aufnahme bewerben«, sagt die Hohepriesterin. »Wir geloben, das Geheimnis zu wahren, notfalls mit unserem Leben.« Sie macht eine lange Pause. »Und so soll es nun sein. Darauf sind wir schon lange vorbereitet. Habt ihr euch nicht gefragt, warum wir euch erlaubt haben, bis hierher zu gelangen?« Die Hohepriesterin fixiert sie mit ihrem Blick, mit einem Finger deutet sie auf eine Kabelschnur, die sich kaum sichtbar an der Wand in der Halle entlangzieht. Theo folgt dem Blick. Das sind Sprengladungen!

»Wir sind bereit, unseren Schwur zu halten und unser Leben zu geben. Ich fürchte, eine andere Wahl habt auch ihr nicht.« Die Oberste zieht einen Sender aus ihrem Umhang. Der Fernzünder für die Sprengladung.

Theo drückt Jacques, der vor Schreck wie gelähmt zu sein scheint, so fest sie kann in den Oberarm. »Jacques«, sagt sie zunächst, um dann zu schreien: »Jacques!«

Die Hohepriesterin hält den Sender vor ihre Brust, den Daumen auf dem Auslöser, und sagt nur ein Wort: »Amoun!« Just in dieser Sekunde ertönt ein lauter Knall, ein Schuss, der sie am Arm trifft, sodass ihr sofort Blut über die nackte Haut strömt und sie den Zünder auf den staubigen Boden fallen lässt.

»Jacques, Amira, Theodora!« Ein lautes Rufen durchschneidet die Stille. Es ist Professor Hamdy, der am Eingang der Halle steht, in seiner Rechten ein Revolver. Er ist es, der geschossen hat! Fast muss Theo schmunzeln. Der Professor war immer wieder für eine Überraschung gut. Ihm hätte sie so eine Waffe als Letztes zugetraut. Und nun war er auch noch ein guter Schütze! Er hat ihnen gerade das Leben gerettet. »Schnell, raus hier! Beeilt euch! Wir haben nicht viel Zeit.« Theo reagiert sofort, zerrt an Jacques' Oberarm und holt ihn aus der Erstarrung zurück ins Hier und Jetzt. Beide rennen so schnell sie können auf Amira zu, die sich von den erschrockenen Priestern, die sie festgehalten haben, losreißen konnte. »Beeilt euch!«, schreit Theo. Zu dritt laufen sie los, hinein in die Dunkelheit des Ganges, durch den sie gekommen sind. Der Professor ist ihnen offenbar bereits voraus. Etwa hundert Meter vor ihnen nimmt Theo den hüpfenden Schein seiner Taschenlampe wahr. Knapp hinter ihnen hört Theo aber auch das Keuchen und die Schritte ihrer Verfolger. Professor Hamdy dreht sich um und schießt mit seinem Revolver ein paarmal in das Dunkel. Es ist unmöglich, ihre Umrisse wahrzunehmen. Da niemand aufschreit, keinerlei Tumult zu hören ist, hat er wohl nicht getroffen. Sicher kann er sich jedoch nicht sein. »Weiter!«, schreit der Professor.

Es ist nicht mehr weit. Sie haben es fast geschafft, denkt Theo. Da vorne sieht sie schon das Loch, das zur Krypta führt. Sie nehmen noch mal alle Kraft zusammen, rennen, hechten sich förmlich hinaus aus diesen endlosen Gängen. Dann verliert sich alles in Dunkelheit. Ein ohrenbetäubender Knall ertönt, eine Druckwelle erfasst sie alle und schleudert Theo auf die gegenüberliegende Wand der Krypta, in die sie es gerade noch geschafft hat.

Eine Weile nimmt sie nichts wahr, hört nur das durchdringende Piepen in ihrem Kopf. Vielleicht hat es ihr Trommelfell zerfetzt? Von außen dringen keinerlei Geräusche zu ihr. Sie bleibt einfach liegen, hat den Geschmack von Staub am Gaumen. Sie spürt, wie weiter Sand und kleine Steine auf sie niederprasseln. Ob das ganze Gebäude gleich in sich zusammenfällt? Wie ein Kartenhaus? Und sie und den Professor und die beiden Wissenschaftler unter sich begräbt, ebenso wie die letzte Ruhestätte der Kleopatra? Theo versucht, den Schutt zur Seite zu räumen. Sie schaut auf ihre Hände, bemüht sich, die Finger zu bewegen, die Beine. Ja, das klappt! Zum Glück also nichts gebrochen. Sie sieht Blut an ihrem linken Ellenbogen, ein paar kleinere Schnitte, aber sie kann ihren Körper bewegen, auch wenn alles schmerzt. Außerdem fällt es ihr schwer zu atmen, so dicht ist die Luft durchsetzt von den Partikeln, die wie eine grauweiße Nebelwand den gesamten Raum durchdringen. So sehr durchdringen, dass sie gerade einmal dreißig, vielleicht vierzig Zentimeter weit sehen kann. Theo hört eine Stimme, das muss Amira sein, die ebenfalls gerade zu sich kommt. Sie kann sie nicht sehen, aber sie scheint nicht weit weg von ihr zu sein. Sie ruft ihren Namen, »Amira! Professor!«. Es schmerzt, sprechen schmerzt. Aber sie hört eine Antwort, »Ja!«. Das ist Amiras Stimme. Dann vernimmt sie nicht weit entfernt Professor Hamdy. »Ich bin auch hier.« Erleichterung überkommt sie, nicht alleine zu sein in all dem Schutt und der Zerstörung.

Der Staub setzt sich langsam. Theo erkennt, dass der Eingang zu dem unterirdischen Labyrinth verschüttet ist. Wenn sie ihnen eben noch dicht auf den Fersen waren, so können ihre Verfolger ihnen nun nichts mehr anhaben. In der Ferne kann Theo die Sirenen der Polizei- und Krankwagen hören, die sich nähern. Demnach ist Hilfe bereits unterwegs. Was für ein Glück sie hatten, denkt sie, als sie das Ausmaß der Zerstörung sieht. Ein Stück weiter vorn, und sie hätten es wohl nicht überlebt, denn dort ist die Decke zum Kirchenschiff eingebrochen und hat alles unter sich begraben. Theo kneift die Augen zusammen und blickt auf den Berg aus Schutt und Schotter – und sieht erst jetzt, dass ein Körper dort eingeklemmt feststeckt. Reglos, vollkommen grau von den feinen Partikeln, bis auf das Rot des Blutes, das sich unter dem Körper sammelt und von den schweren Verletzungen des Mannes zeugt. Es ist Jacques, der nicht so viel Glück im Unglück hatte wie sie und Amira, sondern halb begraben wurde von den einbrechenden Geröllmassen.

Theo ruft seinen Namen, versucht, sich zu ihm hinüberzurobben über all die Steine und die Trümmer. Doch sie schafft es nur langsam, ihre Beine tragen sie nicht, und ihre Arme schmerzen und bluten. Da bemerkt sie, wie von der Kante des Loches, das über ihnen den Blick in den Hauptraum der Kirche freigibt, mehrere Männer mit Taschenlampen hinunterleuchten. Erleichterung durchströmt Theo. Die Tränen rinnen ihre Wangen hinab, ohne dass sie sie aufhalten könnte. Sie schmeckt Salz und Staub auf den Lippen. »Hierher!«, ruft Theo. »Wir haben einen Verletzten! Helfen Sie ihm!« Kraftlos rudert Theo mit den Armen, möchte noch mehr sagen, bekommt jedoch keinen Ton mehr heraus. Da erblickt sie über sich ein vertrautes Gesicht, einen Mann, der ihr die rettende Hand entgegenstreckt. »Danke, Fadi!«, sagt Theo noch. Sie hatte ihm so unrecht getan! Er war es nicht, der sie verraten hat! Ihre Worte verklingen zu einem Hauchen, die Bilder vor ihren Augen beginnen sich zu drehen, ihr Mund ist ganz trocken. »Kommen Sie … Bitte!« Und dann wird alles schwarz.

# KAPITEL 30

## SONNTAG

Eine angenehme Wärme und ein wohliges Gefühl – das ist das Erste, was Theo wahrnimmt, als sie langsam wieder zu sich kommt. Die Schmerzen scheinen weg, sie fühlt sich fast leicht und euphorisiert. Um sie herum ist alles hell und sauber. Im Hintergrund hört sie Geräusche, die sie nicht zuordnen kann. Stimmen, gedämpft wie hinter einem Schleier. Sie sieht an sich hinab, sieht den Schlauch an ihrem Arm, schaut nach links und erkennt die Apparaturen. Natürlich – man hat sie in ein Krankenhaus gebracht. Dieses wohlige Gefühl, das müssen die Schmerzmittel sein, denkt sie sofort. Durch das Fenster blickt sie in den strahlend blauen Himmel, der so aussieht wie immer, als sei nichts passiert, und das Licht ergießt sich golden auf ihr Laken zu ihren Füßen und beginnt sie nun auch von innen zu wärmen.

Wie viele Minuten sie einfach nur so dagelegen hat, stumm und darum ringend, zu sich zu kommen, weiß sie nicht, als sich die Tür öffnet und zwei Ärzte hereintreten. Sie muss sich anstrengen, um sie scharf zu erkennen, um ihre Worte zu verstehen. »Frau Costanda, hören Sie mich?«

Sie bejaht es, leise, aber wahrnehmbar. »Sie haben großes Glück gehabt, wir konnten Sie aus den Trümmern bergen. Sie haben ein paar Knochenbrüche davongetragen, am Becken und der rechte Knöchel. Alle lebenswichtigen Organe sind verschont worden. Wenn es jetzt keine ungeahnten Komplikationen gibt, sind Sie in zehn Tagen hier raus.«

»Wie lange bin ich schon hier?«

»Zwei Tage. Was uns am Anfang viel mehr Sorgen machte, war die Gefahr eines Bergungstodes. Sie zeigten anfangs extreme Stressreaktionen – wenn diese nach der Bergung nachlassen, droht ein Kreislaufzusammenbruch mit schwerwiegenden Folgen. Daher haben wir Sie medikamentös stark sediert, was Sie wahrscheinlich noch spüren. Jetzt aber gehen wir davon aus, dass diese Gefahr nicht mehr besteht.«

Sie nickt. »Was ist mit den anderen?«, fragt Theo und hat Angst vor der Antwort. Sie erinnert sich noch an Amiras Stimme und an Jacques, der halb vergraben unter den Trümmern lag.

»Amira al-Fotouh wurde nahezu unverletzt geborgen. Sie wurde durch die Wucht der Explosion in eine Nische der Krypta geschleudert, wo sie relativ geschützt war vor den einstürzenden Gebäudeteilen. Sie hatte nur oberflächliche Verletzungen, ist aber mobil und so weit in gutem Zustand.«

»Und Jacques Bernheim und der Professor?«

»Auch sie konnten geborgen werden. Professor Hamdy ist schon wieder auf den Beinen. Der ist einfach unverwüstlich. Jacques Bernheim hat jedoch schwere Verletzungen an Kopf und Rumpf davongetragen, die operiert wurden. Er befindet sich nach wie vor auf der Intensivstation.«

Theo schaut stumm geradeaus. »Aber wir gehen davon aus, dass er durchkommt«, fügt der Arzt schließlich hinzu. Ein Lächeln zeichnet sich zart auf Theos Gesicht ab. »Wenn Sie etwas brauchen, lassen Sie es uns oder eine der Pflegerinnen wissen.«

Nachdem die Ärzte die Tür hinter sich geschlossen haben, versucht Theo, an die Fernbedienung zu gelangen, die auf dem kleinen Tisch neben ihrem Bett liegt. Sie schafft es, sie zu greifen, auf der Tastatur die Programme durchzugehen. Überall sieht sie die Bilder aus Alexandria, auch jetzt noch, Tage danach. Der Nachrichtensender al-Arabiya zeigt Luftaufnahmen des al-Savvas-Klosters – oder besser, was davon übrig ist – und der Umgebung. Die Sprengung der großen unterirdischen Halle hat den Boden darüber zum Einsturz gebracht. Der Eingangsbereich der Kathedrale ist komplett versunken, ebenso ein Teil der Straße, die vor dem Gotteshaus vorbeiführte. Der Kirchturm steht noch, direkt an der Abbruchkante des Kraters, der sich dort, mitten im Zentrum Alexandrias, auftut. Dass sie es lebend dort herausgeschafft haben – Theodora begreift erst jetzt, welch großes Glück sie hatten.

Es klopft an der Tür. Durch den Spalt steckt Amira ihren Kopf herein, und sofort geht ein Strahlen über ihr Gesicht, als sie sie sieht. »Theodora, na endlich!« Sie hat Kratzer im Gesicht, Verbände an den Armen und eine Bandage um die rechte Hand. »Ich dachte schon, Sie wachen gar nicht mehr auf!«, sagt sie heiter, nimmt einen der beiden klapprigen Stühle, die vor dem Fenster des Krankenzimmers stehen, und stellt ihn ans Bett. »Sie sehen bezaubernd aus, etwas ramponiert, aber sonst umwerfend«, sagt sie mit einem Lachen. Sie will sie aufmuntern, und tatsächlich fühlt Theo sich gleich etwas leichter. »Wir haben überlebt, das ist das Wichtigste«, sagt sie.

»Ja«, fährt Amira fort. »In den Nachrichten meinen sie, sie wollen die Trümmer beseitigen und untersuchen, was sich in dem unterirdischen Gewölbe befand. Ich glaube, die werden nichts finden. Die Anhänger des Geheimbundes haben die Sprengladungen so angebracht, dass von dem Sarkophag, den Mumien nichts, aber auch gar nichts übrig geblieben ist.« Sie schaut Theodora an. »Es ist vorbei. Das Geheimnis des Grabes bleibt für immer gewahrt. Die Morde sind geklärt. Die Schuldigen tot.«

Skeptisch sieht Theo aus dem Fenster. Ist es wirklich so einfach? Sie schüttelt den Kopf. »Das Geheimnis gewahrt: ja. Die Morde geklärt: nein!«, sagt Theo leise und nachdenklich zu ihr.

Amira schaut sie groß an. »Ich lasse Sie jetzt auch besser in Ruhe und komme morgen wieder. Wenn Sie etwas brauchen, sagen Sie Bescheid!«

Theo ist noch immer benommen. Die starken Schmerzmittel machen sie träge und langsam im Geist. Dennoch driften ihre Gedanken immer häufiger zu den Ermittlungen.

»Es ist noch nicht vorbei«, flüstert sie, während ihre Hände sich in die Decke krallen, als müsste sie noch mal alle Kraft zusammennehmen. »Es ist noch nicht vorbei.«

# KAPITEL 31

## ZWEI WOCHEN SPÄTER

Die Nachmittagssonne taucht die Häuserfront an der Corniche Alexandrias in goldenes Licht. Die Fenster reflektieren die sinkende Sonne tausendfach, ebenso das Meer, das sich an den Wellenbrechern aus Betonklötzen bricht, die verhindern sollen, dass das Wasser immer mehr von der flachen Küste abträgt. Ins Meer hinein ragt der Engineers Club, der der Hochhausfront vorgelagert ist und von dem aus man den Blick schweifen lassen und die kilometerlange Küstenlinie Alexandrias zu beiden Seiten bestaunen kann.

Der Engineers Club selbst ist ein Bau der 1970er Jahre. Gesichtslose Architektur, gefertigt aus Beton und lieblos in die Landschaft gepflanzt. Der Innenminister hat diesen Ort ausgesucht, um die Beteiligten der Geschehnisse zu befragen.

Vierzehn Tage sind vergangen, seit sie im Krankenhaus aufgewacht ist, vor drei Tagen konnte Jacques als Letzter entlassen werden. Momentan sitzt er noch in einem Militärgefängnis, wo er in einer leidlich komfortablen Einzelzelle und unter angemessener ärztlichen Betreuung auf ein Verfahren wegen illegalen Aufenthalts wartet. Theo glaubt jedoch nicht, dass es zu einer Verurteilung kommen wird. Am Ende ist er ein Wissenschaftler, der ein wenig für Erregung eines öffentlichen Ärgernisses gesorgt hat. Mehr nicht. Und die ägyptischen Behörden scheinen froh zu sein, wenn die ganze Aufmerksamkeit endlich abklingt. Das ist wohl auch der Grund, warum er heute trotz Gewahrsam anwesend sein darf. Vierzehn Tage hatte Theo also Zeit, um alle Fakten und Puzzleteile detailliert zu betrachten und zu durchdenken, bis sich eins ins andere fügte und ein stimmiges Bild ergab. Vierzehn Tage, in denen sie viele Telefonate in den Libanon getätigt hat, bis sie alles verstand.

Wie so oft, lag die Lösung eigentlich so nah.

Sajida Lina ist gekommen, die Ehefrau des ersten Mordopfers, Abuna Gabriel aus der Nicholas-Kirche. Ihr Blick zeugt von der Resilienz und Entschlossenheit, dem Schicksal zu trotzen, die Theo von Anfang an beeindruckt haben. Begleitet wird sie von ihren beiden Söhnen und ihrer Hausangestellten Amal, die ihr anscheinend eine gute Freundin geworden ist.

Neben Lina sitzt Jacques, bewacht von zwei Polizisten, die jeweils zu einer Seite hinter ihm stehen, um ja aufzupassen, dass er nicht flieht – wobei das in dieser Umgebung, dem Engineers Club mit seinen wenigen Ein- und Ausgängen, den hohen Mauern und dem Meer, das ihn umgibt, kaum ein realistisches Szenario wäre. Zu seiner Seite sitzt Amira, die fragend in die Runde schaut.

Der Museumsdirektor hat neben Amira Platz genommen. Er hat Theo einige der wichtigsten Hinweise in diesem Fall gegeben, ohne die sie auf viele Spuren gar nicht erst gekommen wäre. Er sitzt da, wie immer tadellos gekleidet, in einem dunkelgrauen Anzug und dunkelblauer Krawatte, die Haare streng nach hinten gekämmt, und schaut über seine Lesebrille mit gesenktem Kopf – wie es sein Markenzeichen ist – in die Runde.

Marina und ihre Tochter Claire sind da. Marina macht inzwischen zweimal die Woche eine Therapie, um das Geschehene zu verarbeiten und um selbstbewusster zu werden. Ihre Tochter konnte sie überzeugen, dass sie es schaffen muss, nach vorne zu schauen. Dass sie aber dafür Hilfe braucht. Sie selbst hat ein ganz anderes Naturell. Danach gefragt, woher sie die Kraft dazu nähme, antwortete sie: »Der Mann, der mein Vater war, hat Jahre meines Lebens, hat meine Kindheit zur Hölle gemacht. Ich habe nicht vor, ihm noch mehr Jahre zu opfern, indem ich mich schlecht fühle und immer und immer wieder das Erlebte durchlebe.«

Und schließlich sind da die beiden Polizisten Basil und Elias.

Nicht nur Alexandria, ganz Ägypten steht noch unter dem Eindruck dessen, was geschehen ist. Mitten in der Stadt klafft ein Loch, dort, wo sich ein zuvor unbekannter Raum für möglicherweise rituelle Bräuche befunden hat, der mit sich weite Teile des darüber liegenden al-Savvas-Klosters zum Einsturz gebracht hat. In Zeitungen, im Fernsehen, in Online-Medien wird seither wild spekuliert, was sich dort zugetragen hat. Manche vermuten, dass Schmuggler dort illegale Waren deponiert haben und sich dann nach einem Konflikt mit der Mafia die gewaltige Explosion ereignet hat. Es gibt sogar ein paar Gerüchte, dass eine geheime Bruderschaft dort unten Räume für besondere Exerzitien eingerichtet hatte oder dass sich altägyptische Schätze dort befunden hätten. Alles Gerüchte, Behauptungen, die die Kirche sofort und entschieden dementierte. Und dennoch werfen einige merkwürdige Vorfälle Fragen auf. Cerubiel Sakalis, der Polizeipräsident der Stadt, ist einem plötzlichen Herzinfarkt erlegen. Und Patriarch Petros wurde angeblich über Nacht ins griechische Bergkloster Athos versetzt. Seitdem wurde er nicht mehr gesehen. Gleichzeitig kam die Leiterin der Altertumsbehörde, Rym al-Ghazal, bei einem Autounfall ums Leben, wie ihre Familie mitteilte. Alles Nachrichten, die viele Menschen zusätzlich beschäftigen, die aber natürlich in keinem Zusammenhang mit den Geschehnissen in Alexandria stehen, wie Medien und Regierung betonen.

Doch diejenigen, die noch leben und die am besten Auskunft über das Geschehene geben könnten, sie schweigen beharrlich. Aus diesem Grund hat das Innenministerium sie alle an diesen Ort zitiert.

Theo ist die Letzte, die sie noch einmal zu der Explosion in den Katakomben vernommen haben und die jetzt aus dem großen Raum hinausgeht auf die Außenterrasse, dorthin, wo sie die anderen gebeten hat noch einen Moment zu warten. Eine Stunde lang hat sie eben Ausreden und Ausflüchte erfunden, Unwissenheit vorgetäuscht. Sie hat lange mit sich gerungen, ob sie doch reinen Tisch machen und alles berichten sollte. Von Anfang an. Über den Orden, dass sie das wahre Grab der Kleopatra gefunden haben, dass sie eine schwarze Frau war. Dann hat sie diese Möglichkeit verworfen. Was würde es bringen? Man würde sie für verrückt erklären. In ihren Job zurückzukehren, wieder zu ermitteln – das würde sie damit aufs Spiel setzen, weil sie ja eigentlich von dem Fall abgezogen war! Sie durfte gar nicht weiterermitteln. Und wie sollte sie das auch beweisen, was sie zu erzählen hätte? Nein, sie hat immer und immer wieder gesagt, dass sie gemeinsam mit Amira und Jacques bei archäologischen Nachforschungen auf ein Höhlensystem gestoßen sind, in dem, aus welchen Gründen und von wem auch immer, eine Bombe gezündet wurde. Sie hätten dort unten niemanden gesehen. Genauso, wie es Amira und Jacques ausgesagt haben. Genau so, wie sie drei es abgesprochen haben

Die illustre Gesellschaft bildet nun einen Kreis, auf dessen Mitte zu Theodora sich langsam bewegt, die Hände hinter dem Rücken verschränkt, mit gesenktem, ernstem Blick. Die Sonne steht nun schon so tief, dass sie nur noch knapp über dem Horizont schwebt. Das Licht wird durchbrochen von dem kühlen Schein der Neonleuchten, die langsam, eine nach der anderen, angehen. Es ist angenehm mild draußen. Jetzt, Ende November, wird es nach Sonnenuntergang so frisch, dass man sich einen leichten Pullover oder eine Jacke überziehen muss, aber noch wärmen die letzten Sonnenstrahlen sie ein wenig. Theo trägt ein schwarzes Oberteil mit langen Ärmeln, eine eng anliegende Jeans und Schuhe mit Absätzen. Fast könnte man meinen, sie wolle heute noch ausgehen. Aber ein Fest ist diese

Zusammenkunft in gewisser Weise ja auch, wenn man so will.

Die anderen ahnen nicht, was jetzt passieren wird, warum Theo sie in Wirklichkeit gebeten hat, sich nach den Vernehmungen hier zu versammeln. Sie erinnert sich, wie sie ganz zu Beginn des Falls überlegt hat, ob sie ihn überhaupt annehmen solle, ob sie die Richtige sei, den Mord an Abuna Gabriel aufzuklären. Jetzt spürt sie in sich die Bestätigung wachsen, die Überzeugung, die richtige Entscheidung getroffen zu haben. Jetzt würde sie die Katze aus dem Sack lassen.

»Guten Abend, seien Sie gegrüßt! Wie schön, dass wir uns hier in dieser großen Runde treffen, nach allem, was passiert ist«, eröffnet sie ihre Ausführungen und schaut ernst in die Runde. »Was wir erlebt haben, dessen Bedeutung geht weit über diesen Kreis und über einen normalen Kriminalfall hinaus. So viel ist geschehen, dass wir erst einmal verstehen müssen.« Sie macht eine Pause, geht im Kreis auf und ab, sieht jeden der Besucher einzeln an. »Aber auch wenn vieles weiterhin unklar ist, so kann ich ein Rätsel heute Abend dennoch lösen.« Alle hier spüren den Moment der Spannung. »Denn die Frage, wer Abuna Gabriel, Yannis Stephanopulos und Giorgios Stephanopoulos ermordet hat, ist für mich noch offen.«

Ein Raunen geht durch die Menge. Manche der Gäste scharren unruhig mit den Füßen.

»Aber wieso?«, poltert der junge Polizist Basil nach ein paar Augenblicken als Erster. »Es war der Archäologe, der vor nichts haltmachte, um zu seinem Ziel zu gelangen.«

»Ich stehe nicht unter Mordverdacht«, hört man Jacques aus der Menge rufen. »Hüten Sie Ihre Zunge!«

»Ja, zugegeben«, stimmt Theo nickend zu, »lange habe auch ich gedacht, dass Monsieur Bernheim ein Mörder sein könnte. Aber ist er es wirklich?« Gespannt sehen die Gäste zu ihr.

»Natürlich, es würde schon irgendwie passen«, fährt sie fort. »Da ist dieser französische Abenteurer, Pardon, Archäologe, der nach Ruhm strebt, dafür bekannt ist, skrupellos zu sein. Er ist davon überzeugt, das Grab der Kleopatra liege irgendwo unter einem der alten Gotteshäuser in Alexandria, und beginnt zu suchen. Die Priester in den Kirchen bemerken das und versuchen, das uralte Geheimnis – aus welchen Gründen auch immer«, Theo schaut demonstrativ unwissend, »um jeden Preis zu wahren. Und als Jacques an seinen Nachforschungen gehindert wurde, merkte er zunächst, dass er auf der richtigen Fährte war. Und dass er die, die ihn in seiner Suche behinderten, aus dem Weg schaffen musste. Zunächst Abuna Gabriel, später Yannis Stephanopoulos und schließlich – Cousin Giorgios.«

»Ja, so könnte es gewesen sein.« Theodora macht wieder eine lange Pause. »Aber vielleicht auch nicht.« Theo lässt ihren Blick erneut schweifen. »In dieser Abfolge von Ereignissen gibt es drei Umstände, beziehungsweise Indizien, die ich mir nicht erklären konnte und die nicht in diese zugegeben ansonsten plausible Theorie passten.«

»Was denn?«, fragt Lina neugierig und rutscht auf ihrem Stuhl an die vordere Kante.

»Da ist zunächst einmal der missglückte Anschlag auf

Yannis Stephanopoulos, Wochen bevor Abuna Gabriel und später er ermordet wird. Wer war der Täter? Und warum hat er diesen Mordversuch unternommen?«

»Wissen wir denn überhaupt, ob es wirklich ein Attentat war?«, wirft Amira ein.

»Nun, nehmen wir einmal an, es war so, wie die Familie es geschildert hat. Also ein Anschlag. Dann kann Jacques dafür nicht zur Verantwortung gezogen werden. Denn er befand sich zu diesem Zeitpunkt nachweislich noch gar nicht in Ägypten. Und warum sollte er zunächst versuchen, Yannis umzubringen, wenn er doch erst viel später bei einer seiner Erkundigungen in der Sankt-Nicholas-Kirche zufällig auf Gabriel trifft, den er als Erstes aus dem Weg räumt. Nein, sosehr ich auch darüber nachdachte, mir fiel nicht ein, wie dieses Ereignis in das Bild passen könnte.«

»Sie sprachen von drei Dingen, die Sie sich nicht erklären können!«

»Ja, genau. Dann, zweitens, habe ich am Tatort des dritten Mordes etwas entdeckt, das Fragen aufwarf. Wir fanden diese braun getönte Kontaktlinse. Warum lag sie da? Warum eine? Und warum eine getönte?« Theo schaut in die Runde und erntet fragende Blicke. »Eine weiche Kontaktlinse zu verlieren, ist gar nicht so einfach. Das passiert nicht einfach so. Mich machte das stutzig, und ich habe die Linse untersuchen lassen. Und siehe da: Diese Linse hatte gar keine Sehstärke. Der Träger hatte sie aus rein kosmetischen Gründen im Auge. Oder aus taktischen.« Theo spürt, wie sie den Anlauf zu ihrem kleinen Triumpf genießt.

»Vielleicht stand das ja nicht im Zusammenhang mit

dem Mord«, wendet Marina ein. »Die Linse könnte doch schon vorher dort gelegen haben.«

»Ja, vielleicht. Aber auch hier: Nehmen wir einmal an, es bestünde ein Zusammenhang. Dann wäre die einzige Erklärung die, dass der Täter seine Augenfarbe verändern wollte.«

Die Stille auf der Terrasse ist angespannt. Die Anwesenden haben sich von Theo in ihren Bann schlagen lassen und möchten nun wissen, wie es weitergeht. Noch scheint keine Lösung greifbar. »Und ja, natürlich kann man das alles abtun. Dass es gar keinen Angriff gegeben hat, dass die Linse einfach nur so da lag.«

»Und drittens?«, fragt vorsichtig Amira in Richtung Theo.

»Die dritte Sache, die überhaupt nicht in das Bild passte, war das letzte Opfer selbst, der Mord an Giorgios Stephanopoulos.« Wieder macht Theo eine lange Pause. »Der dritte Mord hat alles verändert. Er ergibt keinen Sinn und kann nicht, wie die ersten beiden, erklärt werden. Giorgios Stephanopoulos war kein Priester, arbeitete nicht in der Gemeinde. Im Gegenteil: Er kam aus Beirut! Was sollte er mit Jacques Bernhein zu tun gehabt haben? Er war nicht von hier, und das war auch für jedermann erkennbar.«

Theo blickt reihum in die fragenden Gesichter der Anwesenden.

»Und das lässt nur einen Schluss zu: dass die Morde eben nicht im so offensichtlichen Zusammenhang mit dem archäologischen Abenteuer von Jacques Bernheim stehen. Und schon gar nicht spontan geschahen, weil die Opfer irgendjemanden überrascht haben. Sondern, dass es sich um ganz eigene Verbrechen handelt, deren wahrer Hintergrund verschleiert werden sollte. Und das bedeutet auch, dass wir es hier mit Verbrechen zu tun haben, die von langer Hand geplant wurden. Wie sich herausstellte, ein teuflischer Plan, so böse, so durchtrieben. Und fast perfekt.«

»Bleiben wir noch einen Moment beim dritten Mord. Der war so anders – und ich fürchte, er hatte auch mit mir zu tun.«

Alle schauen sich fragend wechselseitig an.

»Der Mord fand tagsüber statt, in einer Umgebung, die für den Mörder gefährlich war. Überall waren Menschen, er arbeitete nicht im Schutz der Dunkelheit, konnte jederzeit ertappt werden. Warum also dieses Risiko? Es kann nur zwei Erklärungen geben. Die erste: Es handelt sich um einen ganz anderen Fall. Die Morde haben nichts miteinander zu tun. Eher unwahrscheinlich. Die zweite: Der Cousin musste auf diese so andere Weise sterben, weil es schnell gehen musste und keinen weiteren Aufschub duldete. Gefahr im Verzug, so sagt man wohl.«

»Aber warum?«

»Weil er etwas gesehen oder gehört hat, das für den Mörder höchst entlarvend gewesen sein könnte – und er im Begriff war, es mir zu sagen. Daher, fürchte ich, bin ich in diesem Fall so etwas wie der Auslöser gewesen. Und das bedeutet, dass er sofort und ohne Zögern getötet werden musste. Aber was, was könnte er gesehen oder gehört haben? Er kam zu mir und sagte, er müsse mit mir reden. Ich sagte, gerne, nach dem Gottesdienst. Dann jedoch erhielt er einen Anruf, verließ die Kirche und wurde draußen vor dem Eingang ermordet.«

Die Anwesenden schweigen, sehen sich gegenseitig an, tuscheln. Jeder Einzelne von ihnen mag gerade darüber nachdenken, ob sein Nachbar möglicherweise ein Mörder sein könnte. »Was? Was hätte er mir sagen können, das für den Mörder so gefährlich war? Der Cousin, der diesen Teil seiner Familie in Alexandria seit Jahren nicht gesehen hat? Der Priester Gabriel nicht kannte? Und das brachte mich auf die Fährte. Ich dachte, ich sollte mich noch einmal genauer mit der Familie des zweiten Opfers beschäftigen.« Sie schaut zu Marina und Claire, die beide nicht mit der Wimper zucken.

»Was wissen wir von ihnen, der Frau und der Tochter des Priesters, der sie immer wieder schlug. Wo haben sie gelebt, bevor sie hierher nach Alexandria kamen? Sie sagten, im Libanon, in Beirut. Und da seien Sie, Claire, auch zur Welt gekommen.« Sie fixiert die junge Frau mit ihren Blicken.

»Nur, dass das gelogen war. Es war nicht einmal besonders schwierig, das herauszufinden. Denn natürlich ist Ihr wahrer Geburtsort vermerkt in Ihrem Pass und damit auch in der Datei zu Ihrer Aufenthaltsgenehmigung. Sie wurden geboren in einem Dorf namens Baskinta!«

Claire schaut still zu Boden.

»Baskinta, ein Städtchen in den Jibal, in den Bergen des Libanon. Ich habe das mal recherchiert. Es hat fünfzehntausend Einwohner, 70 Prozent Maroniten, 30 Prozent orthodoxe Christen. Ein einsamer Ort, und einer der höchstgelegenen des Libanon.«

Theo dreht sich um, bleibt stehen und schaut Mutter und Claire intensiv an.

»Aber ich habe nicht nur ein bisschen online gelesen. Ich habe auch angerufen. Mehrmals. In dem Baskinta Medical Center, das von dem Kloster in dem Dorf geleitet wird. Das führte zunächst nicht wirklich weiter. Man sagte mir, die Archive seien veraltet und es gäbe auch kaum Aufzeichnungen aus der Zeit, bevor alles digital erfasst wurde. Aber so schnell gab ich nicht auf. Und wissen sie was? Ich habe die Oberin ausfindig gemacht, die vor vielen Jahren das Kloster leitete und nun dort ihren Lebensabend genießt. Eine alte Frau, das Gedächtnis spielt nicht mehr immer mit. Aber an eines konnte sie sich noch ganz genau erinnern. Claire, wie lautet ihr Geburtsdatum?«

Sie schaut die Kommissarin resigniert an, hält zwei, drei Sekunden inne und sagt dann: »15. April 1998.«

# KAPITEL 32

## NOCH SAMSTAG

»Ja, genau, der 15. April 1998. Die Oberin musste nur kurz überlegen – und dann fiel es ihr ein. Die Geschichte hat sich ihr eingebrannt. Denn in ihrem Kloster hatten sie ein Mädchen großgezogen, das von ihren Eltern nicht angenommen wurde. Und das geboren wurde am 15. April 1998. Aber das waren nicht Sie, Claire, nicht wahr?«

Claires Blick erstarrt.

»Es war Ihre Zwillingsschwester.«

Ein Raunen ist zu hören.

»Die Oberin konnte sich noch gut erinnern. An Sie, Marina, die Mutter. An Yannis, den Vater, der dort im Kloster zwei Jahre verbracht hat. Und an seinen aggressiven Charakter, der schon damals für den ein oder anderen Vorfall gesorgt hatte. Sie konnte sich erinnern, dass Sie nur ein Kind angenommen haben und das andere in der Obhut des Klosters ließen. Aus Lieblosigkeit. Yannis waren zwei Kinder zu teuer. Und dann noch zwei Mädchen! Er wollte einen Sohn, und dann war er mit zwei Mädchen gestraft.

Und so nahmen Sie eines der Kinder mit sich, während das andere in den Bergen des Libanon im Kloster aufwuchs. Und dann – je älter sie wurde, desto mehr verstand sie, dass sie von ihren Eltern verstoßen wurde, dass sie die war, die zurückblieb, während ihre zweite Hälfte, ihre Zwillingsschwester, mit der Familie lebte, die sie nicht hatte, die sie nicht als Teil von sich haben wollte. Und obwohl sie in dieser christlichen Umgebung aufwuchs, wuchs gleichsam der Hass. Hass auf den Mann, der sie zu einem einsamen Großwerden unter Nonnen in den Bergen des Antilibanon verurteilt hatte. Und sie sann auf Rache.«

Theo nimmt einen Schluck von ihrem Wasser und atmet tief durch. Ein Gefühl der Befreiung durchströmt sie. In Momenten wie diesen weiß sie so genau, warum sie Polizistin geworden ist. Sie konzentriert sich und spricht weiter. »Irgendwann war es so weit, sie war volljährig, konnte das Kloster verlassen. Sie hatte noch keine wirkliche Ausbildung, aber das war ihr egal. Sie hatte etwas Geld gespart, sie wusste, wer ihre Eltern waren – die Archive seien veraltet, sagte mir die Klosterleitung? Ich glaube, sie hat sehr wohl in den Archiven die Namen gesucht und gefunden und daraufhin dafür gesorgt, dass die Akten danach verschwanden, sodass man ihre Spur nicht so leicht nachverfolgen konnte. Und in den Akten fand sie natürlich auch die Namen ihrer leiblichen Eltern und konnte in Erfahrung bringen, dass sie inzwischen in Alexandria lebten. Sie würde dorthin kommen, um sich zu rächen. Und als es so weit war, setzte sie diesen Plan in die Tat um. »Wer also könnte diese Zwillingsschwester sein?« Theo schaut in die Runde. »Sie musste so anders sein, so fremd, so vollkommen unverdächtig und ohne jede Verbindung zu ihrer Mutter und ihrer Schwester. Und so legte sie sich eine Identität zu, mit der keinerlei Rückverfolgung möglich war. Sie lernte ägyptisches Arabisch, so gut sie nur konnte, verleugnete ihre christliche Herkunft, erfand eine ägyptische Identität, setzte sich ein muslimisches Kopftuch auf und tarnte ihre außergewöhnlichen blauen Augen mit braunen Kontaktlinsen und einer dicken Brille.« Theos Blick schweift in die hintere rechte Ecke. »Ist es nicht so, Amal, oder wie Sie wirklich heißen: Reine?«

Amal presst die Lippen zusammen und blickt zur Seite.

»Reine – auf Französisch ›die Königin‹. Aber Ihr wahres Leben war alles andere als königlich. Sie waren getrieben vom Hass auf Ihre Familie, Ihren Vater natürlich, aber auch Ihre Mutter und Ihre Schwester, von der Sie glaubten, dass sie das Leben führte, das Ihnen verwehrt blieb. Aber als Sie dann hier waren, in Alexandria, Ihre Mutter und Schwester fanden, da mussten Sie feststellen, dass auch die beiden nicht in der heilen Welt lebten, von der Sie immer annahmen, dass sie existierte. Sondern in der Hölle auf Erden. Dass sie jeden Tag in Angst lebten vor der Gewalt ihres Mannes und Vaters. Und dass ihnen keiner half, sie zu beschützen. Alle sahen, was bei ihnen Zuhause geschah, aber alle schwiegen und hielten still. Das hat Ihren Hass und Ihre Wut erst recht geschürt. Sie wollten, dass dieser Mann verschwindet. Für immer. Aber wie es anstellen? Sie versuchten es einmal ganz plump, mit einem Messer. Stachen auf offener Straße auf ihn ein. Aber ohne Erfolg. Danach war er vorsichtiger. Wie sollten Sie es schaffen, sich ihm so zu nähern, dass es beim zweiten Mal wirklich klappen würde?

Also ersannen Sie eine List. Sie gaben sich Ihrer Schwester zu erkennen. Und was für ein glücklicher Zufall, dass Sie in ihr sofort eine Verbündete fanden. Wenn man so will, kamen Sie ihr wie gerufen! Es brauchte gar nicht viel, um den mörderischen Plan zu schmieden. Der Mord an Priester Gabriel war nur der erste Akt, ein notwendiges Übel.

Dort wechselten Sie zum ersten Mal die Rollen. Claire gab sich als ihre Schwester Reine aus, die sich nun Amal nannte, zog den Hijab über, verwendete die Kontaktlinsen und setzte sich die dicke Brille auf. Gemeinsam mit Lina, der Ehefrau des Priesters, den Kindern und Freunden ging sie zum Abendessen in den Engineers Club. Und da zog Claire alias Amal eine Show ab, denn alle sollten ja sehen, dass Amal dort war und so auf keinen Fall den Priester hätte ermorden können. Also ging sie, die Lina sonst als eher zurückhaltend wahrnahm, mit den Kindern auf die Tanzfläche, sie lachten und tanzten, dass alle Anwesenden es sahen. Und sie, also die vermeintliche Amal, ein Alibi hatte.

Doch die wahre Amal war zu dieser Zeit woanders. Nämlich in der kleinen Gasse neben der Corniche, wo sie auf Priester Gabriel wartete. Sie hatte ihn angerufen und womöglich gesagt oder gefragt, ob sie sich dort treffen könnten. Womöglich wollte er sie dann nach Hause begleiten. Er kannte sie, er vertraute ihr, und so rechnete er auch nicht damit, dass Amal plötzlich ein Messer zücken würde. Er hatte gar keine Gelegenheit, zu reagieren. Anschließend bringt sie seinen Körper im Dunkel zum Rand der Promenade, wo es keine Brüstung gibt, und schubst die Leiche hinunter ins Meer. Ich bin mir übrigens sicher, dass Sie, Claire, die geheimnisvolle Frau waren, die ich am Rande der Beerdigung von Abuna Gabriel gesehen habe und die vor mir weglief. Warum genau waren Sie dort? Neugier?« Theo fasste sich ans Kinn. »Aber jedenfalls war das erst das Prélude, der Auftakt eines perfiden Plans. Nun war die Bühne bereitet für den zweiten, den eigentlichen Mord. Und wieder tauschten sie die Identitäten. Diesmal war es Amal, die ihren Hijab ablegte, die Kontaktlinsen aus den Augen nahm, sich die Haare so zurechtmachte, dass sie ihrer Zwillingsschwester in Aussehen und Style bis ins Detail glich, und ihrerseits eine Show abzog, um die Person der Claire gänzlich unverdächtig erscheinen zu lassen. Während die wahre Claire nun den finalen Plan in die Tat umsetzte: Ihren gemeinsamen despotischen Vater zu töten. Wieder war es eine Verabredung nach der Arbeit, ein Anruf, die Bitte, sich irgendwo zu treffen. Und wieder stach die in diesem Fall Yannis unverdächtig erscheinende Person vollkommen überraschend zu, sodass das Opfer keine Chance hatte.«

Amal und Claire halten beide ihre Blicke gesenkt. Sagen keinen Ton.

»Und noch bevor das eigentliche Verbrechen geschah, kam noch ein glücklicher Zufall hinzu. Denn die große Frage würde ja später lauten: Wen würde die Polizei verdächtigen? Gegen wen würde sie ermitteln? Und da geschah eines Abends vor dem ersten Mord Folgendes. Wie uns Sajida Lina berichtete, stand sie neben dem Eingang zum Arbeitszimmer ihres Mannes, als sie hörte, wie er mit Yannis Stephanopoulos am Telefon über den Archäologen, über Jacques Bernheim sprach, der ihnen – wem? – gefährlich nahe komme. Lina schloss später daraus, dass es ebenjener Franzose war, der in die Ermordung verstrickt war. Aber ebenfalls anwesend war das Hausmädchen, Amal – oder besser: Reine –, die das Gespräch am Telefon auch hörte und blitzschnell schaltete: Sie hatten ihren Verdächtigen. Es schien perfekt. Sie müssten gar nichts dafür tun! Und auch der Mordanschlag auf Jacques schien die Theorie zu schützen, dass es hier um den Archäologen und die Gemeinde ging. Ganz deutlich machte das ja auch der Zettel neben der Leiche, unterzeichnet mit ›Jacques‹. Es erschien so klar.

Alles lief zunächst nach Plan. Aber so gut der Plan auch war: Mit einem konnten die Schwestern nicht rechnen. Dass just an dem Tag des Verbrechens Claires Tante und ihr Cousin aus dem Libanon zu Besuch kamen. Als er mich ansprach, sagte er, er müsse mir etwas sagen. Es ginge um den Abend mit Ihnen, Claire. Er wirkte sehr durcheinander, nachdenklich. Leider wollte Giorgios mir nicht gleich sagen, was es damit auf sich hat, sondern erst nach der Messe – sein Todesurteil.« Theo blickt in die Runde.

»Was also könnte ihn so zum Nachdenken gebracht haben? Was könnte ihm durch den Kopf gegangen sein, das für den Mörder so gefährlich war, dass Giorgios sofort sterben musste? Ich bin in das Lokal gegangen, in dem sie an dem Abend alle gemeinsam waren, den Greek Club. Den beiden Kellnern, die ich gut kenne, war aufgefallen, wie ausgelassen vor allem Sie, Claire, getanzt haben. Sie haben lauter gelacht als die meisten anderen Gäste, sodass Sie unüberhörbar waren. Fast so wie an dem Abend des ersten

Mordes, als Amal ebenfalls auffällig laut mit der Familie von Abuna Gabriel unterwegs war, dass es allen aufgefallen war. Komischer Zufall, oder? Jedenfalls ist ihnen noch etwas aufgefallen. Dass Sie Ihrem Cousin nämlich sichtbar aus dem Weg gegangen sind. Einer der Kellner konnte ein paar Gesprächsfetzen aufgreifen, als sich Giorgios versucht hat mit Ihnen zu unterhalten. Und er habe mehrmals sehr verdutzt gewirkt und gefragt: ›Wie kann es sein, dass du dich daran nicht erinnerst?‹« Theo kneift Daumen und Zeigefinger zusammen und drückt sie gegen die Lippen. »Sie erinnerte sich nicht! Woran, konnte der Kellner nicht sagen. Aber offenbar arbeitete es in Giorgios. Ob er wirklich verstand, was seine Entdeckung bedeutete – ich weiß es nicht. Und vielleicht – möglicherweise – ja, wahrscheinlich, ist irgendwann bei ihm der Groschen gefallen. Denn wer, wenn nicht die unmittelbare Familie, hätte wissen können, dass Claire in Wahrheit kein Einzelkind ist? Welche Erklärung konnte es denn dafür geben, dass die Frau, die neben ihm saß, von der Vergangenheit so wenig wusste, ihm versuchte aus dem Weg zu gehen? Ja, ich bin mir sehr sicher, dass Giorgios zumindest vermutet hat, dass es nicht die echte Claire war, die da neben ihm saß. Allein wenn er mir gesagt hätte, dass es eine Zwillingsschwester gibt, hätte das alles geändert. Als Giorgios mich dann ansprach in der Kirche, darum bat, dass wir später reden könnten, da bemerkte ich erst kurz darauf, dass Claire neben mir stand und alles mit angehört hatte. Sie war sich vielleicht noch nicht sicher, ob Giorgios wirklich etwas aufgefallen war. Jetzt verstand sie, dass sie und Reine in großer Gefahr waren. Die beiden Schwestern mussten auf jeden Fall verhindern, dass er mir seine Gedanken nach der Messe mitteilen würde. Deswegen dieser Mord, am helllichten Tag, in dieser für die Mörderinnen so gefährlichen Situation, vor so viel Publikum. Inmitten all der Anwesenden. Sie wird ihre Schwester schnell informiert haben, damit sie zur Kirche kommt. Sie hatten ja Zeit, so lange der Gottesdienst dauerte. Dann, kurz bevor Giorgios zu mir kommen und mir seine Gedanken mitteilen wollte, rief sie ihn auf seinem Handy an. Das war der Anruf, den ich gesehen habe, nachdem er dann durch den Seitenausgang verschwand und in seinen Tod lief.« Alle Augen richten sich auf die beiden jungen Frauen.

»Eine von ihnen wird wohl auch hier wieder eine andere Rolle angenommen haben. So stand wahrscheinlich die unechte Claire vor mir, die so demonstrativ das Gespräch mit mir suchte – um wiederum ein wasserfestes Alibi zu proklamieren –, während die echte draußen den Mord beging.« Theo sieht sich um.

»Es wären zwei Fälle geworden, die irgendwann als ungelöst abgeheftet worden wären. Doch so sind die Masken gefallen, es ist vorbei.«

Theo schaut Reine, alias Amal, die vorgebliche Haushälterin, durchdringend an. Reine hält diesem Blick stand, fast wird sie sanftmütig, lächelt beinahe. Dann sacken ihre Schultern nach unten, und sie greift an ihr Kopftuch, beginnt, die Nadeln, die es zusammenhalten, herauszuziehen. Sie legt den Hijab auf ihren Schoß, fährt fort, die Haare, die sie streng nach hinten gebunden hat, zu lösen. Und nach und nach erscheint zum großen Erstaunen aller Anwesenden vor ihnen das Ebenbild von Claire, ihre Zwillingsschwester, die sich zuletzt mit Daumen und Zeigefinger die Kontaktlinsen aus den Augen nimmt, sodass ihre strahlend blauen Augen zum Vorschein kommen und sie mit einer Mischung aus Schuld und Stolz sagt: »Es ist fast alles so, wie Sie gesagt haben. Fast!« Sie schaut zu ihrer Schwester, liebevoll. »Ich kann nicht sagen, dass ich bereue, was wir getan haben. Ja, es tut mir leid für Priester Gabriel und seine Frau Lina. Und natürlich für Giorgios. Aber Gerechtigkeit erfordert bisweilen Opfer. Und wer würde bestreiten, dass wir Yannis Stephanopoulos seiner gerechten Strafe zugeführt haben.«

»Was heißt fast?«, fragt Theo nach.

»Mit dem Mord vor der Kirche haben Sie unrecht. Es war die echte Claire, die vor Ihnen stand. Ich habe Giorgios getötet, zurechtgemacht als Claire, damit er in die Falle tappen würde. Es bringt ja nun nichts mehr, irgendetwas zu leugnen.«

»Daher die Kontaktlinse am Tatort«, schlussfolgert Theo. »Sie kamen als Amal, als Hausmädchen mit braunen Augen, bis zum Kirchengelände und mussten dann die Augenfarbe wechseln, die Kontaktlinsen entfernen, um zu Claire zu werden.« Reine schaut sie ruhig an. »Leider aber haben Sie unterwegs eine verloren.«

Stille.

Marina blickt zuerst Claire, dann Reine an. Sie ist zutiefst berührt und offenbar überfordert, dass sie auf diese Weise ihre zweite Tochter wiedersieht. Nach all den Jahren! Nach all den Nächten, in denen sie sich gefragt hat, was wohl aus ihr geworden ist. Und natürlich nach all den Vorwürfen, die sie sich gemacht hat, dass sie eine ihrer Töchter weggegeben hat! »Du, du bist …« bringt sie hervor, während sie mit großen Augen in Richtung Reine blickt. »Daher! Daher erschien mir Claire am Tage von Yannis' Tod so durcheinander! Das war gar nicht Claire! Das warst du! Du wusstest nicht, wo das Fotoalbum war. Wusstest nicht, dass ich meinen Tee ohne Zucker trinke! Und ich habe nichts geahnt!« Marina bricht laut in Tränen aus. Beide Töchter reagieren nicht, sondern lassen ihre Mutter alleine mit ihrem Schmerz.

Theo hat die ganze Zeit aufmerksam zugehört. Wie viel Leid Menschen doch immer wieder erfahren müssen. Manchmal ist es schwer zu beurteilen, wer Täter und wer Opfer ist. Und dennoch haben Claire und ihre Schwester drei Menschen umgebracht. Sie greift den Gesprächsfaden wieder auf. »Sie reden von Gerechtigkeit? Sie haben zwei unschuldige Menschen getötet, geopfert für Ihre Rache! Es ist nicht an Ihnen, zu befinden, was Recht ist und was Unrecht. Dafür haben wir eine Justiz!«

»Ach! Hören sie auf! Sie wissen besser als wir alle, dass die Welt, in der wir leben, dass unser Land nicht gerecht funktioniert. Was hätte ich, was hätten wir denn tun sollen? Zur Polizei gehen? Anklage erheben? Wir? Frauen? Männer misshandeln in dieser unseren Gesellschaft Frauen und bekommen recht! Ein Mädchen, das seine Familie entehrt – dessen Leben ist nichts wert. Dessen Tage sind gezählt! Warum sollen es nur Männer sein, die in dieser Welt ihr eigenes Urteil über Mädchen und Frauen sprechen und es nach ihrem Willen vollstrecken? Warum sollten es nicht auch einmal die Opfer, die Frauen sein, die Recht sprechen und Recht tun? Indem sie richten? Nein, wir waren im Recht! Und wenn uns keiner hilft, müssen wir uns selbst helfen! Und was heißt Unschuldiger! Haben Sie sich gefragt, warum es ausgerechnet die Familie von Abuna Gabriel war, zu der ich wollte?«

Theo schüttelt den Kopf.

»Ihm hatte sich meine Schwester als Erstes anvertraut. Ihm hat sie von ihrem Martyrium und dem ihrer Mutter berichtet. Und was hat er getan? Nichts! Da sagen Sie noch mal, er sei unschuldig gewesen!«

»Und daher war Ihre Schwester, Claire, bei der Beerdigung von Abuna Gabriel? Als Triumph, als Rache an einem Mann, der ihr Leid nicht ernst nahm?«

Claire sitzt ruhig da und schaut ins Leere, schweigt.

»Hören Sie doch auf, Moralapostel zu spielen, Frau Costanda. Wen sehen Sie, wenn Sie die Kirche und ihre Oberen sehen? Männer, die nichts Gutes getan haben für die Gesellschaft. Die ihre Macht und ihre Stellung als Männer nutzen, um andere auszunehmen, um sich Vorteile zu verschaffen, um ihre düsteren Gelüste auszuleben! Und auf der anderen Seite wir. Meine Schwester und ich, die keine Wahl hatten, keine Macht, keine Hilfe, keine Stimme. Die misshandelt wurden, ignoriert, ausgenutzt, ohne je darauf vertrauen zu können, dass irgendjemand ihnen helfen würde. Nein! Das, was wir getan haben, war ein Akt der Befreiung, der Gleichberechtigung, der Gerechtigkeit! Ich bereue nichts!«

Reine steht nun inmitten des Kreises und blickt Theo triumphierend an, wendet ihren Blick schließlich ab und schaut ebenso triumphierend in die Runde, in die vielen fragenden, nachdenklichen Gesichter. Aber niemand wagt es, ihr zu widersprechen. Und sie nimmt Marina wahr, ihre Mutter, die wie in sich zusammengefallen dasitzt, leise weinend, alleine, und ignoriert sie abermals. Erst nach einer gefühlten Ewigkeit bahnen sich vier Polizisten den Weg aus dem Inneren des Engineers Club, wo sie auf Theos Geheiß gewartet haben, ihren Weg in den Kreis und greifen beide Schwestern unter ihre Arme und führen sie ab, während Theo langsam zu Marina geht, sich auf den nun leeren Stuhl neben sie setzt und ihre Hände ergreift. Wenig später lehnt die Frau, die an diesem Abend so ein schweres Schicksal zu erdulden hat, ihren Kopf an Theos Brust und schluchzt bitterlich. Von den Zwillingsschwestern sagt keine ein Wort, als die beiden abgeführt werden und zeitgleich aus den Minaretten der Stadt der Ruf des Abendgebets erklingt und über der rotgelb erleuchteten Metropole tausendfach hallt.

Theo sieht ihnen hinterher. Sie hat es geschafft, denkt sie. Sie hat es wirklich geschafft.

# KAPITEL 33

ALEXANDRIA, ANFANG DEZEMBER

Theodora sitzt allein in der ersten Reihe der Evangelismos-Kathedrale und betrachtet ruhig die Ikonenwand. Nur ein paar alte Frauen sind an diesem Nachmittag noch in der Kirche, entzünden neben dem Eingang Kerzen, küssen die Ikonen und beten.

Sie hatte geahnt, dass dieser Fall sie so sehr fordern würde wie noch keiner zuvor. Aber die wahre Tragweite, die Verstrickungen, die Erkenntnisse, die sie aus den vergangenen Monaten für immer in ihrem Leben mitnehmen wird, haben ihren Blick auf die Welt um sie herum verändert. Und haben sie verändert.

Theo greift in die Umhängetasche, die sie mitgebracht hat und die zu ihren Füßen an die Kirchbank gelehnt steht. Heraus zieht sie ein kleines Buch. Einen Bildband, wie sie ihn jedes Jahr ihrer Mutter zum Geburtstag schenkt. Aber dieses ist kein Geschenk an ihre Mutter, sondern eines an sie selbst. Es ist ein Bildband mit gedruckten Fotos aus der Zeit »davor«, bevor sich ihre Eltern getrennt haben. Ein paar der Bilder lassen sie die kindliche Unbeschwertheit, das Gefühl der Geborgenheit spüren, das sie kannte, als sie acht, neun, zehn Jahre alt war und die Welt um sie herum noch in Ordnung schien. Vater, Mutter, Freunde, ein heiles Zuhause. Und Bilder aus der Zeit, als all das nicht mehr in Ordnung war. Als ihre Mutter und sie alleine waren, in einem Land, das nicht fremd, aber dennoch nicht Heimat war, ärmer, einsamer, haltloser als zuvor. Kurz: unglücklich und auf einem ganz schlechten Weg – dem nämlich, dass sie diesem Gefühl mit einem Streik sich selbst gegenüber begegnete. Einfach nichts mehr zu essen. Bilder aus dieser Phase ihres Lebens sind auch in diesem Buch, und es fällt Theo noch immer schwer, sie sich anzusehen. Aber sie hat verstanden, als sie die Panik gespürt hatte, als die Fassade brach, als die Selbstbeherrschung sie verließ, dass der Schein, den sie nach außen trägt, die Brüche der Vergangenheit in ihrem Inneren nicht überstrahlen kann. Dass auch diese Bilder, diese Zeit, dieses Unglück ein Teil von ihr ist, sosehr sie auch wegschauen möchte. Dass auch Angst, Unsicherheit, Selbstzweifel Teil von ihr sind, sosehr sie auch versucht, all das durch eine Fassade von Stärke und Selbstbewusstsein zu überspielen. Und dass sie zulassen, anerkennen, üben muss, dass das so ist. In den vergangenen Nächten haben sie Albträume aus dem Schlaf gerissen, in denen sie die Szene in dem unterirdischen Labyrinth noch einmal durchlebt hat. Die Panik in ihr aufstieg und sie schreiend aufgewacht ist. Das ist ihr vorher noch nie passiert. Als es in der Nacht zu gestern wieder geschah, da hat sie den Entschluss gefasst. Den Entschluss, sich ihren Ängsten, ihrer Unsicherheit und auch ihrer Vergangenheit zu stellen. Nicht mehr wegzusehen, sondern die Bilder von früher zu ertragen. Nicht mehr nachts schreiend aufzuwachen, sondern darüber zu sprechen. Sie hat einen Termin mit der Polizeipsychologin ausgemacht. Es hat sie viel Überwindung getroffen, aber Theo ist entschlossen, den Termin in der kommenden Woche wahrzunehmen. Sie ist bereit, sich ihren Dämonen zu stellen.

Theo lässt das Fotobuch zurück in die Tasche gleiten und schaut auf, betrachtet die Darstellung der Mutter Gottes in der Ikonenwand. Eine Frau wie sie, schwarzes Haar, hellweiße Haut. Was wäre, wenn es eine schwarze Frau wäre, auf die sie da blickt? Was würde das mit ihr machen? Ist es richtig, nach all dem, was sie jetzt weiß, was man jetzt weiß, diese Abbildung stehen zu lassen? Weiter anzubeten wie eine Götzin, denn das echte Göttliche ist ja ein anderes, hat ein anderes Antlitz? Müsste man nicht dieses Bild wie so viele andere auch ersetzen oder zumindest ergänzen?

Und warum betet sie zu einem Gott, einem männlichen Gott? Liegen die Anhänger des Isis-Kultes nicht viel richtiger, wenn sie die Frau, das Weibliche, das Mütterliche als göttliche Natur ansehen, die Leben spendet? In ihrer Kirche, in der Religion der meisten Einwohner ihres Landes, in ihrer Kultur ist die Frau das minderwertige Beiwerk des Männlichen. Und das soll sie anbeten?

Und was passiert jetzt mit dem Geheimbund, der sich geschworen hat, das Geheimnis zu wahren? Gewiss, einige der Anhänger sind bei der Explosion in der unterirdischen Halle ums Leben gekommen, aber andere leben. Wen werden sie jetzt anbeten, wenn die Überreste ihrer lebendigen

Göttin Isis auf Erden doch unwiederbringlich zerstört wurde?

Theodora steht langsam auf, da sieht sie vorne rechts an der Ikonenwand den neuen Patriarchen. Er ist ein junger, schlanker Mann mit einem freundlichen Gesicht, dichtem schwarzen Haar und braunen Knopfaugen. Gerade als Theo sich umdrehen will, um zu gehen, hört sie, wie er »Frau Costanda?« ruft. Theo dreht sich um, der Patriarch lächelt sie an und kommt mit energischen Schritten auf sie zu. »Ich bin sehr erfreut, Sie kennenzulernen. Man hört ja sehr viel von Ihnen.« Theo lächelt etwas gequält. Tatsächlich kann sie gerade kaum einen Schritt vor die Tür machen, ohne dass Menschen sie ansprechen. Ihr Gesicht war tagelang in allen Nachrichtensendungen zu sehen. »Ja, mehr, als mir lieb ist«, sagt sie freundlich. »Ich freue mich, Ihre Bekanntschaft zu machen, ich bin Patriarch Christos«, sagt er und reicht ihr die Hand. Als sie ihm die ihre gibt, streicht er mit seinem Daumen über ihren Handrücken. Theo erschrickt, schaut ihn fragend an. Seine dunklen Augen mustern sie ernst. Schließlich sagt Christos nur ein Wort:

»Amoun!«

S. 25 f.: aus Anonymus, *Crata Repoa oder Einweihung in der Alten Geheimen Gesellschaft der Egyptischen Priester.* Wentworth Press 2018

S. 26 f.: aus Apuleius, *Der goldene Esel.* De Gruyter Akademie Forschung, 6. Edition, 2012